CONFESSIONS OF A TEENAGE HERMAPHRODITE

圣安德鲁斯岛的阳光

【美】莉安·西蒙　著
廖爱晚　译

ARTTIME 时代出版
时代出版传媒股份有限公司
北京时代华文书局

书中主要人物关系

杰米·柯帕里：主人公，“我”

艾丽西亚·柯帕里：杰米的妹妹

斯科特·柯帕里：杰米的哥哥

伊莎贝尔：想象中的精灵公主，杰米的另一个自我

索菲：杰米的布娃娃

吉姆：杰米儿时的玩伴

凯拉·莱文森：杰米的表姐

伊丽莎白·莱文森：杰米的姨妈

史蒂芬·莱文森：杰米的姨父

莎朗·皮尔森：医学生，杰米大学室友弗兰克的女友

泰勒·皮尔森：飞行员，莎朗的弟弟，杰米的第一位男友

弗兰克：杰米的大学室友，莎朗的男友

罗恩：和杰米同宿舍楼、经常欺负杰米的男生

潘宁顿教授：杰米的大学老师

莉萨·亚历山大：摄影师，杰米的大学好友

肖恩·亚历山大：莉萨的哥哥，杰米的第二位男友，后来成为杰米的丈夫

爱子·亚历山大：法学生，莉萨的姊妹

冬妮亚：排球选手，莉萨的朋友

加里：冬妮亚所在排球队的队长

帕克：早年给杰米看诊的医生，也曾诊治莉萨和冬妮亚

斯图亚特：给杰米看诊的医生

吉姆·尼奎斯特：杰米父母所属教会的牧师

罗伯特·吉莱斯比：圣安德鲁斯岛上的牧师

艾比盖尔·吉莱斯比：罗伯特的妻子

格雷姆·卡梅隆：圣安德鲁斯岛上给杰米看诊的医生

希瑟·坎贝尔：吉莱斯比夫妇收留的怀孕少女

雷切尔：吉莱斯比夫妇收留、后由杰米领养的孤儿

布罗登：杰米从吉莱斯比夫妇处领养的另一个孤儿

献给妈妈

她和我站在一起，在我最需要的时候。

前　言

莉安·西蒙的小说《圣安德鲁斯岛的阳光》以近切的视角展现了一个受性别发育紊乱（disorders of sex development，DSD）影响的年轻人在生活中经历的悲喜。

这是一个在自己的性别认同和社会的性别期待之间找到平衡的故事。作为一个十五年来都专注于性别发育紊乱的研究者和教育家，我觉得这本书真实而准确地描摹了那些遭遇性别发育紊乱的人们。

本书主人公杰米所经历的重重磨难，反映了很多遭遇性别发育紊乱的孩童和青年在现实生活中的情形。西蒙女士强调，应该让他们和其他也受性别发育紊乱影响的个人建立联系，并寻求那些有爱心、有知识的医疗工作者的帮助。只有这样，才能让一个被两性世界的迥异生活所撕裂的人找到答案，重归平静。

我一翻开这本书就被它深深吸引。西蒙女士笔下的人物一面要应对友谊、爱情、学业和家庭，一面又要努力去理解性别发育紊乱这一特殊境况。任何一位读者，不论他是否受到性别发育紊乱的影响，都会从这个年轻人做出抉择、走向成熟的故事中获益。

——艾米.B.维希涅夫斯基博士

俄克拉荷马大学健康科学中心

SUCCEED诊所

副教授、临床研究主任

致 谢

某日醒来，我陷入了一种奇特的疯狂，心中有一个故事不吐不快。我亲爱的丈夫鼓励我付诸行动，哪怕我这执迷显然意味着放弃赚钱的工作，而把整日的时光用于书写一个间性（intersex）孩子的心路历程。

我对混合型性腺发育不全（Mixed Gonadal Dysgenesis）了如指掌，十年来我都在回答关于它的种种疑问。但若无人相助，我仍无法准确描摹一个间性孩子的生活。好些也有间性状况的成年人为我建言献策，而我最要感谢的是佩吉，一个患有部分雄激素不敏感综合征（Partial Androgen Insensitivity Syndrome）、早年就把身份证上的性别改为女性的朋友。

我在亚特兰大作家俱乐部网上评论群的友人们帮助我初试文笔，数易其稿。

我的评论伙伴们——我该如何形容呢？——玛丽·霍尔、维维安·哈布斯、卡莉·路易斯——你们乃是我的莫逆之交。

几位作家，尤其是“饼干女王”劳蕾塔·汉农本人，对我多有鼓励。

肖恩·肯尼迪则是让我打开心扉的关键——少年的我亦曾彷徨。

我的编辑——朱迪·罗斯、谭雅·希利亚——携手伴我走过从草稿到出版的历程。

而最重要的是，上帝之手为我指明前路，尽备所需。

拙作若有可鉴，多要归功于人；疏失诚所难免，在下一己承担。

1

佛罗里达[1]珊瑚阁，1970年12月

疼痛，尖锐而持续的疼痛，把我拽回到意识当中。我踢开被子，挣扎着抬起头。一只手伸向下腹部，想要找到出血的地方，或者抓住钻孔锥的手柄。但是，层层叠叠的纱布告诉我，有人已经处理了我的伤口。

“感觉怎么样？”一位天使徘徊在我的床边，西方人的眼睛闪耀在她亚洲人的面孔上，黑发从褐色的肩头倾斜而下，一件无袖丝绸衬衣衬托出她完美的身材。我观望着，她眼中温柔的注视化为了笑意，“杰米[2]，我是莉萨啊，不记得了？”

莉萨，我大学里唯一的朋友。迷雾散去了，我虚弱而疼痛地躺在病床上，“谢谢你来看我。你怎么知道我做阑尾手术啦？”

她皱皱眉，脸色暗下来，“你那个蛮人室友给我留了信儿，说你快生了。”

噢！我刚要笑，一阵腹痛却把我憋了回去。我伸出手，轻轻压住伤口，想缓解下。弗兰克很会拿他的小不点儿室友开玩笑，不过宿舍里其他男生欺负我的时候，他也会一直护着我。

---

1 美国东南部州名，州府塔拉哈西（Tallahassee）。——译注

2 杰米（Jamie）是女子名，下文出现的“杰米森”（Jameson）则是男子名，但 Jamie 也可用作 Jameson 的昵称。——译注

“弗兰克还好啦。”我说。

她满脸的不服气。“那个学医的姑娘到底看上他什么了？”

是啊，那个姑娘。莎朗觉得我玲珑的身材和不寻常的面部特征是一种亟待诊断的病症。“我猜他俩在高中就是恋人了。”上大学前弗兰克在他老爸的汽车商店工作了好几年。他开着崭新的庞蒂亚克火鸟跑车，加上一身肌肉和帅气脸蛋，追他的女生可不少。我观察着莉萨的眼神，寻思她到底在我这么个男孩身上找到了什么有趣的地方。

莉萨在床上坐下，臀部碰到我露在外面的膝盖。她咧开嘴，又开起了玩笑，“你该多秀秀你这美腿呀！”

“呵呵。”我腿上光溜溜的，露出来只会让男生们又多一个奚落的由头。虽然金红色的头发长得又密又直，但我身上却一点体毛都没有。

门外走廊里传来了脚步声，莉萨帮我盖好被子，亲了亲我的额头，故意抓乱了我的头发，“歇着，明天我再来看你。”

我闭上眼睛，欣慰于有她这么个朋友。

当我再次醒来的时候，我看见有人站在我床边。天呐！妈妈一定是搭了红眼航班，才能这么快就从伊利诺伊[1]赶来迈阿密[2]。“妈妈，你不用大老远地跑来呀，我没事儿。”

“杰米森，要是你有——”她顿了顿，帮我拨开脸上的乱发，“要是你有一个女儿生病住院了，你难道不会去看她？”

行了吧！我九岁之后你就没见过我留长发了，我说话做事都不娘娘腔，我也不穿女孩的衣裳，所以你干吗跟这较劲啊？还好，妈妈只是暗示了一下她对我发型的不满，要是换了爸爸，他一定会发飙的。

我没跟她争论，换了个话题，“我要错过期末考试了。”

---

1 美国中西部州名，州府斯普林菲尔德（Springfield）。——译注

2 佛罗里达州南部城市。——译注

她微笑着拍了拍我的胳膊，“没关系，亲爱的，他们会理解的。你都住院了，谁还会让你去考试啊。”

艾丽西亚坐在床的另一边，才十三岁的她就已经比我高出六英寸了，但她还是我的小妹妹啊。“嘿，艾丽，路上还开心吗？”

她点点头。“嗯，航班很顺利。”她拉起我的手，咧嘴笑了。

离开才她四个月，我却觉得像是过了好多年。但我不想说出来，免得她难过。“所以这算是在家自学吗？”

“我回去还得交作文呢。”

妹妹手里拿着一本平装书，我就问她在读什么。

“妈妈让我读你最喜欢的那几本。上周我看完了《宝琳娜》和《绿山墙的安妮》。我把《简·爱》带着上飞机了。”[1]

妈妈摸摸我的手臂，示意我听她说话。“医院总不能等我老远来回话，所以我给了凯拉代理权。现在她住在椰树林，要是有急事儿，就找她签字。你随身带着她的号码吧。”

这是什么情况？我九岁之后爸妈就不怎么和我这个表姐来往了。“好啊。”他们已经原谅她了吗？能再跟她说话真是太好了。

“估计周四或周五医生就能让你出院了。我们回去之前会把你送到皮尔森家，圣诞假期你可以和莎朗还有她弟弟一起过。”

莎朗？这下可惨了。我瞪大了眼睛，坐起身来，或者说我企图坐起身来。但我立马疼得直流泪，于是就又缩了回去。“不用了，妈妈，我在宿舍挺好的。”

“弗兰克到时候又不在，我不想让你刚做完手术就一个人待着。”

“可是圣诞假期有三周长啊！”我可不想那么长时间都被人放在显

1　《宝琳娜》（*Pollyanna*）、《绿山墙的安妮》（*Anne of Green Gables*）和《简·爱》（*Jane Eyre*）均为女生偏爱的书籍。——原注

微镜底下端详。谁知道莎朗会干吗？“我过几天就能恢复了。”

“这事儿就这么定了，杰米森。我们住不起那么久的宾馆。”

“遵命，夫人。”

妈妈把椅子拉到床边，用手握着我的胳膊说：“我刚到的时候，你病房里有个穿白大褂的姑娘。我知道你对医生是个什么态度，所以我让她尽量少给你做检查。她抱歉说自己只是个来看你的医学生，名叫莎朗·皮尔森。我们就多聊了几句。她说她父母在北方过冬，自己倒是很想有个伴儿。你有她这么个朋友很幸运啊。”

朋友？我闭上眼睛叹了口气。《莫洛医生的岛屿》里面弗兰肯斯坦对奇异生物穷追不舍的画面闪过我的脑海[1]。

四天后我出院了，巴不得再也别回去。做手术就够惨了，但难道地球上所有的人都该把我检查一遍吗？

艾丽西亚和我在大厅里等着，妈妈去把租的车开过来，妹妹笑着把我额前的头发拨开，“妈妈居然没说啥，你这头发也够长的啦。”

又长又乱。春天的时候爸爸给我剪过，之后我就再没理过发。“别又提起来，好不好？我现在可不想被任何事情烦到。”

“好吧，我不说了，不过你留长发挺美的。”

艾丽西亚从来都是我的死党，但她有时候也会不依不饶。“行行好，艾丽，我才刚出院啊。再说了，也有男生留长发的。”

“有是有，但爸爸说只有吸大麻的嬉皮士和逃兵役的胆小鬼才那样。”

“有谁在乎啊，我又不吸毒，但是等我有了兵役卡，我就马上烧

---

1 《弗兰肯斯坦》（*Frankenstein*）和《莫洛医生的岛屿》（*The Island of Doctor Moreau*）描写的都是医生的“邪恶”实验，而莎朗是个医学生。——原注

了它。”[1]

“杰米！可别这么说。爸爸因为你已经够难堪的了。斯科特是在越南英勇战死的，但你是半个女孩啊。所以就算抽中了你，你知道他们也不会真让你去的，所以你着什么急啊？”

“去年他们在肯特大学朝学生开枪了[2]，学生又不是暴徒，艾丽，只是一些手无寸铁的孩子罢了。关键是你怎么想，哪怕你的行动只是象征性的。”

妈妈开车过来了，我溜进后坐里。去莎朗家的路上，我们借道宿舍，好让我去拿衣服和别的一些东西。真难相信妈妈居然让我住莎朗家。我趁妈妈不注意的时候从背后恨了她一眼，这个学医的姑娘已经把弗兰克的生活搞得一团糟了，凭什么又让她来欺负我？

我们刚到，我就开门下了车。莎朗正从她的车上搬运购物袋。她瞥见我的时候，脸上的微笑让我想起疯子科学家谋划邪恶实验的神情。

等艾丽西亚帮莎朗把购物袋都拿进屋里，大家就彼此拥抱道了别。妈妈和妹妹坐着租来的车，直奔机场去了。

我主动提出帮她把东西收拾好，但莎朗提醒我现在还不能搬重物，于是我就在厨房的椅子上坐下来看她忙。“你弟弟什么时候回来呢？”

莎朗在我对面坐下，双手拿起一张纸。“其实吧，泰勒给我留了个信儿，他的部队正在待命，要是有消息他会打电话，所以接下来几天就我们俩了。没问题吧？不行的话，我可以开车送你回依顿楼。”

要是知道她儿子单独和莎朗待在一起，妈妈一定会火冒三丈。但要

---

1 男孩到十八岁都要进行兵役登记，每年根据兵役号码，抽签决定是否入伍。当时美国深陷越战泥潭，兵役于是成为一件大事。——原注

2 在俄亥俄肯特州立大学的一次示威中，多名学生遭到俄亥俄国民警卫队枪杀，事件导致包括迈阿密大学在内的一些学校提前关闭。——原注

是我违抗母命溜回宿舍，她照样也会不开心。话说回来，爸爸没准儿倒乐意让我和女生独处一下。“不用了，妈妈想让我身边有个人。”我紧张地笑了笑，“但你别跟她说就只有我们俩啊，她会生气的。”

“你确定没问题是吧？”

说真的，才不呢。现在的形势太可怕了，可我又有什么办法呢？“嗯，我确定，至少比我一个人待在宿舍好吧。”我耸耸肩，“也比回家强。”

“为什么呀？家人待你不好吗？”

“倒不是，我挺爱他们的。只是爸爸想让我剃平头，他觉得我头发一长就像姑娘。”

莎朗歪着脑袋，打量我。然后她站起来，从冰箱里拿出几个盒子。“鸡肉沙拉三明治可以吗？我本来想要热一下炖牛肉的，但又觉得不太饿。”

“可以，我其实也不怎么饿。”

我们俩就坐下来吃了顿三明治加炸薯条的晚餐。莎朗的眼睛激光似的扫描着我，她已经在检查她的标本了，于是我拿出我那无辜孩童的微笑，凑近她，故意问：“怎么啦？”

“我在想你笑起来的时候真漂亮。”她答道。

活像我一连三周都得听这些！“谢谢你，莎朗，我也爱你。”

“不，我是认真的，可能就为这个，你爸才觉得你像女孩。”

我放下三明治，摇了摇头，“才不是这样的呢，就算我没在笑，他还是要我剪头发。”

“那你干吗听他的？”

服从老爸是一件让人难以理解的事情吗？“他是我爸啊。”我戳着三明治，胃口都没了，“要是短发能让他开心，那我就剪呗。”

莎朗看着她的空杯子皱了皱眉头，从冰箱里又拿出一瓶苏打水，“你爸到底为啥这么在意你的打扮啊？”

你觉得我该如实告诉你吗？我愤愤地盯着盘子想，言多必失，沉默是金。

“你可以相信我，我不会告诉别人的。”

是啊，你不会。“呵呵。”她没准儿会敲诈我，又多了一个她可以摆布的人，又离统治世界更近一步了。

莎朗放下叉子，深深吸了一口气。她的神情变得柔和起来，身子也放松了。一丝悲哀掠过她的双眸。邪恶的化身博士就要变成善良的海德小姐了吗？哇！活像她也是个有血有肉、有悲有喜的人似的。接着她开口了，声音却前所未有地温柔，“杰米，这所医院是一个教学医院。这周早些时候我见习了他们给一个症状罕见的病人做检查。患者十六岁，身高还不到五英尺，有一头金红色的头发，阑尾切除手术之后一直昏迷不醒。我直到最后才认出来他是谁，不然我不会留下来的。”她耸耸肩，一脸抱歉的神情，“我很遗憾。”

胃里一阵翻江倒海，害得我差点把午餐都吐了出来。我的脸拧成了一团，紧张得仿佛心跳都要停止了。有好几秒钟的时间，厨房的挂钟成了唯一的声响。接着，心跳声排山倒海般地回来了，震得我两耳一阵轰鸣。还有什么是别人不能从我这里夺走的呢？我深深地吸了一口气，闭上双眼，再缓缓呼出。“你偷了他的秘密，”我低语道，“要是大家知道了怎么办？”

“不会的，”莎朗小声说，微微摇了摇头，“只有我认出你来了，但我谁都不会讲。你可以相信我，我会守口如瓶。”

恐惧和不安在我心中狂奔。我还有任何选择吗？我目不转睛地看着她，眼神却是空洞的。她到底知道多少？“那么医生是怎么说的？”

莎朗板起她那副医学生的面孔，她就只差一件白大褂了。“你的基因出了问题，所以才会身材矮小，面容清秀，性征模糊。医生展示了你的解剖特征。而且，”她故弄玄虚地压低了声音，“他说你本来该被当成女孩抚养的。”

我盯着餐桌，谁会希望和这么一个爱管闲事的医学生当朋友呢？但既然她已经知道了一切，我希望她能够接纳我。我再次闭上眼睛，企图让心乱如麻的自己恢复平静。“要是他曾经就是一个女孩呢？”

“你什么意思？我没明白。”

谁能说清一个像我这样的孩子？我把餐盘放进洗碗机，走回客厅里。巨大的落地窗外，洁白的云朵从淡蓝的空中飘过。一个孩童的笑声在漫长的光阴里回响。我曾经是快乐的，丝毫没有觉察到未来道路上的埋伏。我没有回头，但我知道莎朗正悄悄朝我走过来。压低了声音，我说：“或许小时候，他觉得自己就是女孩。但是随着年龄增长，他爸爸妈妈就不同意了。”

“所以你只是出于父母的要求，才当一个男孩的？”

于是，那个遭到拒绝的小女孩在她父亲痛苦的注视下跑开了。她把自己藏在一个无人知晓的秘密之地。我应该告诉你关于杰米森的真相吗？要是你能听懂，你会不会伸出援手？我用微弱的声音说道：“那个男孩大概只是她用来瞒天过海的伪装吧。”

客厅的角落里有一把扶手椅，旁边是一盏落地灯。我坐下来，双腿蜷缩在椅子上，翻开了一本杂志。旧伤已远，回首无益。那个女孩早就死了。

莎朗在我面前站定，一脸关怀的神情。“有人应该告诉她，我愿意和她交朋友。”她伸出一只手，犹豫了一下，然后握住了我的手臂。

我仍然在退缩，站起来走向了客卧。在门边，我回头望着莎朗，心里的石头越来越沉。“九岁之后，她就再没对人提起过。”

2

我倒在客卧的床铺上。我早知道，总有一天有人会发现杰米森在生理上不是一个普通的男孩。只是我不曾料想，有人会发现他在心理上也不算。

莎朗想和我交朋友，可她太像一个医生。她已经被洗脑了。我干吗要对她说实话？赶紧收拾东西回宿舍才是最安全的，可是，我被困在她装标本的罐子里了。我能怎么办？如果她不是我的朋友，她就会告诉妈妈我已经在为性别而烦恼。那我可就完蛋了。

杰米森的存在就犹如一千条男孩法则。默默地，我掸去那最后一条法则上的灰尘。我能把他的某一部分拒之门外吗？我拽住它，一开始轻轻地，然后更加用力。随着一声轻响，这条法则滑落下来。我等待着，试探会不会出现什么不良反应，甚至都做好了将它完璧归赵的准备。但我只觉得身上的禁锢似乎少了那么一点。走廊两边，目力所及，仿佛又出现了更多杰米森的身影。看来这事儿是急不得的。

杰米森的一条法则远远地站在一旁，像是一个牧羊人，监督同时也照顾着其他那些规矩。当我用手指碰到它的时候，一阵电光从我眼前闪过。许多画面火花般的迸溅出来，纷乱的声音在我耳畔轻柔地回响。是孩子们的派对。对于儿时的生日，我已经记忆模糊。这是一种自我屏蔽吗？我为什么要忘掉一个愚蠢的派对呢？不再理会那些潮水般向我涌来的声光，我最后拽了一把，往日便将我席卷而去。

小精灵般的身材[1]让我从来就找不到合适的衣服，表姐凯拉于是给了我一些她从精灵人[2]那里弄来的旧衣裳。她在我面前举起一条白色的丝绒裙，摇摇头说："我才不在乎那些老皇历上说什么柯帕里家族是有魔法的呢，反正你长的就是小仙女的脸蛋、小精灵的身子。"

五岁的我只比两岁的妹妹艾丽西亚高那么一点点，所以这些衣裳对我来说还是太大了。"行行好，凯拉，小精灵也是精灵啊，他们只不过个子矮点儿罢了。"

"好吧好吧。"凯拉用安全别针把白色的丝绒裙固定在我的衬裙上，裙子的腰头在我腋下，裙摆却已经拖到了地上。绿衬衫的缎子衣袖垂下来，盖过了我的指尖。她把一条银色的丝带绕着我系了两圈，在背后系了个蝴蝶结。一朵蛛丝花在我肩头盛开。我坐下来，好让她把芭蕾舞鞋那闪闪发光的鞋带绑在我的脚踝上。"好啦！"她两手一拍，"格蕾丝王妃[3]穿得也不比这漂亮啊。"

参加派对的精灵公主所需要的可不仅仅是一身盛装，我于是在镜子面前坐下来，等待我的侍女完成下一道工序。镜中的她站在我身后，一副专心致志的神情。我微笑着看她把泡沫滚筒从我头发上摘下来，然后一下下地梳理、抖松，直到做出完美的发型。我的头发并不长，颜色却很漂亮，介于成熟南瓜的橘红和我耳环的金黄之间。

带着赞叹的神情，凯拉把一个小玻璃瓶举到我面前。"月亮山脉里

---

1 杰米的症状之一是身材矮小。美国女性的平均身高是 5 英尺 5 英寸（约 1.65 米），杰米仅有 4 英尺 11 英寸（约 1.5 米）。另一症状则是花仙子般清秀的面容。玲珑的身材和精致的五官让杰米一度认为自己就是一个小精灵。——原注

2 精灵人（Fair Folk）源自苏格兰神话故事，他们爱好和平，以修建坟冢为业。放在今天，精灵人可被归类为精灵的一种。——原注

3 摩纳哥的格蕾丝王妃（Princess Grace of Monaco）是当时好莱坞的一位明星。——原注

有一条河流高悬天边，银光闪闪的河水泛着丝丝蔚蓝。”她拔掉小瓶的瓶塞，把一只小刷子伸进瓶里蘸了蘸。“我要用月光来涂你的指甲，坐着别动，等它晾干。”

镜子里有一位美丽的精灵公主——闪光的金发，翡翠色的大眼睛，小小的红唇，粉嘟嘟的脸蛋上洒着雀斑。她是世上最快乐的小仙子。我站起来，双手提起白色的丝绒裙，朝镜子里的仙女行了屈膝礼，然后转了个圈，这样我的裙摆就能迎风起舞。

“真好看！”艾丽西亚喊道，嘴里还吮着一根指头。

“我的两个妹妹都可美了。”凯拉弯下腰，亲了亲我妹妹的脸蛋。

“准备好了吗，生日女孩？”她拉起我的手，攥得紧紧的。“亲爱的公主，整个宫廷都在恭迎大驾。”我踮起脚尖继续旋转，多么可爱的芭蕾姑娘啊，我的舞鞋像夜空中的星星一样熠熠生辉。

吉姆扮成海盗，昂首阔步地走进厨房，手里拿着一柄木剑，脸上戴着一只眼罩。艾丽西亚穿着粉红色的芭蕾舞裙蹦蹦跳跳，身后背着一对用衣架铁丝和衬布做成的翅膀。格拉迪丝则用上了《绿野仙踪》[1]里面多萝西的红鞋子等一身行头，她甚至还带来了一只形似小狗的毛绒玩具，算是多萝西的爱犬托托。凯拉则穿了一条破旧的背带裤，一件条纹衬衫，还戴了一顶旧草帽。

大家凑钱给我买了一件礼物。一看那有棱有角的纸皮儿，我就知道一定是凯拉包装的。我小心地撕开胶带，生怕把纸弄坏，里面包着一个崭新的蓬发安[2]。“索菲，我要叫她索菲公主！”我兴奋地喊道，把她紧

---

1 《绿野仙踪》（*The Wizard of Oz*）是当时流行的一部影片，描述了一个女孩在仙境中和巫师及精灵的奇遇。——原注

2 蓬发安（Raggedy Ann）是一个用小块碎布做成的布娃娃，其眼睛是两颗纽扣，头发是红色的毛线。——原注

紧搂在怀里。我在自己的宝座上腾出地方，好让她和我坐在一起，还帮她理了理裙子。

凯拉冲我眨眨眼，把生日蛋糕放在厨房的餐桌上，点燃了蜡烛。我一口气吹灭了那五支蜡烛，对吉姆莞尔一笑。人们说生日许愿是要保密的，但他已经知道，我的愿望就是有朝一日嫁给他。

海盗微笑着回应我，眼里闪着光，他把木剑举过头顶一挥，大喊道："切蛋糕啦！"

这生日蛋糕是凯拉亲手烘焙的。我猜她是借用了好时可可罐上的配方。反正，她做的巧克力蛋糕举世无双。我歪歪扭扭地切下一大块，装在盘里递给了吉姆。

"我的公主啊，瞧你弄得一团糟。"表姐带着她一贯的和蔼，帮我擦去衣袖上的糖霜，又把蛋糕分给余下的孩子们。

盘里的蛋糕吃到一半的时候，我听到大门打开的声音。哎呀！爸爸提前回家了。他要是看到我这身小公主的打扮，心里一定会不好受的。我手里的叉子碰到大腿，巧克力蛋糕也打翻了，一起坠向地面。胳膊直发抖，我飞快地跳起来，落荒而逃。

"没关系，杰米，今天是你的生日啊。"凯拉握住我的手臂，轻轻推我坐回椅子上，"让他看看你有多美。"

凯拉不过才十二岁，但从七岁开始，她就像是我的妈妈。每天上午，我真正的妈妈在家里给凯拉、我还有哥哥斯科特上课。下午，妈妈们要去工作了，凯拉、我和妹妹就在一起玩。斯科特不跟女孩们待在一起，他会去家里找他的小伙伴乔伊，两人到波克街的旧校舍门前踢罐子。

我没有一枚能够让我隐身的戒指[1]，所以当爸爸走进厨房，我便在他面前暴露无遗。他的眼睛像是注满了失望之泉的深井，锁定在精灵公主的身上，吸走了她所有的生气。“你们这是在干什么？”

凯拉走到我和爸爸之间，让我免遭灭顶之灾。“今天是杰米的生日啊，还记得吗？大家给他开了一个化装派对。我们之前在读《古老的苏格兰神话》[2]，所以他想把自己扮成一个小仙子。”

我把索菲藏在背后，从凯拉的腰间偷偷观望。爸爸周围的空气仿佛就要化作闪电，但他只是朝我笑了笑，“我给你买了个新垒球，派对完了我们来练接发球好吗，来点儿运动？”

于是爸爸和小公主玩起了接发球，他从几英尺开外向她投低手。我错过了第一个，球直接从我伸出的双臂之间飞了过去。第二球碰到了我的指尖，但我还是没接住。第三球则被我的手挡了一下，重重打在我的脸上。男孩们似乎一学就会，我却觉得难于登天。我闭上眼睛企图掩饰满心的沮丧，眼泪却不争气地涌了出来。

“抱歉，杰米森，你没事吧？”爸爸跪下来紧紧抱住他的小公主，但他眼中的失望比那颗击中她的垒球更令她痛楚。斯科特老说我扔球的动作像姑娘，但我认识的每一个人都比我更擅长接发球啊。我只要一玩男孩的游戏就受伤，简直屡试不爽。这也是我更喜欢和凯拉还有艾丽西亚一起玩的原因之一。

爸爸带我回到屋里。我一边等他去找冰袋，一边满心同情地看着镜子里面的小公主。现在她活像一只浣熊，一只眼睛下面有一块半月形的青紫。可怜的姑娘，又被打了个熊猫眼。你怎么就不长记性呢？

---

1 指《霍比特人》（*The Hobbit*）当中的情节。——原注

2 *Old Scottish Fairy Tales.*——译注

一声敲门意味着现在是睡觉时间了。我把芭比娃娃放回盒子里，再收好瓷质的小茶杯。艾丽西亚拾起散落在地板上的积木。“妈妈已经知道了，”她边说边把一个盒子放回架子上。

“知道什么？”我说着把布娃娃啊、毛绒玩具啊什么的都拿进衣柜里。

“知道你没在玩汽车。”

每天早上爸爸出门上班之前，我都会把我那些火柴盒玩具车[1]从盒子里拿出来。吃过早饭，妈妈在家里给我们上课。下午，我和凯拉还有艾丽西亚在一起玩儿。等爸爸下班回家的时候，我再把这些玩具车放回盒子里。看到我收拾玩具车，爸爸总能欣然一笑。这样他会以为，我一整天都在和这些小车一起玩儿呢。晚饭过后，我和艾丽西亚就在我们的房间里看看书，或者玩玩布娃娃。

妹妹摸了摸我的衬衫袖子问：“要是你真是一个精灵公主，那你干吗一直都穿男孩的衣服呢？”

我朝镜子里面望去，只见精灵公主自己也一脸困惑，“我没有裙子，你知道的。凯拉的旧衣服是给正式场合穿的，再说也都太大了。”

艾丽西亚抱住了我，仿佛我才是她的妹妹似的，“你可以穿我的呀。”

我看看她，摇了摇头，“可我不想穿别人的衣服。”

“妈妈说我们俩应该分享，再说啦，我们是双胞胎啊！”

艾丽西亚从来都是我的死党，不过有时候她也傻得可爱。“我们哪能是双胞胎呢，我都七岁了，你才四岁。”我把索菲放在床上，这样我

1　“火柴盒”（Matchbox）是一个生产各种金属和塑料玩具车的品牌，它同时还生产这些玩具车专用的储存盒。该系列玩具车当时颇受欢迎，很多小男孩都拥有多辆。——原注

们就能一起睡。

艾丽西亚把手放在我头顶量量我多高，又移过去量量她自己。“我们一样高，而且我们是姐妹。”她使劲点点头，一副不容置疑的样子。

我们在镜子面前并肩站着。艾丽西亚真是和精灵公主一样高。我们的头发和眼睛也是相同的颜色。她是人类，我一半是精灵，但我们都是女孩子，只是并非双胞胎而已。我再次摇头反对的时候，她撅起了嘴，“杰米，求你啦，我想试试牛仔裤呀。”

她有一些前面绣着小花的灯芯绒背带裤，但的确没有牛仔裤。我能怎么办呢？我抱抱她，同意了。

她兴奋地冲向梳妆台，拿起一条牛仔裤，然后又跑向衣橱，找出一件和她现在穿的那件类似的衬衫。一分钟之后，我俩就穿得像一对真正的双胞胎那样，在我床上又是笑又是跳的了。直到我们又听到一声敲门声，才慌慌忙忙地做好睡觉的准备。

妈妈给我掖好被子之前，盯着我看了好一会儿。但对于我和艾丽西亚穿着一样的睡袍这件事，她倒是没有说什么。

门铃响过第三次了。我瞥了一眼洗手间，盼着凯拉能快点出来。艾丽西亚在拐角处偷偷看着，我又朝客厅走了一步。“你会给大家惹麻烦的。”她小声说。

“要是来的是伊丽莎白姨妈怎么办？”如果我没让她进来，她肯定会大发雷霆。

“凯拉说过，你绝对、绝对不要自己去开门。”她摇头再次强调，“绝对不要！”

一只拳头砸在了门上，态度坚决。这可怎么办啊？我扭动门把，拉开了门。

门廊里那位人高马大的女士微笑着俯下身来，“你一定是艾丽西亚吧？你妈妈在吗？”

绝对、绝对不要和陌生人说话，妈妈一直这么讲。“不，夫人，我叫杰米。妈妈不在。”

艾丽西亚从拐角处探出头来，接着跑过来和我站在一起。“我们是双胞胎。”她拽了拽我裙子的衣袖，满脸放光地说，“你看，我们穿一样的衣服。”

我看着妹妹。她总是强调我们穿一样的衣服。我们甚至还剪一样的发型呢。在她看来，这就够了。我也觉得挺好的。我们钟爱彼此，胜过任何一对我认识的真正的孪生子。

这位女士看了看她的笔记本，眉头皱了起来。很快她摇头道：“我们的记录显示，这里居住的是一个叫杰米森的九岁男孩和一个叫艾丽西亚的六岁女孩。”

就数艾丽西亚点子多，她马上回答：“那是因为杰米以前穿男孩的衣裳。”

“谁在那儿呀？”我转身看到凯拉朝我们走过来，脸色苍白。她病了吗？

女士伸出一只手：“我是斯蒂芬妮·波拉克，学校委员会的。”

声光消散了，它们在往日的记忆中找到了归宿。一个好奇孩童的遐想带我步入洗手间。她有金发掩映的面庞，翡翠般的双眸，玲珑的鼻子，精致的红唇，雀斑将她的双颊点缀。那是一种亦真亦幻的面容，非一位精灵公主莫属。在我创造出杰米森之前，我每天都在镜中与她邂逅。现在，为了回到宿舍去，所有那些愚蠢的行为准则都要重新归位了。但我发誓，从今往后，我决不再把属于她的记忆埋葬。

我从行李中拿出杰米森的衣服和其他东西，穿上他的睡裤。躺在床上的时候，那些属于他的条条框框就暂时失效了。而莎朗会以为我已经进入了梦乡。

一阵闪电伴着雷声，走廊里出现了一位老巫师，邀请我和他一起去探险。我摔门把他挡在了外面。没有杰米森，我的生活就难以安稳。别的孩子们取笑我，这我可以忍受。探险的人则可能死于非命，尤其是当你和巫师同行的时候。躲在面具背后才是安全的，我可以在浩瀚书海里过我的生活。没有人会怀疑我——至少我这么以为。

老巫师用他的权杖击碎了房门。“来不及了，”他宣告道，“杰米森的终结已经注定。年轻的魔法师窥见了真相，她不把精灵公主从杰米森的手中救出誓不罢休。你必须学会离开他，独自生活。”

一想到我可能会失去杰米森，我就不寒而栗。我怎能独自一人面对这个世界啊！只有他才记得所有那些男孩法则。不，我只要暂时卸下面具，以便和莎朗交个朋友就好，这样她就不会去妈妈那里说三道四。仅此一天，下不为例。然后，我将回到杰米森的法则当中，让我的世界重归安稳。我望着想象中的老巫师叹了一口气，思忖着莎朗是否知道她所唤醒的这沉睡的一切。

3

躺在羽绒床垫上，盖着厚厚的被子，呼吸着夜里冰凉的空气，就算真是公主，恐怕也不敢奢望比这更加称心如意的一晚了吧？我伸伸懒腰，打个哈欠，攥起拳头揉揉眼。房子里什么地方传来隐约的嘈杂，是妈妈已经起床了。很快，她就会催促我和艾丽西亚准备上课。我翻了个身，把头埋进枕头里，拨开挡住脸的头发。起床之前的片刻睡眠总是最让人留恋的。

一道奇异的光束吸引了我的注意。明亮的光线在窗帘边上徘徊，奥斯威戈[1]冬天的清晨很难有这么耀眼的阳光啊。这只可能意味着一件事。下雪啦！小公主从床上跳起来，兴奋地拍着手，白色圣诞节的念头让她惊喜得几乎尖叫。我把头伸进窗帘的缝隙当中，迫不及待地想要一睹这冬日仙境。

明亮的阳光让我目眩。我强忍眼泪，企图将这绚烂的色彩尽收眼底。邻居的屋后，一道壮丽的雨柱从浓厚的积云底部倾泻而下。上帝的彩虹在远处的天边高悬。对前一天的记忆让我从半梦中醒来，回到当下的时空。啊！没有杰米森的世界是多么的生机勃勃。

院子里，一棵木兰树向空中舒展着枝丫，无数淡紫和乳白的花朵彰显着造物的华美。大滴大滴的水珠从花瓣上滚落，向地面坠去。不远

1　杰米的家乡是伊利诺伊州的奥斯威戈（Oswego）。——原注

处，薄雾已从水洼中升起，开始回归云端的旅程。蝴蝶在木槿丛中你追我赶。一只漫不经心的蜂鸟在我唾手可及的窗外稍作停留，转眼又不见了踪影。一如人类赋予它的名字，珊瑚阁是一片神奇的土地。现在我已经完全醒了，我踮起脚尖，跳着华尔兹，向洗手间走去。

一个头发蓬乱的女孩在洗手间的镜子里朝我皱眉。是的，她并非一位真正的公主，但就算流浪汉也会想要不时地理个发吧。她眯起眼睛看着我，我却双手一摊，“你不能指望杰米森保持漂亮的发型啦。他没把头发剪短就已经很不错了。”女孩怏怏不乐地盯着我，直到我转过脸去。

“他乱糟糟的头发可不是我的错。”我咕哝道，“而且你看，”我接着说，握住一束金色的头发，“这颜色难道不美吗？现在我有更多金色的头发了。你都分不出我到底算是红发还是金发。”她继续盯着我，一副不以为是的样子。“好吧，”我低声说，“或许莎朗可以帮我们剪短一些。”

我脱下杰米森的睡裤，只见镜子里的女孩脸色一沉。她不喜欢看到那下面，因为它的存在证明了她不像自己以为的那样是个女孩。她不过有一个精致的脸蛋和一副玲珑的身材罢了。“别难过，小公主。”我试图安慰她，“莎朗说你本来就应该是个女孩。所以没准儿等你长大了，就会变成一个女孩的。”

我很快地冲了个澡。我只有男孩的衣服——当然不能指望杰米森有任何女孩的衣裳啦，不过现在呢？反正他也毫无时尚感，整天只会穿T恤加牛仔裤。我换上我能翻出的最干净的一套，然后去找我的新朋友。

我走进厨房，莎朗正在煮咖啡。“早安，莎朗小姐。可以请你帮我理个发吗？”

她犹豫了一下，脸色有点苍白，不过最后还是同意了。“理发……当然可以……先去洗头吧。我来找剪刀。”

在客卫里，我再次朝镜中的那位公主望去。“我们可以就在台盆里洗头吗？”我朝她咧嘴一笑，觉得自己有几分淘气。杰米森是必须得去淋浴那边洗头的。这是那些愚蠢的男孩禁令之一。当我还是女孩的时候，这么做倒是无伤大雅，妈妈就曾在台盆里帮我洗头。

大概十分钟之后，小公主头上裹着一条毛巾，大步走出了卫生间。意识到头裹毛巾打破了杰米森的另一条男孩禁令，我会心地笑了。

莎朗目不转睛地看着我，“你是想把头发剪短吗？”

第一次被剃成小平头的经历几乎把我击垮了。虽说那时候我已经十几岁，但一看到爸爸拿出推子来，我还是禁不住眼泪直打转。于是我本能地举起手护着头，“不，女士，只要稍微修剪一下就好。”

看着莎朗的微笑，我想起了我每每受到惊吓之时妈妈常有的那种表情。她拉过来一把餐椅，让小公主坐下。接着她把一条毛巾围在我的肩膀上，“你的头发很漂亮啊。你应该多多打理才对。”

我的头发从来都和关于性别的争论纠缠不休，发型的自主权对于杰米森来说简直就是天方夜谭。我仰头望着莎朗说：“不好意思，这个，杰米森可不擅长。”

莎朗端详着我。我数着心跳，直到她拉过来另一把椅子，在我对面坐下。她用一只手拨开我额前的头发。“现在，杰米森在哪里？”她轻声问道。

内心深处，那不计其数的规矩就是他的化身。我检查了其中某一项，确保后顾无忧。然后我歪着头笑了，“我把他打碎了。他只是我发明的人物，你知道的。”

莎朗的脸上掠过一丝疑云，留下些许悲伤的痕迹，“真的吗？”

“我希望是吧。”我笑了，那笑声一开始只是一种温柔的音调，就像微风的吟诵。小公主上一次发出这样的笑声是多久以前了啊？当我意识到这吃吃笑声，也是对杰米森那套荒谬性别法则的背叛，这法则那种彻头彻尾的癫狂，让我更加肆无忌惮地大笑起来。

我的笑似乎打消了莎朗的顾虑。她的表情变得释然了。“既然这样……哪一个才是你的名字呢？”

“我叫杰米。你说过，你想和我交朋友。”

“当然啦。抱歉我之前有点小误会。都过去了。”

“你还说要帮我理发呢。”

“我会的。”

莎朗在我跟前站定，双手扶着我的头，一丝不苟地研究小公主的脸。“我觉得你把头发剪到齐下巴的长度是最好看的，可以吗？”

哇！“听起来不错喔！”

莎朗剪完了，让我去照照镜子看。镜中那位美丽的小公主喜极而泣。她已经好多年没有剪过女孩的发型了。我用手擦擦镜子，想帮她抹去眼泪。“会没事儿的。”我低语道。你不应该欺骗她。你明明知道杰米森不可能就这样回去男生宿舍的。我缩回手转过身，小声说：“就让她有片刻欢喜吧，好吗？”

我回到厨房里，感谢莎朗给我剪了个好看的发型。妈妈不喜欢杰米森的头发挡住眼睛，于是我向莎朗要一枚发夹。

“梳妆台上有一个你可以用。你先去拿，回来我再跟你细说。”

“好呀。”我应道，转身往客卧走。这一次，镜子里的女孩冲我笑了，我把她的头发用发夹别好的时候，她绿宝石般的眼睛闪着光。虽然这只是一日的狂欢，但我和她都毫不介意。最后，我向她眨了眨眼，就三步并作两步地奔向客厅，朝厨房去了。

莎朗示意我在餐桌旁坐下，她自己则坐在我对面。我想象着她穿白大褂、戴听诊器、发髻紧束、面若冰霜的样子。不知道为什么，我突然觉得她那种医学生的严肃让人忍俊不禁。她凑近我提问的时候，我的嘴更是合不拢了。“昨晚你说，小时候你是个女孩。你能解释一下吗？”

这开门见山的提问似乎有点突兀，但也许这就是一个医学生结交朋友的方式吧。“我个子小，和男孩们一起玩的时候我总是受伤，所以爸妈就允许我和女孩们一起玩儿。我想学，妈妈就教我做饭、缝纫和别的手艺。爸妈也给我买过布娃娃。所以我当时以为，我是可以做一个女孩的。”

“那你都玩儿些什么游戏呢？”

“凯拉、艾丽西亚还有我经常玩儿过家家和穿裙子。”尘封的记忆拦截了我思绪的列车，只留下爸爸悲伤的眼神，而他面前那位快乐的小公主刚刚向他解释过，自己为何把一个枕头塞进衬衣里。我用同样悲伤的眼神看着莎朗，“有时候我扮演的是妈妈。”

莎朗的目光在我脸上游走，“凯拉就是来医院看你的那个表姐吗？”

难道莎朗已经和她见过面了？“对啊，那时候我们两家是邻居。”

“但你现在已经作为男孩子生活了。到底发生了什么事？”

就像多风秋日里漫天飘零的树叶，童年的记忆飞也般的掠过我的脑海。世界开始天旋地转，我只能用双手紧紧抓住餐桌的边缘。我躺在冰冷的钢板上，独自哭泣。医生们在我身边围成一圈，彼此交谈。一个医生戳了戳我的肚子，另一个医生则检查我的两腿之间。“九岁那年，父母带我去芝加哥看医生，因为他们觉得，我实在长得太娇小了。”

我深吸了几口气，想要稳住不断加速的心跳。我在检查台上瑟瑟发抖。妈妈为什么不让他们停下来？“我跟医生讲，我喜欢做一个娇小的女孩子。他却说我必须成为男孩。”我把目光从莎朗身上移开，企图抑制来势汹汹的沮丧。“后来我们就搬家了。搬到斯普林菲尔德之后，他们不再让我做任何女孩子的事情，我也再不能和凯拉一起玩了。”

巨浪扑天而来，而我身不由己。他们把我从表姐身边拉走的时候，我声嘶力竭地哭喊却也无济于事。全家搬离奥斯威戈之后，艾丽西亚和我成为了彼此的依靠。

仿佛为了保护我似的，回忆戛然而止，只留下关于童年的模糊影子。痛苦消退了，我用力深吸了一口气。“妈妈收走了我的布娃娃。爸妈从此剪短了我的头发。”

紧张的身体稍稍松弛下来。我瞥了一眼莎朗，一滴眼泪溶化了她那医生式的无动于衷。我微微笑了，是的，她是理解我的。“去年，妈妈带我去见了一个和她共事的医生。他给我打了一种针。没过多久，我的嗓音就开始变低了。我讨厌这种变化，所以我就想尽办法提前拿到了大学录取通知，然后我就到这儿来了，”我低头看了看桌子，做了个鬼脸，“或者说，杰米森就到这儿来了。”

“你的意思是？”她话音轻柔，不似以往。

“他们不允许我当女孩，我就创造出一个男孩子。从我们搬到斯普林菲尔德开始，我就一直在假装。他不是一个真正的男孩，你知道，但对于大多数人来说，已经惟妙惟肖。”

“你为什么不要就做一个女孩呢？”

“因为他们不许。你见过我没穿衣服的样子。我两腿之间也不是一个女孩。所以——”

“但你也不是一个男孩啊。”莎朗坚持道。

难道是因为我半是一个精灵公主吗？因为我只能坐下小便？因为我不擅长男孩的游戏？有时候，我比谁都更想成为一个男孩。“我倒是巴不得能够又高又壮、身手敏捷呢。”我耸耸肩，思忖着莎朗到底怎么想，“但做男孩不是我的强项，做女孩我又不被允许。”

莎朗审视着小公主，思绪万千。她看起来像是在为我规划未来。我不知道她是否会问我，假如我能够像医生那样为所欲为，那什么才是我内心深处最真实的渴望，过了一会儿，她问道：“为什么不试试在大学里做女生呢？你爸妈不需要知道的。”

“他们又不傻，莎朗。我不可能直到毕业都不回家。爸妈还盼着我回去过暑假呢。”他们是不可能接受一位精灵公主的。他们会剪掉她的头发。

莎朗叹了口气，站起身来。“对了，我答应过泰勒，圣诞节会烤些东西。”

从前，小公主有她自己的红色小围裙。一道道白色的面粉洒在了围裙的正面。暗色的斑点很可能是黄油的印痕。我曾经多少次在厨房里给妈妈当过帮手啊？我从椅子上跳起来，“我能帮忙吗？以前过圣诞的时候，妈妈和我经常烤蛋糕、做曲奇呢！”

“当然可以！你去看一下储藏室里还有多少面粉和糖吧？别太兴奋了。我去找配方。”

“我还记得奶油酥饼和糖屑曲奇的做法喔，好时可可罐上还有巧克力蛋糕的配方。”

莎朗露出一脸陶醉的表情，“哇！奶油酥饼听起来不错。我们从它做起？”

“好呀。你先拿两杯面粉，三分之二杯糖，还有半茶勺的盐，放到一个用来搅拌的大碗里。”

莎朗仔细衡量了各种配料的用量，把它们倒在一起。

“我们得把黄油搅成糊状，像这样。”我笑着说，双手各拾起一小块黄油，用手指碾压着。

莎朗朝我眨眨眼，“先把它们都混在一起不是更容易？”

我一本正经地摇摇头，“那样的话黄油会把糖化掉。”我双手伸进碗里，开始用手指把碗里的东西搅拌均匀。“你要把黄油碾得很碎。”小公主捧起一抔举到莎朗面前给她看。“瞧见了吧？”细小的碎屑掉到了地板上。

“杰米，瞧你弄得一团糟！”莎朗弯下腰去捡那些碎屑。我伸手去拿抹布，却不小心碰到了一袋面粉。一把轻盈而洁白的粉末从橱柜边上洒落。莎朗站起身来的时候，头发和一边脸颊都变白了。“杰米！”

我捂着嘴笑，结果下巴也糊上了面团。我伸出另一只满是黄油的手，想帮莎朗擦掉她脸上的面粉。“对不起呀！”我咯咯笑着，舔起了手指上的面糊糊。

莎朗怒目圆睁地看了我一秒钟，气得嘴唇都快发抖了，接着却转怒为喜。看见这位平日里面无表情的医学生笑逐颜开，我也跟着大笑起来，直到眼中泪花闪闪。

4

那天晚上，我坐在扶手椅里，一边看书，一边喝牛奶配一些有着漂亮纹饰的曲奇饼。莎朗坐在我旁边的地毯上对我说：“我要换一身儿好看点的衣服。你要不要也换换？”

我能穿什么呢？另外一件T恤衫吗？“我没什么好换的。”

“我可以借给你呀。我虽然比你高，但我还是有几件你能穿的。我还可以帮你化妆呢。”

你想把我变成你的芭比娃娃是吗？“不用了，我不是很想穿别人的衣服。”

“那好吧。要不我们来拆礼物？家里有个传统——每个人可以在圣诞节之前打开一件礼物。”

欣赏别人拆礼物，这并不会让你变成一个小公主，再说我也带了一份莎朗应该会喜欢的礼物来，于是我拿起为她准备的礼物递过去，“给你的。”

莎朗松开蝴蝶结，打开包装纸。里面是一本书，皮革线装本的《莎士比亚喜剧》。她两眼放光，开怀一笑，“弗兰克一定跟你说过我喜欢戏剧吧？”

“戏剧？倒没有。他只说你挺爱看莎士比亚的。”

“我喜欢《游吟诗人》，我还每年都在乡村俱乐部演出呢。我们搞了个戏剧慈善晚宴。俱乐部出钱办一场丰盛的自助餐。所有演员都是晚宴的侍者。大家都可开心了。我们一直在招人呐。”

“听起来挺好玩儿的。”

莎朗也递给我一份礼物。东西包装得四四方方的。像她这样一个滴水不漏的人，怎么会让人失望呢？包装里面的东西很柔软，一定是衣服吧。我朝莎朗微微一笑，撕开包装纸，里面露出一条女式睡裤，还有一件绣花衬衣。

小公主兴奋极了，她拥抱了莎朗，然后跑向卧室去试穿她的新衣裳。镜中的女孩手忙脚乱，想快些把旧T恤脱下来。

我朝她点头微笑。“没错，你说得对，这是我收到过的最棒的礼物。”还从来没有人送过我衬衣呢，真是心想事成啊。

镜中的女孩睁大了眼睛，再次指了指衬衣。

“咦？莎朗怎么会想到给我们准备这样的圣诞礼物呢？”我怎么会知道？我朝她耸耸肩。“可能她本来要把这个送给弗兰克的妹妹吧。反正我们的尺码是一样的。”

她似乎并不介意这一点，于是我洗了把脸，跑回去向莎朗道谢。

“你说了要帮我化妆的呀。”我笑着问她，努力克制自己的激动。

“那当然。”莎朗微笑着拉起我的手，带我来到客卫。她替我涂了一点睫毛膏和口红。镜中的女孩一直对我和莎朗微笑着。她简直就是这世界上最快乐的公主。

我们走回客厅。莎朗看起来和我一样快活。我坐回扶手椅里蜷起腿。当我又拿起书的时候，莎朗问我在读什么。

“我在你书架上找到了一本《小公主》[1]。这本书我四岁的时候就读过，但我现在还是那么喜欢。”

“没错，它也是我最爱看的书之一。”

---

1 *A Little Princess*——译注

她的眼睛突然变得有点湿润。我从椅子上直起身来拥抱了她。“谢谢你，莎朗。我的日子从来没像今天这么美好过。”

莎朗关上了她房间的门，哪怕圣诞假期她也不忘复习功课。我失望地皱皱眉，回去换上我的新睡裤。客卧的门把上挂着一件雪尼尔浴袍，精灵公主把自己裹在这柔软的浴袍里，坐回到扶手椅上。

时钟指向十一点。但上个星期我几乎都是在床上度过的，现在真有些睡不着了。《小公主》倒是挺好看的，我把它放在腿上，读了其中的几个故事，然后我就在自己的小小世界里遐想起来。现实的生活不尽如人意的时候，这样的遐想就是我的生命。

一阵悲凉向我袭来。何苦拖延那不可避免的结局呢？我终归是要回到杰米森的规矩中去的。长痛不如短痛。换上他的睡裤去睡觉吧。我用手指拂过那些规矩中的某一条，犹豫着，接着又拿起了这本书。就让精灵公主在被迫隐遁之前再读一个故事吧。又有何妨呢？

大门突然被打开了，我的第一个念头就是飞奔回卧室去。但当时我正盘腿坐在椅子上，浴袍罩住了双脚，于是小公主差一点迎面朝下，摔在地板上。这可怎么行啊！等我回过神来，他已经站在我跟前，一脸爽朗的笑，“实在抱歉，但愿我没吓着你。”

“还好，没关系。”我答道，声音却不由自主地蹿高了一个八度。我把脸藏在书本后面，两眼从顶上偷瞄。

他轻轻从我手里拿起书，审视着封面。昏暗的灯光把他的笑容映衬得格外灿烂。“泰勒·安德鲁·皮尔森，我的小公主。”他说完，在我的宝座前单膝跪了下来。

我以为应该跟他握手，他却把我的手举到唇边，在我手指上轻轻一吻，那架势像极了童话中的英雄。“我叫杰米。”小公主轻声说，激动得呼吸都要停止了。

“很高兴认识你，杰米小姐。”

泰勒·安德鲁·皮尔森笑起来就像柴郡猫[1]，他出没不定，来去无踪。他棕色的眼睛里闪耀着快乐的光辉，那笑容则透露了他偷吃曲奇饼的秘密。或许，他也会教给爱丽丝关于仙境的法则。

泰勒没有他姐姐那样的高挑身材，但一种我在莎朗身上从未感受到的冒险精神，却赋予了他无穷的能量。他穿着一种看起来像是连体衣的宽松制服。“你是飞行员吗？”我问道，好奇地扬起了眉毛。

“没错，小姐，我是。”

“那你驾驶什么飞机呀？”我咬了咬嘴唇。一阵暖意在我的双颊上荡漾开来。小公主原本并不相信一见钟情，但这会儿，她几乎无法控制自己的羞赧。

莎朗打开了她房间的门。“嗨，泰勒。杰米你应该去睡觉了啊。你俩明天再聊吧。”

是啊，我早该躺下了，我一边想，一边打量着泰勒。不过，小公主应该先奖赏他的彬彬有礼。于是我凑近他耳语道：“不要告诉别人，厨房里有刚做好的曲奇饼。”

精灵公主拉开窗帘，黎明在云端绘上红色和紫色的彩带，清晨的薄雾从原野升起。世界仍然一片寂静，我喜欢在这样的时刻祈祷，然后开始一天的生活。像往常那样，祈祷末了，我问上帝，他会不会把我变成一个男孩？如果不会的话，那能否就让我好好地做个女孩呢？

杰米森的聪颖让父母深感自豪，他博览群书，逢考必胜。但既然他天资过人，怎么可能连这最简单不过的事情——当个男孩——都能让他束手无策？我敢打包票，大多数的人们，生平从不用考虑，自己是什么

1　柴郡猫（Cheshire Cat）是《爱丽丝漫游仙境记》（*Alice In Wonderland*）中的角色。他会突然消失，只留下粲然一笑。他帮助爱丽丝了解仙境的法则。——原注

性别。

我刚换好衣服，就听见有人敲门。我开门让莎朗进来，她跟我打招呼，一脸抱歉的神情，“昨晚真是对不起，泰勒应该先打个电话的。”

“没关系，但现在我们怎么办？妈妈说过，凯拉会来这里过圣诞。我在她面前得要当个男孩啊。那我可怎么面对泰勒呢？”

“你表姐并不反对你做女孩的。”

别再假装为我保密了！“你已经把我的事情跟她讲啦？”

“杰米，要是你的家人都像你表姐那么开明，这场战争早就偃旗息鼓了，难道不是吗？”

“莎朗，我不需要你来挑起第三次世界大战，会有人受伤的。”

“凯拉接受那个真实的你，而泰勒又喜欢我这个红头发的好朋友。这有哪里不对吗？”

总有一天我会捅娄子的，现在我已经在捅娄子了。泰勒越是喜欢我，等他终于发现我并不是一个女孩的时候，他就越会恼羞成怒。“他是这么说的吗？”

“对呀。”

不如快刀斩乱麻。“我得跟他说实话。”

“杰米，等一下。”莎朗挡住了我的去路，“我弟弟要到今晚才回来。我们会告诉他的，但先给他一点时间来了解你好不好？在他看来，你还是个十二岁的小姑娘，大病初愈，惹人怜爱呀。”

听了她这胆大包天的谎话，我的下巴都快掉下来了。“你是在开玩笑吧，可不是？”

莎朗指了指镜子，“你自己看看，难道我形容得很离谱吗？”

我看着镜中自己的模样。一个尚未发育的小女孩微笑着向我挥挥手。是啊，倒也八九不离十。“凯拉一走，我们就告诉他？”

“你搬回宿舍之前，我们一定跟他讲。”

那可是整整三个星期的时间啊。我咬着嘴唇，心想泰勒会不会杀了我。“那好。”

莎朗出去了，帮我关上了房间门。

但也可能，到那时候，他已经跟我成为朋友了吧?

5

我挑剔地审视着镜中的这个孩子。凯拉很快就要到了，她会说什么呢？换了新发型和新衣裳，我看起来真的像个女孩了。可我心里却非常忐忑，紧张地站在入口处等待着。

五分钟，感觉就像过了几小时。凯拉到了，我帮她打开门。把她让进门里来的时候，她愣了一下，但很快就笑着拥抱了她的小公主。她还记得我！我的心像一只羚羊一样欢腾起来。

凯拉递给我一个袋子说："我顺路去了救世军的二手店，这些衣服你应该能穿。"

泰勒很快就要到家了，于是我拥抱了表姐，快步向卧室走去。我拿起一条现代风格的裙子，心想我其实并不介意穿旧衣服。我在乎的，是凯拉仍然喜欢她的精灵公主。

我换好裙子，看着镜中的姑娘，盘算着要怎样才能让她看起来更接近二八年华。片刻之后，我穿着凯拉刚买的裙子出现在客厅里。莎朗笑了，"真漂亮。虽然还是只有十二岁，但绝对是个美人胚子。"

莎朗和泰勒已经在客厅里吃着零食聊着天，开始了圣诞的庆祝，我和凯拉也过去加入他们。我们开始拆礼物了。凯拉递给我一个包裹说："她原本就是属于你的，但我想还是包装一下比较好。"

我打开包裹，小心翼翼地不想撕坏包装纸。"索菲！"我高高举起我的蓬发安，紧紧地抱住了凯拉。"我的小公主索菲！"我轻轻念道。

凯拉的眼中注满了温柔的悲哀，“你们全家搬走的时候，你把她落在我家里了。”

我努力眨着眼睛，但眼泪还是滑落下来。谁知道圣诞老人还会给我带来多少泪水？

莎朗碰了碰我的手臂，“你说过你以前是唱诗班的呢，还记得你们当时都唱些什么歌吗？”

我回想着自己学过的歌曲，然后深吸了一口气，唱了起来：“天使歌唱在高天，美妙歌声遍平原；”[1]

凯拉朝我一笑，然后也加入进来：“四周山岭发回声，响应天使欢乐音。”

我们一起唱和声部分：“荣耀，荣耀，荣耀归至高神！”

“等一下！”莎朗奔向钢琴，一边唱女低声部，一边按下琴键。

泰勒笑了，拿起一本曲谱，唱起了男低声部。

歌词过完一遍，泰勒转身问莎朗：“我们多久没唱这首歌了？”

“太久啦。”莎朗伸着懒腰，打了个哈欠答道。

凯拉朝她的小公主眨眨眼。我微笑着对她说：“谢谢你。”

每天都在附近的街道散步，我的体力慢慢恢复了。只要泰勒在家，他就会陪我出去。我从未被男生如此优待过，但一个女孩应该很快就会习惯这样的殷勤了吧。虽说我并不真是一个公主，但他似乎就是我的白马王子。

有一次我们出去散步的时候，我问他未来有什么打算。

他顿了顿，一只手托着下巴，脸上闪现出他那标志性的粲然一笑，

---

1 《天使歌唱在高天》（*Angels We Have Heard On High*）是较不著名的圣诞歌曲之一。——原注

“等我从越南回来，我想自己开一家农药喷洒公司，或者当个急救运输飞行员。”

“越南？”

“对啊，我应该今年春天或者夏天就会被派去了吧。”

我转过脸去，叹了口气说：“你非去不可吗？”

“我们说点别的吧。”他握住我的双手，“等你长大了，你想做什么呢？”

融融暖意从他的手心传来。我的心跳到了嗓子眼儿。多数时候，泰勒都把我当成她的小妹妹，但偶尔，我却希望自己看起来真有十六岁。“我也不知道。”我低声说，嗓音有点沙哑，“爸爸妈妈想让我上大学，但我更想结婚生子。”

“你收到自己想要的圣诞礼物了吗？”

是的，我收到了。和一个名叫泰勒的男孩共度的时光，这就是我的圣诞礼物。一位温文尔雅的兄长，一个可以让小公主安心暗恋的人。我笑了，“是的，先生，我收到了。”

“但你不会告诉我你收到的是什么，对吧？”

“对，我不会说出来。”

“莎朗说你上教堂。你是基督徒吗？”

“是的，先生。”

泰勒睁大了眼睛，“你能不能别再那么叫了？”

“先生？”

“对，就是这个。”

“好的，泰勒先生。”

他笑着摇摇头，“我也不过才十九岁。你不用那么正式啦。”

“好的。”

“那你每天都读《圣经》吗？”

“也没有，读得不多。”

"你想一起读经吗？或者一起祷告？"

"很乐意呢。我们能再唱几首赞美诗吗？"

"当然可以。"他答应道，牵起我的手，我们继续走着。"杰米，你的生命是否荣耀神？"

"耶稣为我死在十字架上。我努力顺从他，但是——"与他对视之时，我已不知所云。

"但是什么？"他问道，他的微笑让我感到一种鼓舞。

我埋头看着地面。他的目光变得如此热切。"明辨是非并不总是那么容易的。"

"正因如此，他才将他的言与灵赋予我们。"泰勒沉默了一阵，注视着我的眼睛，"小公主今晚有力气一起查经[1]吗？"

每当泰勒在我身旁，我总是被一种温暖包围。他会成为一个完美的丈夫。他循循善诱，无比温柔。我答道："当然。"

莎朗、泰勒还有我一起坐在厨房里，吃剩的晚餐在我们面前慢慢凉掉了。我的紧张化作了恐惧。莎朗对泰勒说，我回去之前有事相告。于是，我们沉默地坐在了餐桌跟前。

何时才是将秘密和盘托出的良机呢？说得太早，人们会对你敬而远之。说得太迟，人们又会觉得你瞒天欺地。守口如瓶，人们迟早会挖出真相，并恼怒于你不曾把他们信任。

莎朗知道我的秘密，她仍然是我的朋友。或许泰勒也会继续和我做朋友吧。他一直都对我这么好啊。我抬起头，发现莎朗正在看着我。我的心都缩紧了，一个字也说不出来。

---

1 即查考《圣经》，指信徒相聚，共同研读《圣经》，以便深刻理解经文含义，用以作为生活准则。——译注

我们又沉默地坐了几分钟。莎朗终于开口了，“泰勒，是我让杰米先别告诉你，这样你们就能先相处一段时间。”泰勒深棕色的双眸转向我，充满了期待。莎朗继续道：“她得了一种罕见的病，害她个子长不高。她其实已经十六岁了。”

泰勒难以置信地摇摇头，“她看起来，唔……也不是……很丰满啊。”

“是平胸啦。”我难为情地说，“我还没到青春期呢。”

莎朗瞥了我一眼，“她这种病也影响到了生殖系统。等她父母那边的事情搞定了，她就会服用雌激素。”

泰勒瞪大了眼睛看着我，“十六岁？”

我肯定道，“我已经是迈阿密大学的学生了。”

他朝别处望去，有点心神不定，“你和爸妈之间出什么问题了？”

我为什么就不能和别人一样呢？我是个马戏团的怪胎，行了吧？我心中千言万语，嘴上却一字难表，于是我望着莎朗，向她求救。

她咳嗽了一声说道，“杰米的爸妈不能理解她是个女孩。”

阴云爬上泰勒的眉梢。我叹了口气，咬住嘴唇。败局已定。“我和弗兰克同住在依顿楼。他不知道我的情况。”瞧，这不也说出口了吗。我盯着自己的双腿，俯下身去，等待着即将到来的风暴。

“你是个男孩？”泰勒艰难地挤出几个字，声音低得快要听不见。

“不是的，泰勒。”莎朗找回她那大姐教导小弟的口吻，“她出生的时候有一个睾丸和一个卵巢，但那又有什么关系呢？我跟她是好朋友。我原本希望你也能跟她做朋友的。”

我所以从来不和爸妈争论我的性别，原因之一就在于，与其自己面对现实，不如让杰米森替我活着，这样还能少些痛苦。我心中的那个乐天派还在盼望着泰勒能够忽略这场怪胎秀，而和小公主成为朋友呢。

我等待着，避开他的目光。“你该怎么面对这样一个人？我可以和一个半是女孩的男孩一起玩儿吗？我能跟一个半是男孩的女孩约会吗？”他的话里带着一种受伤、怀疑和恼怒的情绪。

“你昨天就处理得挺好的，泰勒。”他没有动，目光转向别处。一天以前，我对他来说还是那个十二岁的小妹妹啊。

泰勒在男生当中个子不算高，但他有宽阔的肩膀、结实的肌肉，脸上也胡子拉碴的。我哥哥则是又高又壮，参军之前他还是足球运动员呢。我怎么就不行呢？

艾丽西亚也比我高出六英寸，她才十三岁，但已经身材婀娜、初潮已至。我是不是奢求太多了？

好吧，所以我得服用激素才能进入青春期。睾酮只会让我雪上加霜，而雌激素至少会把我变成一个女孩子，就是个子矮点而已。这些都没关系，只不过，遇到任何一个我在乎的人，我还是得向他坦白我的怪异。然后，遭到放逐。

提着包，我冲出门。乌云跟着我，一路到宿舍。

6

圣诞假期一结束，我就应该抓紧为期末考试复习了。我迫不及待地想让一切回归正轨。注册之后，我买好了教材，把它们拿回宿舍。天气凉爽，阳光明媚，正是迈阿密宜人的冬日。湖畔，我最爱的那张长椅虚位以待，于是我坐了下来。通常我都会随身带着一本书，但那天，我只想在阳光里静静落座，享受花朵的芬芳。我往后仰去，闭上眼睛，开始遐想。

"嘿！快看这是啥——睡美人呀！"我一扭头，发现我的灾星正从长椅后面俯身看着我。

"行了罗恩，别来烦我，好吗？"

"不然呢？你这个小娘炮。"罗恩揪住我的头发，把我的头往后扯，"你还欠我钱呢，弗兰克拿去给你买睡衣了。"他把我的头猛地向前一推，然后得意洋洋地往宿舍去了。

莉萨从旁边的一株木兰树下朝我走过来。"他什么德行啊！"她喊道，脸都气歪了。

"他拿了件弗兰克妹妹的睡袍——从他们家里，我猜——丢在我床上想要恶作剧。然后因为我不还给他，所以他得再买一件新的赔人家。"

莉萨瞪大了眼睛，"你把睡袍扣留啦？"

"那当然。妈妈一直跟我讲，谁敢欺负我，就必须让他付出代价。"

莉萨一手捂嘴，咯咯直笑。接着她瞥了罗恩一眼，皱起了眉头，“他经常来烦你吗？”

“嗯，几乎天天如此。”

“那你怎么不去告他呀？”

“那样只会适得其反。”

“真是的，都没人保护你。”

我俩坐在一起，看着小鸭子在浅水里嬉戏。莉萨终于开口了，“你这学期都选了什么课？”

“法语，高级文学，写作，还有历史……今天又有一个反战示威。你在拍照吗？”

“没有，只是欣赏一下风景。”

微风送来花香，我深深吸了一口气。“你喜欢忍冬不？”

“喜欢啊，我记得湖对岸还长了一些茉莉。”

我从长椅上跳起来，“噢！那你能带我去看看吗？”

莉萨笑了，“当然可以呀，这边走。”

我开心地跟了过去，努力追上她那迅捷的步伐。

她回头看了我一眼，放慢了脚步。“还记得我给你在木兰树下拍的那张照片吗？”

“开学那天拍的那张？记得呀。”

“介不介意我再拍一些？”

“不介意，我觉得挺好的。”

“那星期一怎么样？十点钟，长椅那里见？”

“行啊。”有她这么个朋友真不错。她总是乐呵呵的，又不会取笑我的新发型。“所以你到底为什么拍我呢？”

莉萨停下脚步，眼里闪着光。“我在收集有趣的脸。”她再次看了看我说道，“你的脸就像——那个词叫什么来着？——就仿佛你妈妈是个神话里面的精灵仙子一样。”

尘封的记忆挣扎着浮现出来，那是凯拉曾经给我看过的一本古老的书。“Faie，”我喃喃道，“柯帕里家族被认为是有魔法的，在中古英语里面就是用这个词来形容。”

莉萨眉开眼笑，“哎呀，没错！我就是因为这个才想给你拍照的。”她挠了挠我的头发，打趣地问：“所以你是不是被调包过的呀？拿你换了个人类宝宝。”

我琢磨着她的表情，心想要是真的认识了精灵公主，不知她会作何感想。

回到宿舍里，我翻看着新买的法语书，想知道到底有多难。《午夜飞行》得过好些文学奖。《包法利夫人》是福楼拜的代表作。《悲惨世界》看起来也挺有意思。从四岁开始，我就对阅读充满了热情。法语课给我的任何挑战，我都欣然接受。

电话响了。我咕哝了一句伸手去接，却满心不情愿跟任何人说话。听到泰勒的声音，我差点都要把电话挂断了。“嗨，泰勒。”

“我们能见面吗？我想跟你聊聊。”

“不行。”

“莎朗说你圣诞假期之后就没再去过教堂了。”

“我不太舒服。”

“你不能躲着上帝呀，杰米。”

“我想一个人待会儿，行了吧？”

“就几句话。我可以来找你吗？”

“不要！我上你家去吧。”

我走在去皮尔森家的路上，与泰勒共度的时光浮现在我的脑海，记忆如圣诞树上的小灯一般忽明忽暗。对一个小女孩来说，和莎朗同住的那几天无疑是美梦成真。我不曾如此奢求过，也不指望幸运再次降临。杰米森的法则已经重新各就各位了，我不能再被危险的童话所吸引。就让莎朗找个别的什么人去研究吧。至于泰勒——他愿意和他见到的那个小女孩成为朋友吗？

泰勒在车道尽头等着我。我之前为什么会觉得他像柴郡猫呢？他那灿烂的笑容已不复见。我走到他跟前的时候，他伸出一只手说："我们去散散步吧。"

他还想要我当他的小妹妹吗？我没有伸手回应他。"我可以跟你一起散步，但我要像个男孩那样。"

他站着没动，手仍然伸着，眉头却皱得更紧了。最后，他点了点头，把手插回裤兜里说："也行。"

我们向北往格拉纳达走去，一路上泰勒似乎都在搜尽枯肠，寻找合适的词语。"抱歉我的话伤害到你了。"

妈妈总是说，得饶人处且饶人。我却一直不以为然，"好吧。"

他停下来，深棕色的眼睛注视着我，"我当时很开心。你呢？"

热带的微风迎面吹来，我深深吸了一口气，想起之前我们散步的情景。"嗯，我也是。但我应该早点儿告诉你我的事情。"

他大笑起来，"'你好！我是弗兰克的十六岁的雌雄同体的室友'吗？"

"至少我应该告诉你我到底几岁了。"

"要是我就把你当作一个十六岁的女孩，而她不过是生了病，你会觉得受冒犯吗？"

"不会，但是你要知道，我现在必须做回男孩子了。"

泰勒微笑着摇摇头，"你会成为一个让人惊艳的姑娘的。纤弱和美貌对一个女孩来说是很好的搭配啊。"

他还是执迷不悟。我转过身，开始往宿舍走。

泰勒追上来，一只手搭在我的肩膀上，"等一下。对不起，我不会再强迫你了，好不好？"

我看着他，觉得他可能已经在为我祷告上帝了。那也无所谓。我爸爸不怎么管上帝的事情。"我得先读完博士学位，才有工夫考虑性别的问题。”

“博士？我以为你不喜欢读书的呀。”

“我爸爸就是因为学历不够才四处碰壁，他希望他的儿子们都能上大学。我哥哥在越南阵亡了，我就是他唯一的指望了。”

泰勒的脸抽搐了一下，有愤怒，有痛苦，也有悲伤。“你不是唯一需要朋友的人。”

你需要我？你这个了不起的直升机飞行员？你也能感受到痛苦吗？

“你的意思是？”

泰勒的目光变得凝重起来。“我是全连队个子最矮的，为这个我可没少受欺负。我得加倍努力，才不会被人小看。”他脸上的肌肉绷紧了，仿佛是在抑制泪水。“我自愿参军，因为我想在父母面前证明自己的能力。他们本来想让我成为医生的，但是……”

但是莎朗抢先实现了父母对泰勒的期许。“我愿意和你当朋友。”

泰勒又一次伸出手。我举棋不定，但还是冒险握住了。他紧握着我的手好一阵儿没放开，但至少，他没有吻我。

他指了指庞塞德利昂大道，“我在想，也许我们可以走到小凯撒那里吃点比萨饼，然后回去继续查经。”

红灯在我心头亮起，它警告我，和泰勒共处对杰米森而言有害无益。我寻思着找个拒绝的理由，却鬼使神差地点头同意了。有时候，你是需要冒险一下的。我使劲咬了咬嘴唇，以免脸上露出微笑来。

周一早上，我梳好头发，对着镜中的自己露出笑容，不再担心我看起来是否像个女孩。泰勒愿意和我做朋友了。

三步并作两步的，我奔下楼梯来到户外。栀子花正在盛开，我停下脚步呼吸它们那甜蜜的味道，然后向长椅走去。十分钟后莉萨来了，背着个挎包。她的笑容和我一样灿烂，“我知道有一株粉红的紫薇正在开花，不在校园里，但离这儿就三条街，你愿意去看看吗？”

“好啊，听起来不错。”

没走多久，我们就到了。我痴痴地望着这棵树，纳闷它的花期为何来得这么早。繁花之美将我彻底征服了。莉萨把包里的东西拿出来，准备好相机，招手叫我过去。“你可以看着点儿什么东西吗？”她递给我一张照片，佛罗里达夏日的欢愉在上面定格，你几乎可以闻到木兰的香气，无数花朵环绕着女孩美丽的面庞。我的面庞。这是开学那天她替我拍的照片，已经是六个月之前的事了。如果那时我看上去就已如此阴柔，那我现在会是哪般模样？

我观察着莉萨。她为什么要给我看这张照片呢？我的胃里一阵紧张。“我记得这张。”我笑着说，故意做出一副若无其事的样子。

这是莉萨头一回在我面前显得羞怯。她让我想起一只迷途的小猫。“这照片的确不错，只不过还有一点可以改进。我在想你会不会介意化一点……呃……”她把目光转向一旁，虽然这请求尚未出口，但她显然已经准备好听我拒绝。

我又看了看照片，胃里已经开始翻腾了。要是这女孩化一点妆的话，照片会更好看的。涂点口红，或者再抹点睫毛膏。难怪莉萨问不出口。你不会让一个男生去涂口红的。我对着自己一声轻笑——也许除了像我这样的男生吧。我为何就不能正常一点呢？我叹了口气，想着她会不会取笑我。“好的。”

“啊？”莉萨看起来有些茫然。

“你不是说，在开始摄影之前，你也是个化妆师吗？”

“没错，我现在也还是啊。我的一些模特——”她说着就更来劲了。

“你觉得什么样的妆适合拍照，我就化什么样的妆，但是我想自己学，还有，拍完照就擦掉。”

她笑了，那微笑告诉我，终有一天，她和精灵公主会成为朋友。

7

开学一个月了，一切都井然有序。电话响起的时候我正在做功课。弗兰克接听后说了没几句，就把听筒交给了我。“是莎朗。”他说。

“嗨！有什么事儿呀？”

“上次圣诞节我跟你说过演出的事儿。今年春假我们会演《第十二夜》[1]。这个剧你熟悉吗？”

“不熟悉。我读过莎士比亚的好些剧本，但这个还没有。是喜剧，对吧？”

“对，是他的扮装喜剧之一。我想让你来演西萨里奥。我觉得这个角色你再适合不过了。台词不多，而且只是慈善演出。你觉得怎么样？”

“放春假的时候？”

“对。”

总比回家好。“听起来挺有意思的。”

“太好啦！下次我见到弗兰克的时候会给他一份剧本。春假期间你可以住我家里。”

那天下午，上完最后一节课，我步行去皮尔森家。泰勒和我一周见

---

1 《第十二夜》是莎士比亚的扮装喜剧之一，剧中女主人公薇奥拉为求得一份工作而扮装成男孩西萨里奥。——原注

面三四次，吃吃饭，聊聊天，读读《圣经》。我们并非在约会，你知道，两个男生没法约会的。

泰勒站在莎朗的车旁等我。“队里的一个同事给了我一张牙买加客栈的双人礼券。我在想……”

直到现在他还没请我吃过饭呢。不是他没提出过。他其实次次都提的。他是那种老派作风——男生总要抢着付账，所以我从来都不同意。我摇了摇头，“我——”可这不过是张礼券而已，又不需要他掏钱的，“好吧，但是小费我来付。”

在去比斯坎湾的一路上，泰勒都春风得意。这次我大概是失手了。

我们坐在一个三面隔断的小间里，又舒适又安静。唯一的麻烦是空调的出风口一直对着我的后背吹冷气。我的牙齿开始打颤的时候，泰勒脱下他的外套递给我。我犹豫着，泰勒歪着嘴笑了，“这可是件男装外套呀。”

男装不男装，我可冻坏了。我把它披在肩上，感激它的温暖。一股并不讨厌的麝香味道让我回想起圣诞假期的情景。他在客厅里安放圣诞树的时候，穿的就是这件外套。愧疚之情让我的心软了下来。“你假期里待我那么好，我对你说过谢谢吗？”

泰勒的双眸在昏暗的灯光下闪烁，“你没说过，但不用客气。”

一个服务员来到我们的隔间跟前，我还沉浸在圣诞节的回忆中，没注意她在说什么。

“我要一杯冰茶。”泰勒答道，他那快乐的眼睛热切地望着我。

年轻的服务员转向我：“你呢，小姐？”

“一杯橙汁。”我朝她点点头。我并不在意服务员把我认成女生。等她走了，我笑着对泰勒说：“莎朗跟我说好，让我在她排的《第十二夜》里面演西萨里奥。你对她排的戏了解多吗？”

他的笑容让整个隔间都亮堂起来。“西萨里奥？真的吗？你可熟悉这个角色？”

“什么都不知道，只听说他台词不多。”

泰勒手托下巴看着我，“或许我应该跟姐姐说说，让我来演奥西诺。我们可以一起对台词呢。”

“你会帮我排练吗？那太好啦。”

几天之后，弗兰克给了我一份剧本。我看了看，这才知道西萨里奥其实是薇奥拉，一个女孩。但我并没有大惊失色，谁让我还不清楚自己要做什么，就已经答应别人了呢？我的新发型已经是众矢之的了。要是大家再发现我在戏里演女角，我恐怕就一辈子不得安生了吧。但就算这是莎朗故意下的圈套，我也绝对不会食言。

我坐在湖边的长椅上读《第十二夜》的剧本。我太专心了，连有人在我旁边坐了下来都没觉察到。我低声朗诵着台词，完全进入了角色。

“你是在读剧本吗？”

我吃惊地抬起头，这个年轻人长着深棕色的头发，胡子拉碴的，眼睛是灰蓝色。他面带微笑，给人一种温暖而友善的感觉。实际上我觉得他挺可爱的呢。“抱歉，我不是有意打扰你的。我叫肖恩。你是在练习台词吧？”

“我叫杰米。没错，我参加了一个戏剧演出。”

“学校里的吗？”

“不是，是在迈阿密北部的一个乡村俱乐部。我室友的女朋友组织的。慈善义演。”

“是吗？真是热心肠啊。”

“谢谢……你是哪个专业的？”

“哦，我不是这里的学生。我在等一位年轻女士，她在我老板手下工作。”

“那你是做什么的？”

“我在迈阿密海滩的一个俱乐部当保安。”

莉萨觉得应该有个人来保护我，然后眨眼工夫，这个人就出现在了我的长椅上。我笑了，想着是不是莉萨给我安排了这么个保镖。

我没有理由生泰勒的气。他不过顺水推舟，好多些时间和我相处罢了。总之，我也没什么损失。我还可以和他练习台词呢。

但我隐隐觉得不安。他的眼神告诉我，他对我的感情已经越出雷池，而这不是我、或者任何一个男孩被允许回应的。好吧，我承认，我也对他好感日增。

“你就相信我好了。”他说，但却不愿意告诉我接下来的计划。那天我起得很早，这会儿已经有些疲倦了，但他却坚持着。于是，红日西沉的时候，我穿上我的牛仔外套，往他家走去。落日穿过云层，射出一道道紫红的光束。

他抓住我的手，开始回头往校园走。我原本想要争辩，但仅仅跟上他的步伐就已经让我踉踉跄跄了。泰勒带我来到校内运动场。当嘉年华的画卷在我眼前展开，男孩们不该牵手这件事就被我抛到了九霄云外。

就这样，我们手牵手地穿行在各种游乐设施之间，一边谈笑，一边吃着爆米花，一边闲看周围的人群。星月初升，仿佛在众人头顶徘徊。微风送爽，带来酝酿中的雨水气息。嘈杂的人声和着管风琴的鸣奏，几乎淹没了远处南方高速公路上的车水马龙。

我们旁边，一对年轻的情侣正在忘我相拥。我看着他们，却感到一种从未有过的疲惫。“我该走了。”我从泰勒手里抽回手说道。情爱是不会在我的生命里开花结果的。

泰勒发出一声长长的叹息。“最后玩儿一圈，我们就走。”他再次拉起我的手，带我走向摩天轮。我们爬进座椅，等待其他乘客各就各位。我情绪低落，无精打采。当泰勒伸出一只手臂把我搂进怀里的时候，我已经听天由命了。

离春假开始还有一个月，我去了一趟莎朗家。刚刚走上车道，我就看见她招手相迎。“谢谢你过来呀！”

我勉强笑笑，跟着她走进屋里。“莎朗，我知道你是出于好心，但你骗我在这出戏里演女角，我一度是很想打退堂鼓的。”

莎朗皱了皱眉头，但还是向我道歉了，“对不起。要是我一早就对你说实话，那你还会同意吗？”

“很可能就不会了。恕我直言，你为什么叫我过来呢？”

“我想帮你量一下服装的尺寸。”

“你真的想让我演薇奥拉吗？要是观众发觉是个男生在扮演西萨里奥怎么办？”

莎朗摇摇头说：“是个男生？这完全不成问题。”她耸耸肩，“我们以前排过真正的莎士比亚，泰勒的一个朋友在《皆大欢喜》里面演西利亚。他的女装扮相简直不能看，但观众一样喜欢他。多数台词都是西萨里奥的，再说了，排练下周就开始，现在换人也来不及了。”

“我不是个有经验的演员呀。”

“这是个女扮男装的角色，你应该能够搞定的。”她不动声色，只用眼神告诉我，别再和她争论。

我叹了口气，转过身去。

换了一种温柔的语调，莎朗说道：“还有一个事儿，按照传统，谢幕的时候那些终成眷属的恋人们要亲吻彼此，奥西诺和薇奥拉也包括在内。”

我的心跳到了嗓子眼儿，“泰勒？”

她点点头，笑道，“对，泰勒。”

他心知肚明，还故意吻我？就在众目睽睽之下？我只觉得脊背一阵发麻。我摇头想说“不行”，却只挤出一句“好吧”。但愿弗兰克不会在那儿看演出。

晚饭过后，我跟着莎朗来到厨房里。我一直渴望知道自己到底得了什么病，现在看起来是个好时机了。“你能跟我讲讲我的病情吗？当时医生们交头接耳，却什么都没告诉我。”

莎朗的身子往前倾了倾，“我试试吧……通常来讲，男孩的每个细胞中各有一个X染色体和一个Y染色体，而女孩的每个细胞中有两个X染色体。”

这我知道。人类基因常识嘛。

“特纳氏综合征就是一个女孩在每个细胞里面只有一个X染色体。患特纳氏综合征的女孩长得都很矮。”

“比我还矮吗？”

“对。我记得特纳氏综合征患者的成年平均身高只有四英尺八。”

“哇。”

“她们的性征不会发育，有时候心脏或者肾脏也有畸形。”莎朗用柔和的声音继续道，“你的情况是混合型性腺发育不全。得这种病的人在有些细胞里各有一个X染色体和一个Y染色体，而另一些细胞里面就只有一个X染色体。”

“我的一部分细胞是女的吗？”

莎朗笑了，摇了摇头，“单个的细胞是没有性别的。但可以说，你是一幅特纳氏综合征女性和正常男性的拼图。一些患混合型性腺发育不全的婴儿生来就有一个睾丸和一个卵巢，比如你就是。”

“一个卵巢？”我抿了抿嘴。

“特纳氏综合征患者的卵巢只是一些纤维组织而已，不能产生卵子也不能产生雌激素，而要怀孕的话你还缺少一个子宫。”

我咬紧嘴唇，垂下眼帘。“所以受精之初我只是一个细胞？”

“对……一个带X染色体和Y染色体的细胞。早期细胞分裂过程中有一个Y染色体丢失了。没有Y染色体的细胞继续生长分裂，形成更多没有Y染色体的细胞。”

“但我最初是一个正常的男性受精卵？”

“对，可以这么说。”

“所以上帝原本是要我做男孩的。”

莎朗看起来若有所思，然后摇了摇头，“你爸爸有多高？”

“六英尺一。干吗问这个？”

“你还有个哥哥对吧？”

“他有六英尺二。”

“你的部分细胞缺失Y染色体，所以你还不到五英尺。那么上帝原本想让你有六英尺高吗？”

“别傻了，我又不能改变自己的身高。”

“这不就对了。”

8

上完最后一节课，我步行前往皮尔森家。春假终于开始了。我刚敲了一下门，莎朗就听到了。“是杰米吗？快进来吧！”

“嗨！演出准备得怎么样了？”

莎朗点点头，“差不多了。”她指着走廊说，“我把给你的东西放在床上了，去试试衣服吧。在戏里你不能平胸的，所以你得试着戴下胸罩。换好衣服了告诉我，我帮你梳头和化妆。”

“好的。”

小公主一件件翻看着放在床上的东西，好奇于莎朗都选了些什么行头——睡裤，花衬衫，一把新梳子，女式荷包，一个带衬垫的胸罩，一些廉价首饰，还有圣诞节时凯拉买的衣服。

等我回到厨房里，莎朗示意我在一把椅子上坐下，“我来帮你弄头发。”大功告成，她递给我一面镜子。“梳了个小辫儿。”她说，“等有空了，我来教你怎么编辫子。弗兰克就老是学不会。” 她笑了，看了看时间，“来，给你化妆吧，完了你可以帮我做晚饭。”

梳了新发型的小公主看起来可爱极了，辫子让她的脸更加引人注目，却又不会夺去头发本来的光彩。真是相得益彰啊！要是我曾经允许杰米森看看妈妈或者艾丽西亚的那些杂志，那我应该会对梳妆打扮这件事更在行的。爸爸妈妈真的会那么生气吗？

第二天一早，清风拂动着窗帘，天花板和四面墙上漾起阵阵光的涟漪。房子里不知从何处传来轻微的响动，有人已经起床忙开了。小公主伸伸懒腰，打个哈欠。不用照镜子，她也知道自己神采奕奕。“上帝啊，”我祈祷着，双手紧握在一起，“我应该成为一个表里如一的人。请让我的内心也变得跟我的外表一样像个男孩吧。我的父母是希望我当男孩的。上帝啊，请把我变成一个男孩吧。但如果不行，就让我好好当个女孩吧。”

我冲了个澡，洗了头发，穿好衣服，化了妆。我审视着自己，直到满意才作罢。朝镜中的小公主眨了下眼睛，我就往厨房去了。

莎朗和泰勒已经在饭厅里喝着咖啡。“早上好！莎朗小姐，泰勒先生。”我在冰箱里找到一瓶苏打水，拿了个杯子，也在桌边坐下来。

“我们正聊到你呢。”泰勒笑着说，“莎朗说你已经把台词都背熟了，所以今天我们可以放个假。我在想我俩可以去椰树林，再从那儿去马西森·汉默克公园。”

莎朗微笑着对我说：“去吧。我得处理一些杂事儿，你们两个好好玩儿。吃点东西再走，可乐总不能当早餐呐。”

行了吧莎朗，我都快十七岁了。“遵命，妈妈。”

“我去把摩托车推出来。”

“摩托车？”我睁大了眼睛问道。

“没错，今天我会骑我的川崎牌，骑摩托可比开车过瘾多了，你坐过吗？”

“嗯，坐过几次。”

“你最好穿牛仔裤。穿裙子是没法骑的，等你换好衣服，我也该差不多准备好了。”

小公主回去换了牛仔裤和绒线衫。我坐在床上，战战兢兢地回想着我的上一次摩托之旅。那是和一个名叫戴夫的邻家男孩。我们骑得越久，我就越是感到一种明显的性冲动，负罪感也越发强烈。注射睾酮之前，这样的事情从来没有发生过，所以即使现在回想，我也还是心有余悸。我犹豫着要不要跟泰勒说我改变主意了，但转念一想，又觉得一定是那激素在作怪。

我走到大门口，泰勒已经整装待发。我爬上后座，双手抱住他的腰。作为女孩，我只要乖乖坐下，把他抱紧就行。泰勒让摩托车缓缓驶上格拉纳达大道，随后开始加速。前轮突然离开了地面，我向后滑去，差点脱手，只觉得肾上腺素瞬间飙升。比起戴夫的那一辆，这川崎摩托声响更大，座椅坡度更高，加速也更为迅猛。而泰勒比戴夫年长，身体也要强壮很多。我知道泰勒是不会让我受伤的，但我还是抱紧了他，仿佛我的整个生命都托付出去了。

过了庞塞和南狄克西，泰勒拐上了哈蒂路。脚下的路面变成了深色的掠影，头顶的树枝一闪而过。我们仿佛在一条黑绿相间的隧道中奔驰。骑上高速主路之后，他才松了一点油门。等我们来到格兰德大道，泰勒靠边停了下来。他取下头盔，扭头冲我一笑，“你可以放开手了，我们已经停车啦。”

小公主把头靠在泰勒背上，又保持了几秒钟，瑟瑟发抖。我的心脏似乎还没追上我这风驰电掣的身体。车身的抖动让我麻木了。肾上腺素仍在我的血管里奔腾，我无暇思索其余的一切。我终于取下头盔，甩甩脑袋松开头发。“真过瘾！你经常骑这么快，不会被扣驾照吗？”我从后座上下来，打开荷包拿出梳子，开始整理发型。

泰勒跨下车，把两个头盔都放在车座上。“我们没超速。只是感觉上骑得快，因为哈蒂路是没有路肩的两车道。”他朝旁边一指，“你去过海军准将广场吗？”

“我连椰树林都没去过呢。这个广场都有什么呀？”

“多半是商店和餐厅。”他转身指了指十字路口，“巴纳克尔是全国最古老的建筑之一，迈阿密还不是一座城市的时候，它就已经在那儿了。”

街的另一边草木苍翠，一扇铁门挡住了一条小道。“那你打算做什么呢？”

他一脸灿烂，两眼放光，“我还有两个星期就要去越南了，现在有个漂亮女孩站在我面前，你觉得我打算做什么呢？”

我望向一旁，双颊滚烫。泰勒是个不错的男生，可我为什么总觉得他话外有音呢？我干吗总是想着结婚生子呢？我咬了咬嘴唇低下头。我在害怕什么？他是了解我的。

我走近他，笑着把他拥入怀中。“还没有人亲过我的嘴唇呢。”小公主梦想着童话成真。

他的一只手伸进我脑后的发梢里，把我搂得更紧了。他的嘴唇碰到我的嘴唇。生命深处，一种美妙的东西醒了过来。

9

演出当天一大早，我们进行了最后一次彩排。泰勒和我正在收拾服装，莎朗朝我走了过来。“我要出去办点事儿，你要不要跟我一起去？我们先去购物，再去一家很棒的小馆子。”

莎朗一直在怂恿我全天候地当个女孩，她不紧不慢，却步步为营。最早她告诉我愿意和我交朋友时，我以为能当一天女孩就很好了。泰勒的意外到来把那一天变成了整个圣诞假期。而参演这场话剧，莎朗和泰勒之外的其他人也会看到我穿女装的样子。现在我要是再和她上街去，岂不等于在日常生活里也公开了女孩的身份？我必须在爸妈发现之前赶紧收手，越快越好。“我还是别去了。你去吧。我在家等着。”

莎朗瞥了泰勒一眼，泰勒耸耸肩。她握住我的手说，“过来，我们得聊聊。”

我们走到转角处，她问我到底怎么了。

“演出是一回事，它毕竟不是真的。但我爸妈不想我公开当个女孩。我昨天和泰勒骑车出去，那已经算是很严重了。”

“那你要是坐在这里，穿着裙子，整天黏着泰勒，他们就会开心一点吗？”

莎朗很可能是对的。两者当中，任何一个都可能让我吃不了兜着走。或许是我过虑了，但我也在她的话里听出一丝威胁的味道。“倒也不会，女士。你说得有理。”唉，这一切何时才能尘埃落定呢？

我们一边往停车的地方走，莎朗一边给我提了些关于表演的建议。

"你不用担心男装的部分演过火，这本来就是薇奥拉头一次假扮自己是男孩，我觉得她应该搞砸才对。我的建议是你放轻松，做自己就好。"

莎朗发动了汽车，她看看我说："我得去趟学校里的书店，我想让你帮我取一下我预订的书。我自己要到图书馆去还另外几本，完了我们可以在车里碰头。"

我盯着窗外，心里忐忑极了。在莎朗和泰勒面前当个女孩是安全的。话剧也只是话剧。但书店里的人们会把我看作一个女孩吗？几乎所有的人都取笑杰米森，那他们会不会也拿杰米寻开心呢？

莎朗设法在米勒大道上找了个停车位，就在图书馆和书店之间，几位校警站在外面闲聊着。我在等待的当口，一个年轻人从书店里走了出来。他朝两位校警当中看起来更年轻的那位招呼道："永远忠诚[1]，兄弟！"校警也点点头微笑致意。

我推开车门，迅速扫视了一下，然后快步走进了店里。一瞬间，我的心如坠深渊。罗恩就站在杂志区，手里拿着一本《公路与轨道》。我进来的时候他还朝我这边瞥了一眼，但我不确定他是否认出了我。现在逃跑为时已晚了吧？我扭过头去不再看他，迂回着来到预订柜台跟前，"夫人，我来帮莎朗·皮尔森取她预订的书。"

几分钟过后，女店员拿着一堆书回来了。她对照着订单再次检查了书目。"在这儿签字。"她指着递给我的一张纸说道。

我拿起书，转身要走。罗恩站在门边，斜倚着墙。他一脸坏笑地朝我这边看过来。小公主假装没有看到他，漫不经心地走向门口，沿途还不时停下来看看各处的展示品。我祈祷着他会放我一马。

就在我要出门的时候，罗恩挡住了我的去路。"麻烦借过。"我想

---

1 "永远忠诚"（Semper Fidelis）是美国海军陆战队的座右铭，原文为拉丁文。后来杰米告诉校警，她的男友也是海军陆战队员。——原注

要闯过去，可是他比我高出一英尺，体重是我的两倍，力大如牛。“请你让我过去！”

罗恩摇摇头，恶狠狠地说道：“不然呢？你这个小基佬。”他朝近处的一位店员做了个手势喊道：“嘿！快叫保安，来抓变态！”他指着我，“这是一个男孩！他和我住同一栋宿舍楼。”

我企图摆脱他。“放开，你弄疼我了。”虽然没有大喊大叫，但我的音量和声调都比平时高出了许多。眼泪开始模糊我的视线。一群围观者盯着我们看。罗恩用一只手抓住我的手腕，另一只手抓住我的胳膊。我放低一侧的肩膀，用力扭转身子，低声喉道：“放开我！”我没能从他手里挣脱出来，却听到自己衣袖撕破的声音。漂亮！我用没被他抓住的那只手擦了一把眼泪，一些睫毛膏被擦了下来。好极了！

他抓住我的时候，我拿在手里的书掉了下去。“看呐！《身体的性错误》[1]。一本变态的书！”

我不用假装哭泣，眼泪早已像断线的珠子似的滑落下来。我奋力奔向门边，一脚把门踢开。玻璃没碎，但那响声却令人侧目。一位校警走了进来，另一位站在门外。罗恩把我推向他们，我撞到了其中的一个人，但我只是弯下腰去拾起掉落的书，接着就转身走开了。低着头，我取下一个发夹，让头发披散在脸上。

校警皱着眉头问道：“这是怎么回事？”

罗恩指着我说：“他是个男生，他叫杰米森，就住在我们宿舍里。”

年长的那位校警瞥了我一眼，走向近处一位店员问道：“到底什么情况？”

---

1 *Sex Errors of the Body*.——译注

“她进店来，取走了一些预订的书，正要出门，他就截住人家不让走。”

校警转向罗恩，“我要看一下你的证件。”

罗恩面露不悦，他拿出钱夹，给校警看他的学生证。“那你怎么不看他的呢？”他再次指向了我。

校警叹了口气，摇摇头说：“你的也要看，小姐。”

小公主仍在抽泣，“我叫……呜呜……杰米。我没有……呜呜……驾照。我能走了吗？我男友……呜呜……的姐姐在等我。”

年轻的那位校警用手扶住我的胳膊肘问道：“外面有人可以证明你的身份吗？”

我点点头：“莎朗。”

校警带着我走出书店，莎朗急忙从车里跑出来。“怎么了？你没事吧？”

校警看看我，朝她笑了，“你是莎朗？”

“对。怎么了？有问题吗？”

“没有，女士，我只是需要你证明一下她是谁。”

“杰米·柯帕里。我弟弟就要去越南了，所以她这段时间和我们住在一起。她哥哥和我男朋友在学校宿舍是同屋。”

“她哥哥的名字是？”

“杰米森。干吗问这个？”

“你弟弟就要去前线了？”

“对，泰勒再下个星期四就走。”

“他是海军陆战队员。”我小声说，一边检查被撕破的衣袖。

“你是他女朋友？”校警看着我那无辜的花仙子般的面庞问道。

我低声道：“没错，先生。”

“永远忠诚！”他脱口而出，接着向后一转身，大步朝书店去了。

我看着校警离开。就算罗恩坚持说我是个男生，大家也还是相信我是女孩。我都不需要刻意而为。这么看来，我是能够作为一个女孩生活的！只是，爸爸妈妈会同意吗？

人真多啊！我惊讶地扫视着满场观众。彩排的时候，台下这些桌子几乎都还空着呢。莎朗向我保证过，她会给弗兰克派点儿差事，让他来不了演出现场。总之，也没工夫紧张了，我还得去拿饮料呢。

每张桌上都有一个写着号码和一位演员名字的标牌。事无巨细，莎朗都安排得妥妥帖帖。但我还是有办法出点岔子。精灵公主大概是永远也当不了服务生的。幸运的是，比起抱怨我的各种闪失，人们似乎更乐意和薇奥拉聊上几句。我惊奇地发现，自己竟然如鱼得水。

信号响了。演员们聚集到后台。泰勒牵起我的手，带我来到左边一个旧沙发跟前。导演匆忙地跑上跑下，察看一切是否就绪，泰勒却只是心不在焉地抚弄着我的头发。他一整天都紧张兮兮的，经常话说一半就没了下文。但愿他不会把台词也忘了吧。该他上台了，他俯下身来，在我唇边轻轻一吻。就这样，他走了，留下粲然一笑。这下却轮到我担心自己会不会忘词了。

第一场很短，我就站在后台观望。第二场开始了，我和船长以及水手们一起走上台去。一切顺遂，直到我发现莉萨坐在前排中央的一张桌子旁边，正在对我微笑。我这才恍然大悟，原来演员和剧组之外的人们也是会认出我来的。“什么国土？”有人从后台小声提醒道。

*看着船长。专心点！*我回过神来，“朋友们，这儿是什么国土？”[1]

船长对我皱了皱眉头，然后也回到自己的角色当中，“这儿是伊利里亚，姑娘。”

---

1 《第十二夜》（中英文对照全译本），朱生豪译，中国国际广播出版社，2001 年版。后续台词出处同此。——译注

第二场结束了，我走向后台，抓起男装匆忙更换。等我作为西萨里奥回到台上的时候，第三场已经接近尾声。

第四场，我和凡伦丁一起上台，但我主要是和奥西诺演对手戏。演到奥西诺要我向奥丽维娅代为求爱的那一段，我突然觉得一阵剧痛刺向心头。我记得所有的台词，扮演化妆成西萨里奥的薇奥拉也让我乐在其中。爸妈总说，我的想象力过于丰富了，但这种痛苦仍然令我大惑不解。是因为我入戏太深，所以此刻更能体会薇奥拉的心情吗？还是一想到泰勒要与别人结婚，我就倍感失落呢？一股温柔的暗流穿透了我们在台上的你来我往。在泰勒的笑容里，我仿佛不止看到了奥西诺对西萨里奥的钟爱。表演继续着，我渐增的紧张变成了喉头的一阵干涩。西萨里奥最后的台词是一段独白，这本该是对着观众道出的，我却无法把目光从泰勒身上移开。“我愿意尽力去向您的爱人求婚……但我一定要做他的夫人。”他笑得更加灿烂了吗？多么奇异的疯狂啊！接下来的演出里，我一直暗自思量，或许将来，嫁给他将不再遥不可及。

10

小公主睡了个懒觉，伸伸懒腰。又一个美好的早晨。莎朗走进客卧的时候，我正在打包行李。“你不用现在就走吧，对不对？泰勒还想留你吃午饭呢。”

“应该可以，但我吃过饭就得走。”

我来到厨房，想要打打帮手，却发现莎朗端着一个蛋糕，上面还有十七支蜡烛。我曾经希望没有人会记得我的生日。

她把蛋糕放在餐桌上。泰勒笑着递给我一个小盒子，“莎朗和我送给你的。”

“谢谢。”我打开盒子，看到一对金耳环。“哇！真漂亮！”遥远的记忆浮现在我眼前，像是一段陈年的新闻短片，布满划痕与斑点。妈妈给艾丽西亚穿耳洞那天，我求她也给我穿上。现在，我还依稀记得双腿被鞭笞的滋味，那是我后来企图自己动手的下场。“耳环我喜欢，可我没穿过耳洞啊。”

莎朗指指自己的耳环说：“你愿意的话我可以帮你穿。我的就是几年前自己穿的。”

阴云笼罩了我的心头。莎朗对此该是心知肚明的。比起我之前的所作所为，穿耳洞对杰米森来说可谓万恶之首。“你对我真好，但他们不准我这么做。”不准我做个女孩。我把盒子还给泰勒，紧紧咬住颤抖的双唇。

“不准？哈！你真的只有十二岁是不是？”他伸出手，从蛋糕上拔去了五根蜡烛。

“泰勒！”我看着我的心上人，感觉进退维谷。好吧，耳环就算为他戴的。“行，礼物我就收下了。”你要让杰米森穿了耳洞回宿舍吗？你是不是疯了？我指着被拔出的蜡烛说：“放回去吧。”然后我转向莎朗问：“穿耳洞会疼吗？”

“不怎么疼，但是你得一直插着小棍儿，直到伤口愈合为止。所以人们会注意到的。你觉得你能应付吗？”

“我总是可以把它们取出来的嘛。”

“没错，但那样耳洞就又长回去了。”

这哪里是疯了，这分明是自杀啊。“好吧，那我就一直插着。”

十分钟之后，莎朗和小公主从客卧回来了。我跑向泰勒拥抱了他，“谢谢你！我想要这么一对耳环已经很久啦。”

他把我的头发拨到一边，在我额前轻轻一吻。“瞧你就是长不大。”他握着我的手，眼里笑盈盈的。“下周四我能弄到通行证，回家再和你待一天。你能过来吗？在我走之前再见一面？”他双臂环抱，把我搂在怀里。“我不想整天呆坐着。周三晚上你就住这儿吧。周四我们去冒险一下？”

“我要上课呢……你真的想让我住这儿吗？”

泰勒点点头，露出他那柴郡猫似的灿烂笑容。

小公主踮起脚尖，亲了亲他的脸颊。“好吧。”

周四早上醒来，我翻身打了个哈欠。这些天过得飞快，我试着做做功课，却怎么也静不下心来。周三晚上我走路去皮尔森家，却发现莎朗给我留了个字条，说她到很晚才会回来。我最后伸了伸懒腰，起床穿好了衣服。

泰勒骑车带着我，上了95号州际公路，穿过麦克阿瑟长堤，来到海洋大道。他停好车，把头盔放在车座上，然后护送他的小公主向海滩走去。我们提着鞋子，挽起裤腿，手牵手地在水边漫步。

走了一段路之后，我抬头望着泰勒问："为什么带我来这儿呀？"

"一位年轻英俊的王子骑着白马带你兜风呢。"

我的笑容里一定透出了些许忧伤。谁会对一个无法生育的姑娘感兴趣啊？"一位年轻英俊的王子为什么会在乎我呢？"

泰勒停下脚步，指了指一旁的街道，"我们去有干沙子的地方坐吧。"他握紧我的手，带我走回海滩上。"就这儿。坐我前面，背对着我。帮人按摩可是我的拿手戏。"泰勒开始帮我捏肩膀，"我想多花些时间和你待在一起，这是一件让人费解的事情吗？"

"你就要去越南了，却把最后一天用来陪我，为什么？我没什么吸引男生的地方啊。"

"你当然有了！"他在我旁边坐下来，我俩面对面。"你有幽默感，有头脑，这是那些胸大无脑的姑娘比不了的。你很漂亮，你的身体也会慢慢成熟起来。要是我从越南回来之前，莎朗还没说服你爸妈的话，我倒是会很吃惊的。"

我和哥哥斯科特从来就很疏远，但他毕竟还是我的家人，他战死在越南了。泰勒为何还要拿生命去冒险呢？"要是他们非得把我们的哥哥们和男友们送去打仗，那他们至少要确保能够打赢啊。你到底为什么想要去呢？"

"杰米，我抽到的是3号签，我没有什么好选的。我并不比你更喜欢这场战争。"

"你要在一场不道德的战争里面去杀人，这是不对的。"

"不会，我是飞行员，我开的是救援直升机，我是要去救人命的。"

"我不想让你去，你可能会死在那儿。"

泰勒一下子变得郑重起来。"对，飞救援直升机是很危险。要是我死了，我就是回家去与上帝同在了。不过我希望你可以为我祷告，让我平安回来。”

“我会的。”爸爸告诉我斯科特阵亡消息的那天，一场浓雾笼罩了奥斯威戈。哥哥是自愿加入步兵的。男孩们为何总想逞英雄呢？这场战争看起来荒谬极了。“等我满了十八岁，我就烧了我的兵役卡。”

泰勒站在我旁边笑了，“你还想去登记啊？他们肯定会把你赶出来！”

小公主朝泰勒吐了吐舌头。泰勒再次笑起来，双手搂着我的腰，把我抱在怀里。“你知道吗？演出中你唯一没处理好的就是谢幕时的那个吻。我们应该多多练习才是。还有一个事儿啊，你别再叫我先生啦。”

“遵命，先生。”我不禁笑道。

泰勒拨开我额前的头发，吻了我。

上帝啊，求求你，想个办法，让我做他的妻子吧。

这家叫沃尔菲的小店有美味的腌牛肉。我看看自己的午餐，又看看泰勒的脸。我不想当个扫兴的人，但是以往的痛苦经验告诉我，要是继续在太阳底下待着，我就要晒伤了。

泰勒从他的土豆烙饼和五香薰肉上抬起头来，“怎么闷闷不乐的样子？”

我叹了口气，盯着我的盘子说：“下午我得待在室内了，不然我会晒伤的。”

“你怎么不早说啊？”

“我这不是说了嘛。”

于是午餐后我们就回家了。在整个一上午的风吹日晒之后，一路上的凉爽空气让我很是感激。抱着泰勒，我的整个世界变得如此安全。我把头靠在他背上，尽情享受着。

莎朗在门外迎接我们，“太好啦。我还担心你们会去一整天呢。”

我取下头盔向客卧走去，“我想洗个澡，不会很久的。”

“完了你换上那件暗绿色有腰带的上衣吧。我想给你和泰勒照张相。”

洗完澡，换好衣服，我跟着莎朗来到阳光房，里面那五花八门的装备让我不禁笑了。“要搞得这么复杂啊？”

莎朗肯定地说：“没错，灯光要完美，你也要打扮妥当。”她拽着我的胳膊，带我来到主卫生间。

等她对我的发型和妆容都满意了，泰勒已经换上军装站在客厅里，英气逼人。紧张将我穿透，我的心跳都要停止了。美丽的公主微笑着站在英俊的王子身边，一只手轻轻搂住他的腰。我想象着我们站在牧师面前说出誓言。我体内一阵热浪翻滚，我想这不能都归咎于上午的阳光。他走了我该怎么办？我们尚未站定，莎朗就拍下了第一张照片。一个小时过去了，整卷胶片都已用完。我念了一句感恩节的祷词，但愿我不会被这些照片敲诈吧。

泰勒和父母的电话似乎持续了好几个钟头，他们仍然不赞成他去前线，但至少他们打电话来跟他道别了。对他的同情折磨着我。我祈祷着终有一天，他的父母能够以他为荣。

快到傍晚的时候，泰勒、莎朗还有我一起去了车站。泰勒给了我一个深深的吻。他温柔地抚摸着我的脸，微笑着说：“我会给你写信的，这样你就能知道我的地址。”他往后退了一步，又看了我好一会儿。

我努力忍着泪。“我会想你的！”一滴眼泪还是掉了下来。

泰勒帮我拭去泪水，亲了亲我的脸。“《圣经》上说，结了婚的男人不应该再去参战。”

*那你就别去啊！*我的胸口起伏着。泰勒露出他那柴郡猫似的笑容，把我抱在怀里。“但现在我们反正也结不了婚，除非我们说服你爸妈你是个女孩。等我回来，我们就会搞定这事儿的。耐心一点，好吗？”

又一滴眼泪掉下来，茫然地，我的手臂伸向他，又垂下去。

泰勒看着我，咬了咬嘴唇。他喃喃自语了些什么，摇摇头。接着他从衣兜里拿出一个亮闪闪的东西，回头朝我走过来。

一条带吊坠儿的项链？他把它戴在我的脖子上。我把它举到眼前，这才看清这项链上有一枚镶嵌着钻石的金戒指。我眼前一阵发黑，抓住他的手臂才勉强保持住平衡。

泰勒笑得很灿烂，眼睛里也闪着光。“我曾祖母的婚戒。你能替我保管吗？”

我什么也说不出，只“嗯”了一声。

他轻声道：“我回来之后，一切都会解决的。但要是你不能等，就把它交给莎朗，我也能理解。”他转过身，徒留我望着他的背影。

泰勒亲吻了姐姐的脸颊，登上大客车，离开了。

我们站在莎朗的车外，她隔着车看着我。“他跟我说，对你是认真的，我也不知道，你自己觉得呢？”

我低下头，手里捻着戒指，“我爱他，莎朗。他在我身边的时候，我心里有些埋得很深的东西就活过来了。”但是，精灵公主能有多大的机会获得自由呢？我叹了口气，我的希望总是落空，我的童话不会有任何幸福的结局。“我会帮他保管戒指的，但是，他们不准我像现在这样爱他。”

“你应该考虑去看看帕克医生，我觉得他能向你爸妈解释你的病情。如果他们能理解的话，他们就会允许你当个女孩的。”

医生只会给我落井下石。“解释什么？解释我需要坐着小便吗？你以为他们不知道这一点吗？莎朗，看医生不会带来什么好结果的。”

莎朗抿了抿嘴唇说：“你介意我们回家的路上去一家小店吗？”

这家小店原来是奇迹路上的一家高档服饰店，莎朗拉着我的手走进去。“这儿有条特别适合你的裙子。你在镜子这里等我，我去拿。”不一会儿她拿着一条绿色的缎子长裙过来了。“想象一下你穿着这条裙子。那时候你已经用了几年激素了，身材已经很像个姑娘了。你和泰勒在跳舞，他紧紧地搂着你。”

我望着镜中的女孩，想象着自己手戴婚戒、儿女绕膝的模样。是的，永结同心是令人向往的，但它却只能存在于我的幻想中。我摇摇头道：“我不能老是活在幻想里面。我爸妈是不会改变的，所以我得改变我自己。”我走出商店，径直朝莎朗的车走去。

莎朗追上来抓住我的手，“杰米，你强迫自己做个男孩是不理智的。你不能把一辈子都浪费在你父母身上，他们连你到底是什么样的人都搞不清楚。”

我皱皱眉，想要抽回手来。“让我一个人安静一会儿吧。他们是我的家人，我爱他们。”我挣脱开她，跌跌撞撞地冲上人行横道，险些撞上一辆大客车。虽然吓得不轻，我却没有停下脚步。

回家的路上，我沉默地坐着，企图让自己专注于路旁的树木，而不去思索眼下这恼人的境况。莎朗主动提出送我回宿舍，我谢绝了，跟她说我想一个人待一会儿。我们拥抱作别之后，我就朝返校的路上走去。我笑了，带着几分醉意，回想着最初的那一天，她说我本就该被当成女孩养大。和莎朗的友谊让我无法再保持清醒。我渴望着泰勒，想和他在一起，想成为他的妻子。我高高举起他的戒指，攫住落日的第一缕余晖。我只想为了他而戴上这枚戒指，我从未如此强烈地渴望过任何事情。这梦想既近在咫尺，又远在天边。我的拳头攥紧了，内心的抵抗败下阵来，眼泪冲破了闸门。

我不想撞见任何可能认出我来的人，于是我从格拉纳达一路走到庞塞。温暖的日落给了我些许慰藉。上帝啊，这是多么疯狂！我还来不及了解我的哥哥，就已经永远失去了他。现在泰勒又走了，也带走了我的心。这没有他的日子如何才能过下去啊？

我是怎么让自己爱上一个男孩的？我必须成为杰米森呀！上帝啊，我知道你想让我成为一个表里如一的人。但要是我在表面上都无法成为杰米森的话，我又怎能在内心里成为那样的一个人呢？

11

“小妖精”。回到宿舍，只见有人在门上留下了涂鸦，这就是现实世界给我的欢迎辞。我权当没看见，打开门，走了进去。

弗兰克的东西全没了，床也空了。我手里的提袋掉到了地板上。我的书桌上，有他留下的一张字条，上面写着：“杰米森，你是一个很好的朋友，但我不能再和你同住了。弗兰克。”

我倒在床上，踢掉鞋。假装自己是杰米森还有什么意义呢？我不再看着窗外，闭上了眼睛。莎朗或许是出于好心，但和它带来的这么多心痛相比，与泰勒共度的时光真的值得吗？

没有弗兰克，房间变空了。但是，如果没有泰勒……

草原狼倒了下去。真是个可怕的故事。本来就闷闷不乐的人为什么还要读这种令人沮丧的故事啊？我靠在湖边的长椅上，沐浴着暮春的阳光。空无一人的宿舍只会让我更觉孤单。而在湖边，至少有温暖的阳光陪伴我。

“介意我坐你旁边吗？”

我抬头一看，肖恩正站在我跟前。“当然不会，请坐吧。”我的保镖，可不是？至少肖恩在旁边的时候，罗恩就不敢再烦我了。

“你看起来不怎么想读这本书啊。”

“的确不想，但它是高级文学的必读书目，再烂也得看。”

“所以你才不开心吗？”

“啊？”

“你看起来情绪挺低落的。”

“这学期不好过，我不管做什么都是帮倒忙。”

“但你的话剧就演得很好啊。”

我紧张起来，低头看着自己的手，“什么话剧？”

“《第十二夜》呀，演这个可得要点儿勇气呢。”

“还是说勇敢过头了？”

“只要有个正当理由，有时候拿自己开开玩笑又何妨呢？那是慈善演出，对吧？”

“是……你跟一个叫莉萨·亚历山大的姑娘说过这次演出吗？”

“当然啦，就是我妹妹叫我照顾你的。她特别喜欢你。我们倒是没认出你到底演的是哪个角色，不过这也不要紧。”

“你没有……”

“哦，莉萨是我同父异母的妹妹。我出生后没多久妈妈就过世了，大概一年之后我爸爸又结了婚。”

我闭上了眼睛，懊悔这一年无法重来。

每天，我都站在邮筒跟前，等着邮差来送信。哪怕只言片语，只要来自泰勒，我都会满心欢喜。可是一个月过去了，我还没有收到任何一封来信。我给他写了好多字条，但是因为没有他的地址，这些字条都只能被塞在我的抽屉里。我的心上人早把我忘了吗？他是不是已经改变主意了？我要不要把他的戒指还回去呢？

远处传来隆隆雷声，阴沉的空中乌云低悬。雨水不停地滴落，一股水流顺着头发，一直流到我的背上。T恤湿透了，紧紧贴着我的身体。鞋子里面的水也在我的脚趾之间吱吱作响。这些都不要紧——这忧郁的天气正好搭配我的心情。沮丧就像浓稠的糖浆，如影随形地陪伴着我。我已能望见这螺旋下降的深渊之底。似乎真是相思成疾，我连呼吸都变得吃力起来。万事不如意。杰米森毁掉了，弗兰克走了，泰勒要离开我一整年。上帝啊，如果你不伸出援手，单凭一己之力，我怎能坚持下去?

一辆小车朝着路边缓缓驶来，积水漫上了人行道。我朝车里望去，发现是莎朗开着她的丰田车。她在我旁边不远处停下了。

她怎么就不肯放过我呢？我眯缝着眼睛抬头望天，拨开额前湿漉漉的头发。趟着泥水，我一路走到驾驶座跟前。莎朗摇下车窗，我心头掠过一丝烦躁，勉强打起精神，准备继续听她念叨。但当我俯下身的时候，却看到她红肿不堪的眼睛。

泰勒，不，上帝啊，别是关于他的消息！我的胃缩紧了，胆汁都快涌出来。我无论如何不能失去泰勒。大雨瓢泼而下，把我淹没在无边的悲伤里面，冲走了我所有的希望和梦想。“别在这雨里跟我说。”我步履蹒跚地走回副驾驶那一边，爬了进去。

开车去皮尔森家的一路上，我们都沉默不语。我跟着莎朗走进屋里，呆站着，任凭身上的雨水滴落在客厅的地毯上。她在沙发上坐下，垂着头。“早上妈妈来了电话，泰勒的直升机在顺化[1]附近坠毁了。”她用空洞的眼神看着我。我在她身旁坐下来，我们两人抱在一起。“他们没办法靠近坠机的地点。低飞侦察的飞行员报告说，没有发现幸存者。”她靠在我身上啜泣起来。

“他不过才刚到那里。”我心里抗议道，我连他的地址都还不知道呢。我不敢作声，只在心里默默祈祷：“上帝啊，请让泰勒活着，请你保护他，让他平安归来。也请你安慰莎朗和她的家人吧。”过了一会儿，我才开口问道：“有什么我可以做的吗？”

莎朗带着哭腔说：“你能陪陪我，等弗兰克回来吗？我现在不想一

1　越南中部城市，1635 年起曾为历代封建王朝都城。——译注

个人待着。”

“好的。”就算离开，也无济于事。除了把自己深锁于斗室之中，我想不出我还会做些什么。

“我一直觉得，有一天，你和泰勒会结婚的。”

“有些梦想就是无法成真。泰勒会回来的——这我肯定——但他会娶别的人。”

莎朗摇摇头，“泰勒已经不在了。”

我的胃又缩紧了。“不，”我绝对不要这么想，“他还活着。”

“我很抱歉，杰米，但你得接受这个事实啊。”

他必须回来，“不对，莎朗，如果你不抱希望了，那你就会停止为他祷告，而如果你不祷告，你怎么能期待上帝把他平平安安地送回来呢？”

期末考试就快到了，我正在桌前复习功课，这时候电话响了起来。

“嗨，杰米森，是我，弗兰克。你还好吗？还有一周就期末啦。”

我笑得有点勉强，“还行，就是你不在，房间里太安静了。你呢？”

“挺好的，在迈阿密北边我父母家住着呢。考试过后那个星期我过生日，我爸妈北上度假了，我正好可以开个派对。你想来吗？你可以住我妹妹的房间，你要是愿意还可以穿她的衣服。”

“这不好笑，弗兰克……你也邀请罗恩了吗？”

“没人告诉你？他因为在书店里骚扰女孩子被踢出学校啦。”

我心里咯噔一下。“真的吗？”

“当然啦。所以你要不要来？”

我朝窗外望去。该怎么办呢？“好吧。那你能过来接我吗？”

“我猜可以。在莎朗家碰头？”

“好的。”

一个念头一直在我心底徘徊，我却迟迟不愿正视它。一定存在一个办法，可以让杰米森的法则固定下来，就好像它们是我与生俱来的一样。果真如此，我肯定能用这个办法解决我的性别问题，我就能把精灵公主抛诸脑后。虽说我仍然会有一副娇小的身材、长着一张阴柔的脸——但是，好吧，我需要一些时间来解决这一切。我做完功课，收好课本，往家里打了个电话。妹妹接听了。

“嗨，艾丽。”

“你还好吗？你听起来不开心呢。”

“我会没事的。”对妹妹撒谎从来就不是我的强项。

“怎么了？”

“我受够了我的整个生活都围着性别转。我讨厌这种不男不女的样子。我想要正常起来。”

“那你要怎么办呢？”

“不知道。活着真累。有时候我都想放弃了。”

“可别这么说！”妹妹的声音痛苦地颤抖起来，“回家来吧，和爸爸妈妈谈一谈。”

“不行，艾丽，除非我把这些问题都处理好了，我是不能回家的。”

“你还就得回，因为我们要搬到北卡罗来纳[1]去了。”

“我考虑一下吧，好吗？”

“杰米，我想你，求你了回来吧。”

“那就为我祷告。”这是唯一可能有所帮助的。

---

1 美国东海岸中部州名，州府罗利（Raleigh）。——译注

期末考试结束了。我总算熬过了大一这一年。现在我得考虑一下今后的生活了。我正在打包行李，电话响了。

“妈妈，嗨，你还好吗？”

“我正在看一张照片，上面有个穿军装的年轻人搂着他的女朋友。照片是今天特快专递送来的。”妈妈的声音冰冷得如同二月里密歇根湖上吹来的风。

“妈妈？”我虚弱地问道。

“两个人看起来开心极了。”

莎朗拍的那些照片当中，我最喜欢的就是神情凝重的泰勒被笑容可掬的精灵公主轻轻一吻的那张。妈妈描述着，我则盯着书桌上的同一张照片发呆。莎朗背叛了我，我完蛋了。“妈妈，我……”我用手扶着额头，一滴汗水顺着鼻子流了下来。

乌云掠过密歇根湖上空。来自五大湖的东北风预示着狂风暴雪的降临。“杰米森？”她用镇定的声音问道。

“是的，夫人。”

“是你自己跟莎朗说的，你不过是在假装一个男孩，对不对？”

我抖了一下，尚未做好迎接风暴的准备。“妈妈，我……”

“杰米森？”她的声音如此斩钉截铁，在我心头激起阵阵回声。

“是的，夫人。”

“这是实话吗？你只是在假装？”

手臂上的肌肉抽搐了一下，我强迫自己深呼吸。“是的，夫人。”一道绿光划过天际。

“这些事情你宁愿跟莎朗讲，也不要对你父母说？”

冰冷的风刺痛了我的眼睛。“对不起妈妈，我太害怕了。我是个女孩，好吗？”

“你是个女孩？那好吧。”风声嘶吼着，带来滴水成冰的寒气。

我惊恐地盯着听筒，“妈妈，我可以……”

“听着，我跟你伊丽莎白姨妈说好了，这个夏天你就算是她的女儿。”

小公主闭上了双眼。我的喉咙一阵发紧。“妈妈，我只是……”

“艾丽西亚说你反正也没打算回家。”

融雪从我的眼前倾泻而下。“我只是需要……”

“别说了，我听够了。你要么马上回来，重新开始打睾酮，要么你就去和……”

去和毒药一起放逐。“妈妈，求求你！”我的耳际回荡着阵阵呼喊。

“杰米森！”

我沉默了，数完十下之后，妈妈这厉声一喝仍未让我回过神来。不容解释，不讲条件，绝对服从。“遵命，夫人。”我小声答道。

“行了，杰米森，这个夏天在你姨妈家，你可以为所欲为，但是过后，你必须改过自新。”

“遵命，夫人。”风暴消退了，所到之处，万物凋零。

“给你表姐凯拉打电话，她会告诉你怎么去你姨妈家。”

“遵命，夫人。我爱你，妈妈。”

“我也爱你。”

我把听筒放回架子上。良久过后，我的心仍在狂跳。万千思绪在我脑海中翻腾。莎朗给我设了个局。做一个夏天的女孩又能解决什么问题呢？我很肯定自己是受不了重新回去打激素的。

12

我拿起泰勒的照片，紧紧握在手里。他是我混乱宇宙中唯一坚实的支点，莎朗却非要说他已经死了。一滴眼泪从我脸上落下。如果给我足够的时间，而且无人打扰，我是能够修复杰米森的，能够让一切都重归平稳，重归安全。

我收拾好行李，把提袋放在床上，给凯拉打了电话。

"嗨，杰米，怎么不说话？一定是你妈妈给你打过电话了。"

"嗯，我还从没见她那么生气过。"

"我妈妈也不开心。她以为这些问题很久以前就解决了，所以你要来圣安德鲁斯岛[1]和我们一起过暑假啦？"

"你也来吗？我还以为只有伊丽莎白姨妈、史蒂芬姨父和我会在那儿呢。"

"我会去，这个夏天我回家和爸妈一起过。"

那样我就不会度日如年啦！"哇！我爸爸知道吗？"

"不知道。"

"那你爸妈怎么想？"

"我不确定。也许他们会觉得这是家人团聚的好机会吧。他们只是说，你妈妈要他们把你当成亲闺女。"

1　该岛是虚构的，但"圣安德鲁斯"（St Andrews）是常见的苏格兰地名。——原注

“哎呀太好啦。我可是记得他们对你有多苛刻。”

“反正完了你还是得回去打激素嘛。”

想起睾酮在我身上的效果，我就不由得皱起了眉头。“不用，谢了。我宁愿一整个夏天都穿裙子。”

凯拉笑了，“那你可就心想事成啦。睾酮有那么坏吗？”

“有啊，我现在一想起它就发怵。”

“反正，你不就想当个女孩的嘛。”

“但也只是一个夏天的事情，而且不过是装装样子罢了。”

“那你怎么知道自己到底会不会喜欢呢？”

“喜不喜欢又有什么关系？你随时随刻都喜欢当个女孩吗？”

凯拉又笑了，“不是呢，有的时候我还真觉得当男生更好。不过我不是男生呀。所以你说得有道理。那你行李都收拾好了吗？”

“嗯，收拾好了，宿舍里的东西也都打包了。”

“我们去圣安德鲁斯岛之前你恐怕还得重新打包，用不到的东西就别带。”

我叹了口气，感觉累极了。“我猜也是，如果我会去圣安德鲁斯岛的话。”

“随你怎么说吧。我们一小时后在莎朗家碰头，她在等我们吃晚饭呢。”

“好的。”

莎朗说过她想和我做朋友。她鼓励我在公开场合当个女孩，但她后来居然把那张照片寄给了我妈妈。什么样的人才会这样陷害别人呀！她有什么权利毁掉我的生活？

我打扫完房间，坐下来歇了会儿。最后检查了一遍所有的东西，我锁好房门，到楼下大厅退了钥匙。

在人行道上，我踢到了一片棕榈叶。和莎朗待在一起，我们只会争论不休而已。我干吗急着去她家呢？走在湖边小道上的时候，我注意到肖恩正站在那儿，于是我把提袋放在长椅边上坐了下来。“你好，肖恩。”

“杰米！”他笑着喊道，“最近怎么样？”

“还行。”

我们沉默地坐了一会儿，肖恩转向我问道：“期末考试还好吗？”

“挺顺利的。”

“哦，那是好事儿呀。接下来呢？回家吗？”

我的思绪随着湖水荡漾开去。现在我该做什么呢？“我也不知道，妈妈想让我去姨妈家过暑假。”

“听起来你不怎么喜欢这个主意啊。”

“我需要一些独处的时间。”

“所以是跟你妈妈吵架啦？”

我叹了口气，“嗯。”

肖恩没说话，一只小鸟在长椅边上跳来跳去。“是因为你在戏里演了个女孩吗？”

他脸上露出关切的神情。肖恩从来没有小看过我。我耸耸肩。有什么值得我去患得患失的呢？“是因为在戏外，我也是个女孩。”

“那你现在也是女孩吗？你妈妈是怎么发现的？”

“有人给她寄了张照片。”

“你让别人给你拍照了呀？那可就不太明智喽。”

我从提袋里翻出照片，递给我的朋友。肖恩看得很仔细。“啊，我明白了。”他笑着说，挺认真地看着我，“你们俩看起来很开心呢。”

“我妈妈也这么讲，不过我确定，她可不是笑着讲的。”

“那么这位先生是你的男朋友吗？”

我看着照片沉默了一会儿。“嗯，他去越南了，他们说他死了。”

肖恩握了握我的手，“哦，对不起，希望他最后能回来。”

“谢谢。”我咬住嘴唇，闭上眼睛，心里想着泰勒。

“你会唱歌吗？”

“会。嗯，我以前参加过唱诗班。为什么问这个？”

肖恩笑了，满腹鬼点子的模样。“那你先唱一个给我听听。”

他十足的幽默是会感染人的。唱歌的念头让微笑重又回到我的脸上。“好啊。”我深吸了一口气，唱起了《神龙帕夫》[1]。第三句才唱到一半，我就停了下来，眼中满是泪水。我摇摇头说：“抱歉，歌没选对。”

“不会呀，你唱得挺好的，是把好嗓子。要是你想在暑假里找份工作，我在想——”

“杰米！”凯拉的声音从我身后传来，“我到处找你啊。说好一小时的嘛。快点儿！”

我朝肖恩笑了笑，“不好意思，我得走了。”

羊肉的香味让我直咽口水。阳光穿透云层，融化了我的烦恼。我坐在莎朗对面，直到凯拉说完餐前祷告，才把勺子伸进碗里。“这炖菜都赶上我妈妈做的了。”

莎朗笑着说：“谢谢。我记得你说过，你喜欢吃羊肉。”

“是我的最爱。你做了很多吗？”

“挺多的。怎么了？”

“也许我该多住几天，好把它们都吃完。”

凯拉对我眯缝起眼睛，“不行啊，你妈妈想让你明天就走呢。”

她为什么要和我对着干呢？“哎呀，凯拉，我在努力嘛，你可不能怪我呀。我就想自个儿待几天，仅此而已。”

凯拉不悦地摇了摇头，“我最后再去办点事儿，明早八点应该就能回来了。你十点前做好出发的准备吧。”

---

1 《神龙帕夫》（*Puff, The Magic Dragon*）描写了一个小男孩钟爱的玩具龙随着孩子逐渐长大而慢慢失去魔力的故事，歌曲悲叹童心失落、纯真不再。——译注

凯拉走后，莎朗对我皱起了眉头。“我知道你生我的气了，但是我们得把事情说清楚。”

“我有什么好生气的？”我抬头看着她，“是你给我妈妈寄照片的，对不对？你起初说要跟我交朋友那会儿，就已经想好了要害我吧？难道你这只是一时兴起？”

“杰米，上星期你妈妈给我打电话了，当时她可着急了。她想知道你为什么躲着不回家。我很难一下子向她解释清楚，所以就把这张照片寄了过去，好让她看看你到底是谁，看看你可以过得多么快乐。对不起，我应该早点儿跟你说的。”

“我可没有躲着不回家。我只是需要一点时间理清头绪而已。”

“但你跟妹妹说了，你没打算回家呀。”

“我那时候想先去弗兰克家住几天。”

“然后再回家吗？”

“对呀……也不是。”我当时是怎么想的？“我不知道，我只是需要一点独处的时间。”

“你想一个人做什么？”

真相不会让莎朗开心的。“我觉得我已经找到一个办法，可以让杰米森在我心里扎下根来。但我需要一个人待几天。”

莎朗的脸色都变白了，“扎下根来？那杰米怎么办？”

我盯着碗里，用勺子拨弄着豌豆。“我觉得杰米森可能都不会注意到她的存在。”

“所以杰米森会成为一个真实的人了？”

我耸耸肩，假装满不在乎，“对呀，至少我这么觉得。”

“你要杀了杰米？我还以为你是想当女孩的呢。”

我的话可能让她伤心了，但我还能怎么跟她解释？她错看我了。“我是个女孩，莎朗。”我指着自己的心口，“在这里是，在两腿之间却不是，但大家只关心两腿之间是什么。”

莎朗往后仰了仰，眼里满是困惑，“你到底在说些什么啊？”

认识莎朗之前，生活是可以忍受的。至少，我的世界按部就班，我安全地躲在杰米森的背后。“你给我捣乱还没捣够吗？”

“我给你捣乱？你连你自己下面长的是什么都搞不清楚！”

我的喉咙一阵发紧，虽然屋里并不热，汗水却从我背上流了下来。我不想和她争论。“我是个男孩，莎朗，一条裙子是改变不了这个事实的。”

“杰米，你并不真的是男性。”莎朗的嘴唇颤抖了一下。

“说实在的，你是个学医的，你见过我的货，我只需要做个小手术就行了。”

“你到底看没看过正常男孩子的下身啊？”

“不要再说了，好吗？我帮人换过尿布的。别老想着把我变成一个根本不是我的人。求求你高抬贵手，找个别的稀罕病例去折磨吧。”

莎朗站起身来，怒目圆睁，仿佛脑袋周围的空气都带电似的。我刚刚拿起自己的空碗，她就朝我爆发了，“坐下！这事儿还没说清楚！”

我仍然端着碗走到水槽边，把残羹刮干净，冲洗了，放进洗碗机里。我企图从她身边走过去的时候，却被她一把拽住了胳膊。“坐下！”她咬牙切齿地说道，挡住了我的去路，两眼发直。

我已经没有力气和她较量了，于是我坐了回去。

莎朗快步走出厨房，不一会儿她拿着一本大书回来了。她把杯盘往旁边一推，这本精装书就被重重地摔在了我面前的桌子上。接着她在我旁边坐下，翻开了书页。“这里。这个就是你现在的年纪。你要真是男性的话，就该长成这个样子。”

图片上的男子看起来与我同龄，但一道黑框挡住了他的脸，让人很难分辨年纪。毛发覆盖了他的下身，并蔓延到大腿上和肚脐下。他生殖器部位的肤色比周围更深。男孩的生殖器原来是——呃——我疑惑地看了看莎朗，难以置信地摇摇头。

莎朗指了指下面的图片说明：“唐纳分级[1]第五级。十六至十八岁。这就是发育正常的样子。”

我的双眼无法聚焦，头脑里一片空白，这图片击溃了我所有的防线。莎朗合上书，走了出去。

我回到客卧里，倒在床上，踢掉鞋子，思忖着我还能坚持多久，不去回想刚才那一幕。注射再多的睾酮，我也不可能长得跟那图片中的男孩一样。连接近都休想。遵循再多的行为守则，我也不会变成一个男孩。就算手术也不行。没有什么能帮我。我不是一个男孩。女孩也不是。

等到明天早上，我们就应该出发去圣安德鲁斯岛了。我再次毁掉了杰米森。现在，他的条条款款、点点滴滴都浸透了谎言。已经顾不上保持清醒，我把这些法则撕了个粉碎。我对着父母和医生们尖叫，十年的委屈在顷刻间汹涌而出。

童年记忆的碎片像暴风雪一般扑面而来。妈妈没收了我的布娃娃和小茶杯。随着剪刀在耳边翻飞，我的长发应声而落。爸爸还强迫我坐在自己的双手上，这样我说话的时候就不会再有多余的手势了。

杰米森的法则如倾盆大雨般从天而降。我的身体漂浮起来，仿佛又回到了奥斯威戈。我在雨幕中狂奔，企图在爸爸抓住我之前，找到藏身之所。在我终于发现的那个角落里，我蜷起身子，在黑暗中瑟瑟发抖。那所有的日日夜夜，我都在假装自己是个男孩，而他们也骗我相信自己拥有男性的身体。我层层剥落那些荒废的岁月，用眼泪把它们冲得一干二净。

第二天一早，就像小时候那样，凯拉发现了我的避难所。她打开衣

---

1 唐纳分级（Tanner Stage）是由英国儿科医生詹姆斯·唐纳（James Tanner）提出的人体发育阶段分级。第五级为最高。——译注

柜，我蜷缩在一角，下巴顶着膝盖，她的眼睛一下子就湿润了。她盘腿坐在地板上，对我苦笑了一下，“你吃早饭了吗？”

一整晚我都躲在这里，于是我噘起嘴摇了摇头。

“莎朗那里可能有麦片，你还是喜欢麦片粥的，对吧？”

加点黑糖更好吃！我抬起眼来对她点了点头。

“你要来和我一起过暑假的，还记得吗？”

上一回，他们拿走了我的布娃娃，所以我把索菲抱在怀里，搂得紧紧的。

凯拉拨开我额前的乱发，“没关系的，杰米，你可以带着索菲。去冲个澡吧，好吗？”

他们骗了我。我不是一个男孩。小公主从衣柜里爬出来，朝浴室走去。在门前我转过身来，张了张嘴，却说不出话。一滴眼泪从我脸上滑下来。

凯拉充满爱怜地望着我，“是的小公主，我都明白。”

我穿戴好了，走进厨房，把索菲夹在胳膊下面。我的裙子有一条腰带，于是我走到凯拉跟前转过身，请她帮我系蝴蝶结。她帮我系好，让我转回来，亲了亲我的额头。“快去拿梳子和发夹吧。”

一切都会好起来的。我跑向房间拿来东西。凯拉帮我梳好头发，用发夹把两鬓的头发向后别住。

莎朗在我的椅子旁边俯身道：“你的早餐已经好了。”

又过了一会儿，她靠近我问：“对不起。我俩还算朋友吧？”

我的世界一片焦土，但我不怪莎朗。我瞥了她一眼，点点头。

“那就好。但你要保证不让杰米森统治你，可以吗？”

杰米森？莎朗知道她都做了些什么吗？我又吃了一勺麦片粥，再次点了点头。杰米森已经没有了。我不是一个男孩，你是知道的。

13

舷窗外面，透过低空积云的缝隙，精灵公主觉得自己瞥见的可能就是圣安德鲁斯岛。我们已经起飞好一会儿了。我看了看凯拉，她像是睡着了。飞机在碧海之上轻轻颤动着，她的头也随之摇摆。

飞行员宣布我们即将抵达，引擎的轰鸣变得柔和了。凯拉伸了个懒腰转过头来，轻抚着我的脸颊说："要降落了。"

表姐把挡住我眼睛的头发拨开。"莎朗觉得我的小公主需要接受心理治疗，"她轻声道，声音小得我几乎听不见，"她管那叫什么人格分裂。但是我记得小公主被医生们打扰之前的样子，我知道她难受的时候就不说话。现在一切都会好起来的。"

凯拉一直都是我的第二个"妈妈"。面对一个十七岁的大姑娘，别人恐怕会让她把蓬发安赶紧扔掉，但凯拉却能明白我为何要紧紧抱住这破碎童年的残迹。她也能理解我为何要把泰勒的照片拿在手中而不是放在包里。在她面前，我不必急于成长。

水上飞机盘旋转弯，开始接近圣安德鲁斯港，港区的水域是专门留作降落用的。我闭上眼睛想让自己放松，心里却忐忑于这个夏天未知的际遇。

迷你巴士开过路上的一个土坑，颠得我险些从座椅上跳起来。我抱紧了索菲不让她掉下去。凯拉坐在我旁边，闭着眼睛，脸上带着愉快的笑意。她怎能在这么乱糟糟的环境里安然入睡呢?

这巴士只有薄薄的帆布顶棚，给乘客们提供一丝遮挡。空气中混合着花朵、食物、尘土和汽油的味道。人行道上满是游客和小贩，甚至缓慢前进的车流中也不时有人穿梭。热带的鸟兽们此起彼伏地呼朋唤友。我们的座椅随着路面的每一次颠簸而吱嘎作响。

索菲倚在我的肩头，这样她也能看到窗外的一切。她不过是个布娃娃，但有时候，我喜欢假装她就是我的女儿，我自己的小公主。

一只手向我伸过来，让我的注意力又回到了车内。凯拉笑着对我说："我们就要下车了。把照片放回提袋里，免得弄丢了，好吗？"

小公主亲了亲泰勒，把照片放了回去。她请求上帝带她的王子平安归来。

巴士在一个写着"艾尔顿街"的路牌旁边停下。凯拉牵着小公主的手走上人行道。连栋住宅、百货公司、迷你公园在街道两旁一字排开。顺着费尔法克斯大道我们一路走来的方向，下坡的路边有一座古老的石头教堂。

"来，杰米，拉着我的手。你带着索菲，我来拿你的提袋。"

窄径两边是石砌或木构的老屋。半条街外一群孩子正在踢球玩。路面窄得仿佛错不开两辆车。

凯拉带着我走过一个写着"咨询师莱文森"的牌子，爬上几级台阶，来到一扇大门前。我往后仰着头，打量姨妈和姨父的家。从我们站着的这一层往上，房子还有第二层，最高处是一个带天窗的屋顶。

"我肯定大门没有锁。但我想给妈妈来个惊喜。好吗，杰米？"

我看了看凯拉，点点头。她按下了门铃。

伊丽莎白姨妈完全愣住了，眼睛睁得大大的。她不知道来看她的是小公主而不是杰米森吗？我为她露出了自己最开心的笑容。

"你好，妈妈！"凯拉笑着说。

姨妈拥抱了我们俩。

走进屋里，凯拉理了理我的头发说："浴室在楼上，你去洗洗吧？

然后我们吃点东西，好不好？”

我点点头朝楼梯走去。我用一块干抹布擦掉了索菲身上的灰。接着我洗干净了脸和手，把裙子的下摆整理好，这才回到楼下。

史蒂芬姨父和我们共进午餐，菜色是三明治配汤。他念完餐前祷告，朝我皱了皱眉头。“你一路上都穿着裙子吗？”他的声音听起来并无不悦，但眼角却显出一丝疑虑来。

我盯着自己的裙子看，纳闷它到底哪儿不对了。我的衣裳当然比不上一位真正的公主那么华丽，但这已经是我最好的家当了，再说我也一直小心翼翼地不要把它们弄脏。我看着姨父，点了点头。

沉默片刻，他低下头说：“嗯，我猜也没什么坏处。”

我松了一口气，对凯拉微微一笑。

史蒂芬姨父喝完汤，把碗推到一旁。我紧张地又瞥了他一眼，还好他脸上看不出明显的态度。“你得取个新名字，还叫杰米森是不行的。”

他忘记我的名字了吗？我直起身来，目光在桌边游走。

“她喜欢大家叫她杰米。”凯拉赶紧解围。

“挺好的。”姨父赞同道，“杰米。”他看着我继续说，“我们还一起住在奥斯威戈的时候——那会儿你才九岁吧——你就说自己是个女孩。”他看了凯拉一眼，叹了口气。“我们都以为你已经走出那个阶段了。但是你从来没有真的作为女孩生活过，所以你妈妈觉得现在这样可以帮助你认清事实、改过自新。你在听我说吗？”

我瞥了姨父一眼，点点头。

“一旦你愿意继续注射睾酮，你妈妈就会把你当作回头浪子来欢迎的。等你准备好回家了，你只要跟她说一声就行了。明白吗？”

“这是命令！”老巫师手握卷轴宣布道，“精灵公主从此将被放逐，直到她同意让魔法师把她变成一头矮小而多毛的怪兽。”

我的嘴唇颤抖起来。爸爸妈妈痛恨精灵公主，他们要她去死，而睾酮就是她的毒药。如果我能为了他们而一直装作杰米森的话，事情肯定会容易许多的。

我开始哭泣，自己却没有察觉，直到史蒂芬姨父把我从椅子上扶起来，拥抱了我。“他们都是因为爱你才这么做的。”他安慰我道。

伊丽莎白姨妈拿来一盒纸巾。等我擦完鼻子，凯拉指了指楼上对我说：“来，我带你去看你的卧室。”

星期天的阳光明亮而温暖。我仰起头来，好让凯拉帮我调整帽子。然后我跟着表姐走出房子的后门，步下一段台阶，史蒂芬姨父和伊丽莎白姨妈正在后院等着我们。人行道的对面是教堂的墓地，绿草如缎，古树成阴，来时路上我看到的那座古老教堂在右面矗立。

伊丽莎白姨妈转身看见了我们，脸上写满了讶异。

我心头掠过一丝不安，不明白为了上教堂而打扮一番有何不妥。

凯拉摇头道：“妈妈，这可是她在这儿的第一个星期天呀。她这是头一次跟大家见面。我觉得这帽子挺好看的。”

小公主穿着她崭新的低腰连衣裙。凯拉把我的长发扎成了马尾，又借给我一顶有白色缎带的帽子。伊丽莎白姨妈对我们两个皱起了眉头，“她看起来就像宝琳娜[1]。”

但那挺好的，不是吗？小公主露出跟宝琳娜一样的微笑，对姨妈行了个屈膝礼。凯拉笑出了声，她拉起我的手，带我朝教堂走去。

牧师在布道，我静静地坐着，用心领会他说的一切。我敬拜上帝，也好奇他如何看待他的小公主。上帝啊，请让我成为你要我成为的那个人吧，也求你让泰勒平安归来。

---

1 在电影《宝琳娜》中，演员海莉·米尔斯（Haley Mills）也穿着低腰连衣裙，戴着漂亮的帽子。——原注

第二天接近晌午的时候，凯拉带我从房子的后门穿过教堂的墓地，来到一条叫做马丁道的街上。她指了指一栋三层的石木混合式建筑——这就是牧师的住宅。紫藤攀上石墙，覆盖了板岩铺成的屋顶，有几扇窗户也被它遮蔽。小楼修建在一大片布满绿草和古树的空地前面。葡萄藤爬满了环绕四周的石围栏。

四个穿着浅黄裙子的女孩从空地上跑过，留下一串银铃般的笑声。凯拉笑着指了指她们说："最小的那两个叫斯蒂芬妮和玛丽莎，是安沃斯家的双胞胎，才四岁。"

凯拉曾说，要带我去见牧师、牧师的妻子还有他们的养女们。"她们是孤儿吗？"

我开口的时候，凯拉脸上还带着笑，这会儿她却变得严肃了。"没错。黑色长发的高个子女孩叫玛丽亚·何纳森，十四岁，父亲是个菲律宾水手，她在等着姑姑来接她回家。"

"没有妈妈真可怜。"

凯拉"嗯"了一声，"另外一个姑娘叫希瑟·坎贝尔。"

"她也是孤儿吗？"

"她被父母赶出家门了，因为未婚先孕。"

小公主心头涌起一阵对孩子的渴望。噢，我也想要有个宝宝！

"你可别羡慕她。单亲妈妈的日子不好过。在这儿也不例外。"

牧师在门前迎接我们。"凯拉，你还好吗？"他拥抱了表姐，接着笑盈盈地对我说："你就是杰米吧？欢迎来到圣安德鲁斯！"他弯下腰来也拥抱了我。"快进屋来。"我们走进去，他指着几把椅子说："请坐吧。我去倒茶。艾比今天早上做了些司康饼，我猜应该还有剩的。"

凯拉狡黠地对我低声道："艾比盖尔·吉莱斯比做的司康饼绝对是你吃过的当中最棒的！"

艾比盖尔是一位弱不禁风的女子，白色的头发梳成长长的辫子。她和我们一起喝茶吃饼。那时候，我不是特别喜欢喝茶，但司康饼的确好吃极了。吉莱斯比太太和她丈夫一样，全身上下都散发着和蔼可亲的气息。她把托盘放下，凯拉拥抱了她，亲了亲她的脸颊。接着凯拉退回来，脸上露出担忧的神色。“妈妈说你病了。你现在看起来还是很虚弱啊。你有好好照顾自己吗？”

艾比盖尔笑着答道：“我现在休息得比从前多了。有你帮忙，我已经轻松不少啦。”

凯拉向她介绍了小公主，接着往茶里倒了牛奶。

牧师回来了，怀里抱着一个熟睡的婴儿。“我猜你们会想看看我们家的新成员，雷切尔十个月大了。”

天呐，一个宝宝！我站起来想要仔细看看她。她闭着眼睛，看不到眸子的颜色。但她那刚刚长出的些许卷发金灿灿地闪着光。

“罗伯特，你可得小心，别把雷切尔弄醒了。没有她妈妈在旁边，小家伙脾气大得很。”

话音未落，小宝宝就醒过来哭开了。艾比盖尔赶紧从牧师怀里接过孩子，轻轻地摇晃起来。婴儿发出咯咯声，却没有停止哭闹。“嘘，亲爱的，没事儿啦。”艾比盖尔看了丈夫一眼，有点儿责备的意思。

“来，让我试试。”凯拉从艾比盖尔手中接过孩子，抱在怀里轻摇。她拍着宝宝的后背，雷切尔却仍然哭个不停。凯拉安抚了她好几分钟也不见成效，最后只好叹了口气向我走来，“你想试试吗？”

可怜的小宝贝没有了妈妈。我摸摸雷切尔的脸蛋，帮她理了理头发。接着我把她抱过来，靠在一侧肩膀上，对她轻声呢喃。“没关系，小南瓜。”雷切尔又大声抗议了几秒钟，随后就变得安静了。我坐在一把椅子上，开始轻轻摇晃。

凯拉扬起一边的眉毛，“我怎么不记得你有多少带孩子的经验啊！”

宝宝开始拨弄我的手镯，于是我把她放在大腿上。我笑着对凯拉说：“我们搬到斯普林菲尔德没几年，我就开始帮邻居一家人看孩子。”

“那你愿意带她吗？”

对小宝贝的渴望再次向我袭来。小公主怎么可能不想照顾这个宝宝呢？我欣喜地问道：“我可以吗？”

艾比盖尔一边给自己倒茶一边说：“那你也得帮她换尿布哟！”

“没关系，我不介意。”我像只小狗似的，眼巴巴地望着表姐，“求你了，凯拉。”

“别问我，这事儿要听吉莱斯比太太的。”

艾比盖尔于是说：“凯拉和我还有事情要商量。你现在可以帮忙带雷切尔一会儿吗？我来告诉你她的尿布在哪里。”

“好呀好呀！”小公主欢呼雀跃起来，迫不及待地想要接手照顾宝宝的任务。

表姐对我会心一笑，然后转向艾比盖尔道：“这下子你可让她的夏天完美啦。”

14

夜里我已经起来四次了，这会儿却又想上厕所。我的膀胱尚未充满，但是尿路感染之前定会出现的不适感却愈发明显了。我从提袋里拿出一瓶抗生素，披上睡袍，走去厨房想要拿个杯子。新鲜咖啡的香气扑面而来。伊丽莎白姨妈已经起床了。妈妈说过服用抗生素之前要吃点东西，于是我为自己做了一碗麦片粥。早餐后我把药瓶放在橱柜上，倒了一杯水。

一声响动让我吓了一跳。姨妈出现在厨房里，笑着跟我打招呼："早安！你还好吗？"

"还行。"

"这是什么？"她问道，显得不太放心。

"抗生素。我有点尿路感染了。"我拿起瓶子，倒出一粒药丸。

姨妈仍然微笑着，却伸出一只手："给我吧。"

我不想失礼，但仍然摇了摇头，"我得靠这个对付尿路感染啊。"

她竖起一根食指。

哎呀！精灵公主瞪着这根指头，生怕它会朝自己劈过来似的。离开奥斯威戈之后，我就再没见过姨妈数"一、二、三"了。有人会挨打的。顶嘴只会徒增罪状。当然啦，姨妈不会打她十七岁的小公主。"这些药还好啦，是妈妈给我的。"

二．我盯着她的两根指头，记起了她一次次地在我腿上留下的红色印痕。我一边揣摩着姨妈的表情，一边搜肠刮肚地寻思自己该怎么回应。

三. 飞快地，我把药丸放回瓶里，把瓶子递了过去。“求求你让我吃药吧，我得了尿路感染啊。”

伊丽莎白姨妈摇了摇头，“只有我妹妹才会直接给孩子们吃药。要是我的女儿生病了，我会先让她去看医生。”

“我讨厌看医生。”我尤其讨厌在穿着裙子的时候去看医生。

姨妈叹了口气，侧了侧头说：“凯拉有你妈妈的代理权，等你换好衣服，你们就可以出门了，但先要……”

直到这时，我才注意到放在冰箱顶上的柳条。从前，姨妈总是用《圣经》里面的句子来解释为什么要惩罚我们。她的眼神让人相信，她自己和她所鞭打的人一样难受。有时候，比起她的惩罚所留下的印痕，她对惩罚的解释更加让人痛楚。

我看了一眼柳条，不再说什么。姨妈指了指楼梯说：“去换衣服吧。”

爸爸总是说，只要做个小手术，再打几年的睾酮，我就能够成为一个男孩。但是每当我站在镜子跟前，看到的都是一位精灵公主，打激素只会把她变成一头多毛的怪兽。

表姐对我微微一笑，接着拉开了卡梅隆医生办公室的门。我的局促不安似乎让她有点忍俊不禁。我在候诊区停下脚步，转过身。“求你了凯拉，让我作为男孩去见他吧。”

她握住我的一只胳膊，若有所思地沉默了一会儿。“你来之前咱们可是说好了的。在我家这段时间你就是我妹妹。妈妈把你当亲闺女看待，你该高兴才对。难道你愿意回去打睾酮吗？”

“不要！”

“这不就对了。”她肯定道，“妈妈想让我们听从卡梅隆医生的一切建议。她也不准我们向医生提要求，去治疗你的性别问题，明白吗？

你越是少争辩、少抱怨，我们就可以越早结束。”

凯拉和卡梅隆医生的护士斯凯说着话，她是个高挑的金发姑娘，个子比莎朗还要高。她穿了一身漂亮的棉布连衣裙，虽然天气很热，却依然赏心悦目。

斯凯对我笑了笑，又转向表姐说：“既然这是她头一次来看诊，卡梅隆医生需要做一个全面体检。”她递给我一件病员的罩衫说：“洗手间在下楼的右手边，尿样杯在角落的架子上。你取完尿样把它放在水槽边上就好。换完衣服在里面左边的那个房间等着。卡梅隆医生很快就过来。”

灰色的阴霾挡住了温暖的阳光。我的胃里开始翻江倒海。等医生发现我不是个女孩，他会把我怎么样呢？

镜中的精灵公主一脸愁容。“对不起，”我喃喃道，“我也不喜欢被检查那下面。”

卡梅隆医生是个有着温暖笑容的年轻人，他发色暗红，留着小胡子，棕色的眼睛闪着光。“我是卡梅隆医生，人们都叫我格雷姆。”他帮助小公主爬上检查台。我坐在那儿直发抖，他却一直微笑着。“好了，小姑娘，”他带着一点苏格兰口音说道，“你干吗不告诉我，该如何为你效劳呢？”

我盯着自己的双手，心想全身检查是不是意味着，他也要检查我的两腿之间。“我得了尿路感染。”

“哦，是吗，尿路感染？”

“没错，就是。”

“好的好的。我好奇，像你这么个小姑娘，怎么会知道自己得的是这个病呢？”

我不由自主地笑了。他是我见过的最可爱的医生。“因为我一年当中要感染好几回呢。”

“噢，那你的医生是怎么说的呀？”

“我从来没去看过医生。我妈妈……”妈妈是不会逼着小公主上医院的，她知道我最怕的就是医生们了。我瞥了表姐一眼，她正在小房间里的另一边站着。

表姐站出来说：“格雷姆，这事儿有点尴尬。她妈妈不让她看医生。她已经十七岁了，但是她的性别有点问题。”

“十七岁？什么样的性别问题呀？”

凯拉翻了个白眼，“她父母非要把她当成男孩。”

“啊！那么每次尿路感染都是怎么处理的呢？”

“她妈妈就直接给她吃抗生素。但既然她现在和我们住在一起，我觉得她还是应该来这儿看看。”

“杰米，是这么叫的对吧？”格雷姆拉过来一把凳子坐在我面前，“你已经十七岁了？”

他英俊的面庞上露出难以置信的神情。我觉得他并没有把我当成一个十七岁的男孩，于是我带着宝琳娜式的微笑点了点头，“是的，先生。”

卡梅隆医生为我量了血压，又听了我的心脏。他还检查了我的淋巴结——都是些常规的项目。接着他转向凯拉说：“你能去叫斯凯来帮帮忙吗？”

表姐应了一声，走出了房间。

格雷姆转过身来对我说：“我担心的是你的尿路感染，不是你的性别。但我还是要给你检查一下，可以吗？”

我咬着嘴唇点点头。至少，他事先征求我的意见了。

“那好，等斯凯过来了，我们就来看一下。”

斯凯走进来，递给医生一页纸，他迅速浏览了一遍。“杰米，我要你把两只脚放在金属支架上，然后往检查台的这一边靠。好。现在，两腿分开。好的。”

莎朗曾经跟我讲过，这架子是给女生用的，男生只要站着检查就可以了。要是卡梅隆医生认为我是男孩的话，他还会让我用这个架子吗？

卡梅隆医生看了斯凯一眼，她点点头，准备好了纸和笔。“好的，开始吧。毛发未发育。生殖器部位肤色未变深。会阴-尿道开口稍长。阴唇闭合。阴蒂突出。性腺摘除手术疤痕。阑尾切除手术疤痕。”格雷姆站起身来对我笑了，“你可以坐起来啦，小姑娘。”

他接着转向表姐道：“杰米是个小仙子。你愿意的话也可以叫做间性人。鉴于她矮小的身材和女性化的五官，我猜应该是混合型性腺发育不全。”

小仙子。似乎如此。我就说了嘛，我不是男孩呀。我朝凯拉得意地一笑，但是表姐看起来并不吃惊。她沉默地坐了一会儿，这才开口对医生说：“那我们现在可以集中精力对付尿路感染了吗？”表姐对我做了个难过的表情，轻声道：“抱歉。”

卡梅隆医生回应道：“尿检结果呈阳性。我会给她开点止疼片，还有蔓越莓糖浆，帮她抵抗感染。”

“那就好。”凯拉望着我，眼神还是很忧伤。

格雷姆摸了摸下巴，看看我说：“她应该使用激素了。她的青春期延迟了这么久，已经影响到身体健康了。”

表姐使劲摇摇头，“这可不行。”

“这孩子是个女孩啊，凯拉！”

天呐，一个站在我这一边的医生！我睁大了眼睛，眼巴巴地盯着凯拉不放，盼着她能同意我开始女孩的青春期。

格雷姆把一只手放在凯拉肩上说：“激素对保持健康来讲是必需的。她经常尿路感染，很可能就是雌激素水平太低造成的。”

表姐没说话，但她眼里也没有反对的意思。“那好吧。”

我从检查台上跳下来，冲向表姐，拥抱了她。我的脸和她贴得紧紧的，这样就不会有人看见我在流泪。等我放开手来，医生笑着说：“小姑娘，我会给你开注射雌激素和口服雌激素，一天一片。雌激素会让你的胸部开始发育。好吗？”

无需多言。我踮起脚尖转了个圈，对卡梅隆医生嫣然一笑，又跳回检查台上。

“还有个事儿，”医生转向表姐说，“再过两周左右，她需要回来做一个膀胱尿道造影。”

“好极了。”出去的路上，凯拉凑过来对我低声道，“这事儿对谁都别说。”

吉莱斯比太太又一次把头探进卧室来，“你确定你还好吗，孩子？”

尿路感染已经消退了，但我让她撞见了我在呕吐，现在我也还有点头晕。“是的，夫人，已经好些了。”我勉强做出一个宝琳娜式的微笑。第一周是最糟糕的，每天醒来我都会恶心，凯拉说这是激素的副作用。

“要不要来点儿茶，亲爱的？没准儿能帮助你消化呢。”

“谢谢夫人。好的我喝点儿吧。司康饼还有吗？”我饥肠辘辘，期待着胃里能装进些食物。

吉莱斯比太太看了雷切尔一眼，这会儿她在我腿上睡着了。“坐着别动。我拿托盘端给你。别把小家伙弄醒了。”

雷切尔微微动了一下，我把她抱起来，靠着我的肩膀。她突然咳嗽了一声，一摊口水全流到了我的裙子上。脏尿布。或许她也是醒来觉得恶心吧。婴儿的呕吐物。可我为什么仍在微笑呢？

15

第一次拜访卡梅隆医生的三周后，凯拉又带我去复诊。一星期前我们已经做了造影。表姐说，造影结果显示我需要动一个小手术。至于多小，我不敢问。

斯凯护士笑着递给我病号服。“格雷姆在右边最后一个房间里，你换好衣服就可以去找他啦。”

房间中央有一张像是放大版的牙医治疗椅的椅子，本来该是脚踏板的地方换成了金属支架。四面墙边全是橱柜。天花板上的那盏灯可以调节方向。空气透亮，闪着朦胧的光，比夏日更耀眼。

凯拉坐在门边的一把椅子上和卡梅隆医生交谈。我心跳的声音淹没了他们的话语。发现房间里还有另一位医生的时候，我吓得往后退了一步，慌忙伸手去摸门把。

卡梅隆医生笑着问我：“怎么了，小姑娘？”

从记事起，爸爸妈妈就一直告诉我，将来有一天医生们会把我的尿道口提升到“小棍子”的顶端，这样我就可以站着小便了。卡梅隆医生之前说我是个女孩，他不会只是在哄我吧？狂跳的心脏从我的胸腔中呼之欲出。我转动了门把，担心着医生会不会阻止我离开。“我很乐意坐着小便啊。”

格雷姆笑出了声，“我猜也是呢，不然你会弄得一团糟的！”

我全身都绷紧了。那么接下来呢？

凯拉握住我的双手，“放轻松。格雷姆说这个手术很安全，而且他会先跟我们详细解释的。我们甚至都不用今天就行动。”

“呃……好吧。”

“你还记得尿道造影那个检查吧？”

我瞥了一眼大门，“记得，先生。”

“你知道，你的生殖器官和别的女孩有点不一样。”

我看着他好一会儿，才又点点头。他仍然说我是个女孩，我全身的肌肉放松了一些。“我知道。”

“我们开始之前，我先给你解释一下我们打算怎么做。好吗？”

我的呼吸不那么急促了。“好啊。”

他拿起一本便笺在上面画了幅草图。“这是你现在的样子。你的阴唇是合拢起来的，后面就形成了一个滋生细菌的小袋子，所以我们要沿着这条线把它们切开。好吗？”

那又有什么用呢？它们看起来还是不对劲。我盯着他画的图点点头。接着我瞥了一眼凯拉，只见她的眼睛睁得斗大。哎呀！我的心脏一阵狂跳。表姐怎么会如此惊诧呢？

“把它们分开是比较容易的一步，”卡梅隆医生继续道，“我们还要保证它们的样子是对的。梅森医生是整形外科的大夫，他对这个很在行。”格雷姆撕掉这一页，重新又画了一幅草图。“这是我们完成之后的样子，这里是阴唇，这里是阴道口。”

阴道。我眼前一阵发黑。我伸出一只手想要稳住我那天旋地转的世界。我没有听错他的话吧？

格雷姆的脸上掠过一丝担忧，“你还好吗？”

我难以置信地把这房间重又扫视了一遍。一切都变得如此陌生。医生们想要帮我打开阴道？我对自己说，这只是我的痴心妄想，但我又怀疑自己是不是疯了。“阴道？”

“没错。等我们把你的阴唇分开，你就应该和别的女孩差不多了。”

女孩！这句肯定带给我的喜悦，已经远甚欢笑或眼泪所能传达。默默地，我倚靠在表姐身上，渴望自己失落的童年能够重来。为什么我没能在九岁那年见到卡梅隆医生呢？

凯拉抱紧我，在我背上轻拍。“我们一早就知道，不是吗？”她喃喃地说。

格雷姆脸上露出悲伤的神色，他拉起我的一只手，“或者我们等一等再做手术，直到——”

“不！”我和凯拉异口同声地喊道。

“你确定？”格雷姆一边观察着我，一边问。

我努力让自己平静下来，又瞥了表姐一眼，看到她的笑容，于是我放心地说：“我确定。”

“那就好。我们会采用局部麻醉，你不会有感觉的。”

我把双腿放到支架上。梅森医生调整了椅子，又把头顶的灯拉到合适的位置。

凯拉握住我的手，低头朝我微笑着。我疾速的心跳就像蜂鸟扑闪的翅膀。

手术完成了，格雷姆帮助我站起来。“每天洗澡，但是别让伤口浸水。一周以后缝线就会脱落了。现在你的阴道还很浅，等伤口愈合了，我们再来讨论扩张的问题。”

回家的路上，麻药渐渐消退了，疼痛向小公主袭来，但这痛，已经无足轻重。

第二天，我已经有力气照顾雷切尔了。小家伙摇摇晃晃地站在书架跟前，一只手紧紧抓住架子的底层。我坐在几英尺开外，张开双臂，“嘿，小南瓜，到这儿来。”

雷切尔迈了两步，一屁股跌倒在地，哭了起来。我把她拉起来抱在怀里。“刚才很棒喔！我的小公主很快就能学会走路啦。”我让她站回到书架边上，自己在一旁的地毯上坐下。

过去的多数时光中，我都躲在一幅面具背后，任凭我的生活随波逐流，遥看一切辛酸发生在那个我认作不是自己的人身上。现在，一个漂亮的女孩照料着这个可爱的宝宝。这如此单纯的快乐，却让我心生抗拒。离幻景太近了，幻景就会灰飞烟灭，小公主就会惊醒过来，再次发现自己半是男孩。我的女儿梦到底有多么罪大恶极呢，以至于爸爸妈妈要和它不共戴天?

雷切尔再哭的时候，我坐到摇椅上，抱着她在我的膝盖上蹦蹦跳跳。她咯咯地笑起来，接着却突然吐了一摊口水。我帮她把脸擦干净，换了尿布，又给她喂了些吃的，还念了故事书给她听。最后，她在我的腿上睡着了。这便是每天的功课，日复一日。但是，即使为这小宝贝付出再多，我也从未感到厌倦。

16

如此庆祝雷切尔的生日着实有点奇怪。多数时候，不论是上教堂还是去别的地方，凯拉和我都不会化妆。这一次，凯拉却坚持要在参加派对的路上先去一家发廊打扮一番，就好像这小家伙也会有所留意似的。

回家就意味着离开雷切尔。爸爸是不会让我永远待在圣安德鲁斯岛的，他当然也不会同意我继续服用雌激素。爸爸妈妈会不会让我回到迈阿密继续去做杰米森呢？或者他们干脆把我关在家里、强迫我注射睾酮？还有几周就要开学了。我摩挲着泰勒的戒指，希望找到一些安慰。

凯拉的目光和我碰在了一起。她有点郑重地伸出一只手问道："我能看看吗？"

"看什么？"

表姐对我皱起了眉头，直到我把项链从衬衣下面拉出来。她默默地看着戒指，安静得像一只教堂里的老鼠。"是你那个当兵的男朋友给你的吗？"

"对，他去越南之前给我的。"

凯拉神秘地一笑，"跟我来。"她拉着我的手，大步朝街上走去。

十分钟后，我们站在了一家满是玻璃橱窗的店铺跟前。店名叫做"弗兰西斯卡"，里面展示着各种精美的裙子——那种令人望眼欲穿、但一辈子恐怕也用不上几次的华丽行头。就算真正的精灵公主，恐怕也不会拥有一条如此夺目的裙子吧。

犹豫片刻之后，凯拉拽着我走了进去。小公主睁大了眼睛，在货架之间流连，一会儿摸摸这条裙子的布料，一会儿看看那条裙子的装饰。一件绿色的缎子裙装吸引了我的注意。“这件多漂亮啊！”我看了看周围，却不见表姐的身影。我几乎恐慌起来，但我知道凯拉是不会把我一个人丢在商店里不管的，所以我继续四下张望着。

凯拉和一位身穿优雅丝绸裙子的中年女士一起回来了。留着金色卷发的她让我想起一位五十年代的电影明星，甚至是一位像格雷丝·凯利[1]那样货真价实的王妃。她看了我一眼，点了点头，就转身离开了。凯拉牵起我的手追了上去，我们来到一个小房间里。靠墙的架子上挂满了裙子，都是白色或淡黄色的。中年女士选中了其中的一条，把它递给凯拉，然后就走了出去，关上了房门。

“来，穿上吧。”凯拉笑着说。

小公主仔细看了看这条裙子。裙子的上半身像是缎子的，带褶子的裙摆是薄纱做的。裙子的样式很是优雅。难道是婚纱吗？我摇摇头把它递了回去，“我不想试一条我永远没机会穿的裙子。”

表姐有点不高兴，她把裙子又递给我说：“就算为我试的，好不好？”

我把它换上了，表姐带我来到一面巨大的镜子跟前。一个美丽的姑娘站在我的对面，容光焕发。

“计划是这样的，我的小公主，”凯拉带着温暖的笑容说，“我们会把你的出生证明改过来，这样你爸妈就必须把你当成女孩了。然后等你的大兵男友凯旋，你就可以嫁给他啦。”她看着我问，“明白吗？”

我内心深处的某个地方绽放出一朵朵粉红色的小花来。镜子里，泰勒仿佛就站在我身边，我用嫣然一笑回应他的满面春风。我是多么渴望

1　格雷丝·凯利（Grace Kelly）本是好莱坞明星，后来远嫁摩纳哥成为王妃。——译注

和他团圆的那一刻啊！

精灵公主走出计程车，等着凯拉付车费。这会儿，哼首小曲儿再合适不过了，连空气都仿佛兴奋得噼啪作响。我们迫不及待地要去找史蒂芬姨父谈话，凯拉说一旦他理解我作为一个女孩是多么快乐，他就会去开导我父母的。

我翩翩然地走上台阶，心里默默地唱着歌。凯拉帮我打开大门，朝我鞠躬致意。精灵公主唱出了声，跳着华尔兹走进厨房，倒了一大杯水。我把水杯举到唇边，不曾停歇的舞步却戛然而止。只见凯拉呆若木鸡地站在走廊里，脸色惨白，惊恐地睁大了眼睛。我于是顺着她凝固的目光看过去。

水杯从我手中滑落，缓慢地跌向铺着瓷砖的地面。无数闪光的碎片在空气中崩裂开来。但是，没有哪一片碎玻璃能像爸爸眼中的绝望那样，伤我至深，让快乐如鲜血般汩汩流尽。

“你就那么怕我吗？”爸爸问道，他的声音和眼神一样悲哀。

我的抵抗终于苏醒，但却为时已晚，毒箭已然穿心。我用一只手扶着橱柜，企图保持平衡。接着我转身不再理睬爸爸，弯下腰去开始捡拾那满地的碎片。

一片较大的碎玻璃引起了我的注意。它闪闪发光，如手术刀一般锋利。一只温柔的手搂住了我的腰，表姐忧心忡忡地看着我，直到我点点头。黑暗已经消逝了，危险也都过去了。上帝不会让我就这么放弃的。

凯拉用另一只手打开橱柜的一扇门，拿出扫帚。我捧起那些破碎的希望，等待着。双手颤抖着，我擦去眼泪，今天真不是个化妆的好日子。等到表姐在地板上清理出一条路，我立刻朝楼上的卫生间跑去。我再回来的时候，地面已经打扫干净了，有人放了一把空椅子在我爸爸旁边。我深吸了一口气，挨着他坐下来，埋着头。

爸爸用手托起我的下巴说：“你还是笑起来更好看。”

我本想望向别处，目光却无法从他那对哀伤的蓝眼睛上面移开。

爸爸垂下手，转过头去。“上周我去见过另一位医生了，在波士顿。他说在你这个年纪，改变性别可不是个好主意，会有很多问题的。早知道从你一出生就该把你当成女儿养，现在太晚了。”他的脸痛苦地抽搐了一下，“也许九岁那年还来得及，但现在你都十七岁了。”

“什么改变性别？”凯拉从椅子上跳起来，脸色铁青地喊道，“她本来就是个女孩！”

我把头埋得更低了，躲避着从爸爸眼中射出的愤怒光芒。史蒂芬姨父把脸一沉，耳边似有雷霆翻滚，“坐下！我们现在不讨论杰米森的性别！”凯拉看了我一眼，坐了回去，脸上仍然带着杀气。

爸爸碰了碰我的手臂，我才回过神来。“你妈妈说你只是在假装。”他噘起嘴唇，瞥向窗外的一个路人，“那你到底有没有尝试过真的去当一个男孩呢？”

小公主盯着自己的双手，躲避爸爸凶狠的目光。我从来没有。于是，我直截了当地摇了摇头。

爸爸再次托起我的下巴，“如果你试一下，真的用心试一下，我肯定你是能够办到的。你妈妈和我想让你幸福，不是这种角色扮演似的、唱歌跳舞的表面欢喜，我们想让你得到真实的快乐。再试一年，要是到时候你还是这么不开心，我们再商量，好吗？我们再想办法。医生也是有可能出错的。”

再试一年？这和再试一个世纪有什么区别呢？生命的气息从我体内流逝了，顺着双腿，一直淌到地板上。我瞥向凯拉，却看到她把头转开了。

爸爸站起来，脸上带着凄然的笑，“我们该走了，再过几个钟头飞机就该起飞了。”

小公主恐慌起来，你知道，她在牵挂着小宝贝呢。“那雷切尔怎么办？”

爸爸摇摇头，他悲哀的目光和我相遇。“我很抱歉，但她终归是要习惯没有你的日子的。”

“我还没有收拾行李呢。”我用嘶哑的嗓子低声道。

爸爸再次摇头否决，“收拾什么？裙子？你男朋友的照片？还有你的布娃娃？”他叹了口气，羞辱感让他耷拉着肩膀，“把它们都留在这儿，杰米森，把这些都忘记吧。”

绝望中，我最后一次朝凯拉看过去。表姐双目紧闭，泪流成行。我麻木地站起来，跟着爸爸往外走。

17

小飞机起飞了，开始了它奔向囹圄的旅程。爸爸的眼中倒映着精灵公主安静的身影，她带着镣铐，垂着眼帘，爸爸的宣判让她悲不自胜。这判决并非出于仇恨，相反，它源自爱，爸爸爱着他那个并不存在的儿子。

爸爸碰了碰我手腕上那条精致的金链子。我颤抖了一下，但没有闪开。他握住我的手，仿佛在研究它有多么柔弱。我手指纤细，一如母亲。他开口了，声音里满是屈辱，“这手链是你那个大兵男友送你的吗？”

我迅速瞥了他一眼答道：“不，是莎朗。”

就像对我妈妈那样，他温柔地把头发别到我的耳后。我有点退缩，但仍然努力保持着镇定。他的手指划过我的面庞。精灵公主有着细腻的肌肤，脸颊上的雀斑多如午夜的繁星。这是一副让她自喜的模样。爸爸的手碰到我的金耳环。“那么耳环是他送的？”

我轻轻地点了下头。

爸爸把紧扣的双手放在大腿上。“跟我说说他吧，他曾是怎样的一个人？”

曾是[1]？我的目光在爸爸身上稍作停留。“他永远都在笑，永远都在

1　父亲在谈到泰勒时使用了过去时态，因为泰勒已经阵亡。——原注

逗我开心。他还给我读《圣经》，我俩一起祷告。他爱我，爸爸，我也爱他。他知道我的情况，但他还是爱我。”

“他是自愿去越南的吗？”

“对，但他不是战争狂，”我吸了吸鼻子，我并没有哭，鼻息却带着哭腔，“他讨厌这场战争，他参军是因为别无选择，不像斯科特。”爸爸瞪了我一眼。一滴不争气的眼泪掠过我的睫毛，顺着脸颊，从下巴滑落。三年前，哥哥为了拯救受伤的战友而牺牲了。丧子之痛仍然盘桓在爸爸心中。

他帮我擦去一滴眼泪，“抱歉，儿子，我也憎恨战争，很多好人都成了炮灰。”

他憎恨战争？是因为斯科特战死了吗？爸爸把我的手握在他手里，“很遗憾你小的时候我在家的时间太少了，要不然你现在不会是这个样子的。”

“我们搬去斯普林菲尔德之前你天天都回家啊。就算你天天回家，我也不可能长得比现在更高大强壮一些。我的身体条件和斯科特是不同的，你不能指望我和他一样呀。”

“不，我并没有……我也没办法教你怎么去当一个男孩。我知道你不是斯科特，但我把他在你这个年纪做过的事情、外加别的一些你应该尝试的东西都写下来了。你练习一下吧，至少得要试一试。试过之后，要是你还想当女孩，我们再找医生想办法，好吗？”

我就坐在这里。难道你看不见我明明就是一个女孩？要是我告诉你我已在服用雌激素，你会放了精灵公主吗？不，你只会更加伤心而已。你永远都不会明白。我权衡着自己的处境，最终同意了。只有十七岁的我，除此之外还有什么选择呢？就算离家出走，我又能做什么？

飞行员宣布我们就要抵达迈阿密港了，爸爸靠近我说：“我们叫辆计程车，到了机场再吃午饭。明天我在华盛顿还有个会，所以你得自己搭飞机去格林斯博罗[1]啦。今天晚上给你妈妈打个电话，她在等着呢。她和艾丽西亚会去机场接你的。”

“我的衣服全都还在莎朗家呢。”

“我们没时间在迈阿密耽搁了。”爸爸耸耸肩，“反正你在北卡罗来纳也住不了几星期。”

我一脸苦相，不知道妈妈看到我一身裙装会作何感想。爸爸看看我，笑了起来。他大概以为，我会羞于让妈妈看见我的女孩扮相吧。

飞往亚特兰大[2]的航班终于宣布登机了，爸爸看了看手表，直摇头，“看样子你得搭更晚一班的飞机回家了，现在已经赶不上你原来的联程航班啦。”

亚特兰大的彻夜候机，飞向格林斯博罗的联程航班，开往温斯顿-塞勒姆的长途汽车，这就是等待着我的漫漫旅途。我静候爸爸在送走我之前的最后嘱咐，心里格外忐忑不安。

爸爸把我拉到一旁，递给我一张清单，上面写着“男孩必修”。这文件看起来就像一张说明书，条条款款逐项罗列，每一项旁边还有打勾用的方框。这一定是他的秘书帮他打印好的。

继续使用激素。我的心都凉了。妈妈应该认识一个北卡罗来纳的内分泌科医师，不过开学我返校之前，他们也只来得及给我注射一针毒剂而已。但他们会不会要我在回到佛罗里达之后也继续打针呢？如果我让他们毁了身体，我还怎么回去当一个女孩？上帝啊，请把泰勒送回我身边吧！我需要他的帮助，我想他。

剪短头发。我紧张起来，用一根手指挽起自己的一缕金发，瞥了一

1　北卡罗来纳州中北部城市。——译注

2　佐治亚州州府。佐治亚州乃佛罗里达的北方邻州，从佐治亚向北越过南卡罗来纳，即是杰米家当前所在的北卡罗来纳。——译注

眼爸爸那秃顶的头。睾酮也会让我变成那个样子吗？我闭上眼睛深吸了一口气，发起抖来。

爸爸扶住我的肩头，无疑是想给我一些鼓励，“你会没事的。”

精灵公主的身影映在机场的玻璃窗上，悲哀的双眸无助地求救。囚车缓缓启动，她紧贴在牢笼边上，眼睁睁地看着自己被送上这通向绝望的漫长旅程。囚车驶过，她伸出一只手向我求援。即使现在，只要我给她自由，她也能立刻重获生机。一言足矣，但我却半点儿也不敢违抗父命。

“我——”话语从我嘴边溜走了。一切都是那么的不真实。精灵公主还能坚持多久呢？被剪短的头发可以再长回来，但激素会糟蹋她的美，扭曲她的身体。等泰勒回来可怎么办啊？

爸爸的眼神！抵抗突然苏醒，我冷静下来，只见爸爸的手伸进了口袋里。预感到即将发生的事情，我在内心深处发出痛苦的号叫，但我的身体却纹丝不动。

爸爸把一条项链举过小公主的头顶，一切就这么结束了。项链滑落在我的脖子上，稳稳挂住，一副士兵的名牌在我胸前叮当作响。“你的大兵男友死得英勇，”爸爸低声道，“对不起，但他死了也好。为他哀悼吧，然后你就该把男生们都忘了。”

带着那仅存的一缕柔情，我把心上人的遗物举到唇边。在天堂的这一侧，我将再也见不到他的笑容。名牌上结霜了，也冻住了我的双臂。我化作石头，我的心上人再也无法把我拯救。

我本想说声再见，却只吐出一丝凉气和半句呢喃。我索性转过身，径直走向登机的舷梯。

18

伍德伯里路蜿蜒着穿过邻近维克森林大学的一片树木。枝叶窸簌，群鸟啁啾，精灵公主顿时记起家的感觉。柯帕里家的房子建在路边的小丘上，依偎在一片桦树和一丛高高的万年青当中。屋后，婆娑的树影间隐约透出紫红的天空。我踏上门前的小径，夜色渐浓。

艾丽西亚为我开了门，她又惊又喜，把我迎了进去。“你看起来棒极啦！”她兴高采烈地喊道，“我觉得你终于摆脱你的性别困扰了！”

“谁啊——”妈妈走进客厅，“杰米森，你不可以穿着裙子回家来。去，把行李打开，把衣服换了。”

我跌坐在一把椅子上，做出一副抱歉的神情，“对不起呀，妈妈，我什么衣服都没带。”那又有什么关系呢?

“你说什么？”

“我的衣服都放在莎朗家了，爸爸不让我过去拿。”

“你没带衣服去圣安德鲁斯岛吗？”

“凯拉让我别带，再说了，爸爸也不准我从圣安德鲁斯拿走任何东西。”

艾丽西亚呵呵了一声，妈妈的不悦显然让她挺开心，她火上浇油地说：“她可以穿我的衣服呢，妈妈。”

妈妈和我同时瞪了她一眼。我可不想再招惹已然不爽的母亲大人。现在，按兵不动、静候良机才是上策。“明天我们去买一些牛仔裤和T恤衫好啦。”

有时候，妈妈也会被怒气冲昏头脑。只见她双手叉腰，把头一摇，“既然你都穿了一个夏天的裙子了，那再穿两个星期也不会把你怎么着。”接着，她矛头直指艾丽西亚，“那你们两个干脆就睡同一个房间吧。”

在妈妈背后，我朝艾丽西亚使了个眼色。在奥斯威戈的小小寓所里，我们曾经分享同一间卧室。每次风暴来临，担惊受怕的她都会爬进我的被窝。妈妈呀，你怎么会觉得让我俩睡在同一个房间里是对我们的惩罚呢?

艾丽西亚转向我，一脸疑惑地问：“只待两个星期啊，那你干吗专门飞回来？”

我摊开双手，摇了摇头，“是爸爸，他给了我一份《男孩必修》的清单，就把我送上回家的飞机了。” 一阵张狂的笑声在我脑袋里呼之欲出。因为我的裙子没有口袋，爸爸还允许我把零钱跟这张清单一起放进了我的女式荷包里。除了裙子，我带去圣安德鲁斯岛的没有其他衣服。

妈妈一边看清单，一边不时地摇摇头，最后她终于点头了，把清单塞回我手里。“好吧，我猜明早我们就可以开始练习了。”

艾丽西亚用手肘顶了顶我的肋骨说：“就像从前那样。”

“你现在都比我高出六英寸了，艾丽。”

“别担心，”她冲我眨眨眼，“我会给你找到合身儿衣裳的。”

妈妈、艾丽西亚和我吃了些零食，又玩了几轮纸牌，我就起身告辞了。我慢悠悠地洗了个热水澡，换上艾丽西亚的睡袍，爬进了被窝里。十分钟后妹妹进门来，打开了一盏灯。“你睡着了吗？”她小声问道。

“没呢。”

她在床边坐下，一只手放在我的手臂上。“真开心你又找回从前那个自己了。我怀念得很呢。”

“哦？”我坐起身来，倚靠着带衬垫的床头板。

“你的一举一动不再像杰米森那样了，你又变回我们离开奥斯威戈之前的样子啦。”

我看着妹妹的眼睛。人们说我俩的眸子都是翡翠的颜色。我的头发却要浅一些，更别说迈阿密的阳光一定让它褪色了不少。“杰米森已经不在了，艾丽，他只是一个假装的人物。我现在必须自己学习怎么去做一个男孩。”

“为什么呀？去跟妈妈商量下吧。这个清单也太愚蠢了。”

“不，爸爸说得对，我从来就没有真的努力过，我只是装装样子罢了。”

“那又怎么样？我也从来没有努力过呀。还有喔，我觉得你是不是有个男朋友？”

一阵突如其来的悲痛击倒了我。泰勒的士兵名牌还在我的荷包里。我闭上眼睛，下意识地摸了摸心口，确定他的戒指还在我的睡袍下面。我飞快地抽回手，但为时已晚，艾丽西亚已经注意到了。她把项链拉出来，看见泰勒戒指的一瞬间，她惊讶得抬起了眉毛。“你结婚啦？”她兴奋地喊道。

“嘘！妈妈会听见的。”我强忍泪水，胸口不停地起伏着。“不是的，泰勒让我帮他保管戒指，好等他从越南回来。”

“那么说你是订婚了？太棒啦！”

“他死了，艾丽。”

“噢！”妹妹放下戒指，张开双臂抱住了我。我竭尽全力抵挡着眼泪的洪流，决堤的一刻仍然不期而至。我埋头在妹妹的肩膀上，任凭泪水恣肆而出。

妹妹拥紧我问：“爸爸知道吗？”

“嗯，就是他把泰勒的名牌给我的。”

她松开手来，满脸疑惑。“就这样？——他死了，再见？”我点了点头，妹妹眯缝起眼睛，愤怒扭曲了她的面庞。

我该怎么跟她解释爸爸这个人呢？连我自己也不算真的了解他。“你别恨他，艾丽。”

“但这么做是不对的。”她低声道，头垂了下去。

我托起她的下巴，尽量朝她微笑。“米莉死的时候，爸爸抱着你帮你擦眼泪。它不过是只仓鼠，但是爸爸明白你有多伤心。”妹妹“嗯”了一声，她的怒气消散了一些。我咬着嘴唇，想起了哥哥。“还记得斯科特摔断腿那次吗？”

“记得，他们帮他正骨的时候，爸爸握着他的手。”

“他也了解斯科特那时候需要什么。”

“但他什么都没帮你做！”

“因为他没办法，艾丽。你怎么给得了你儿子一个女儿想要的东西呢？”

“你跟他说过你的想法吗？”

“没有。”

“你该跟他讲啊。”

“我在他面前就什么话都说不出来了。反正杰米森也不该说出那样的话，不是吗？”爸爸和我从来就没有好好交谈过。

“那你去和妈妈说。”

“她不会听的。”

“她会的。”妹妹斩钉截铁地喊道，快步走出了房间。

“艾丽，别去。”我小声叫她，急忙追了上去。和妈妈硬碰硬可不是我想要的。

艾丽西亚推开主卧的房门，正在看书的妈妈抬起头来，“什么事？”

妹妹看了我一眼，“杰米有话要跟你说。”

妈妈严厉的目光让我退无藏身之所。我避开与她的对视，挣扎着寻找开口的勇气。精灵公主的身影映在卧室的镜子里，活像一个战战兢兢的小女孩。

“关于她的男朋友，妈妈。”艾丽西亚解开我的项链，递了过去。妈妈看着项链上的戒指，睁大了眼睛。接着她变得脸色苍白，“你不能——男孩子们——”她从床上下来，打开抽屉拿出一个信封，里面有一张放大的照片。我凑过去也想看一眼。妈妈的目光再次落在我身上，“戒指很美。”

“是泰勒的曾祖母留下的，要他送给他的新娘。他去越南之前让我代为保管。”

“他给她戒指了？”妈妈指着照片上的我问道。

“是的，夫人。”

“他知道你的情况吗？”

“知道，夫人。”

妈妈再次拿起照片。“你俩看上去真幸福，但是两个男生不能——你知道的。”

“莎朗觉得她可以说服你和爸爸，同意让我当一个女孩。”

妈妈扬起眉毛，“所以你觉得我们让艾丽西亚当一个女孩了吗？”

“那可不一样。”

“对。因为你的出生证明上写着性别男。”

艾丽西亚站到我和妈妈之间，握住我的一只手臂。“妈妈，还有别的一些情况。”妹妹看着我，目光如炬，“告诉她吧。”

妈妈的眼中闪过一道晴天霹雳，仿佛她觉得一定是我被男友传染了性病之类的事情。我看着心上人的照片说：“泰勒回不来了，妈妈。”风暴卷起的巨浪再次扑向堤坝，我一阵腿软，几乎无法站稳。

“那你会把他的戒指还回去吗？”

艾丽西亚失望至极：“她的未婚夫死了，妈妈，死了！爸爸昨天告诉她的。”

妈妈瞥了艾丽西亚和我一眼，又看了看照片。她的眼睛湿润了。她抱住她的小公主，把我的头紧紧靠在她肩上。“我很抱歉，亲爱的，你应该早点告诉我的。”我呜咽着，妈妈抱着我，轻轻摇晃。等我放开她来，妈妈深吸了一口气，长叹一声道：“祭奠他吧，亲爱的，但你要能节哀顺变。这是上帝给你的考验。他不愿你嫁给那个男孩，但他希望你从此与他更加亲近，希望你越来越有基督的样式。上帝对你另有计划，你会发现的。”

离开不过才两天，我已在想念雷切尔了。“我想成为一个母亲。”

“宁愿以背弃上帝为代价吗？”

“当然不是。”*你为什么非要把话说得这么难听呢？*我愿意顺从上帝，但那并不意味着我能够成为一个男孩。而我也从来没有在他面前挥拳抗议、说过不愿。

“那就好。”妈妈帮我擦去眼泪，“相信他，他会供给你未来的一切所需。即便这意味着，要像你在尘世的父亲所期待的那样，努力长成一个男子汉。”

19

星期天在教堂里，一个外表出众的男子上前来跟我打招呼。“我叫吉姆·尼奎斯特，”他边说，边伸出手来和我握手，“你一定是杰米森吧？”

我微笑着回应他，尽量让自己显得愉快一些，“我的名字是杰米，先生。”

“好的，杰米，”他笑道，“我是这里的牧师。你父亲让我们为你做一些辅导，他为你预约了周二下午的时间。今天我先来欢迎你加入我们的教会。”

我看着尼奎斯特牧师走开。感觉上，他还算是一个友善的人。

妈妈、艾丽西亚和我坐在一起。虽然我和莎朗及泰勒一起去过卫理公会的教堂，也和凯拉一起去过长老会的教堂，但与家人一同做礼拜，仍然让我很开心。

礼拜过后是聚餐。我坐在艾丽西亚和妈妈中间，盯着自己的盘子。菜色不错，我却觉得自己格格不入。没有人对我无礼，但大家都显得很紧张。没有人说什么糟糕的话，因为实际上大家几乎一言不发。有那么一两个人盯着我看，他们是在期待看到杰米森吗？人们礼貌有加，我在人群中却格外孤独。

周二下午，我比预订的时间稍晚才抵达。我对教堂的秘书笑了笑说：“我是来见牧师的。”

“他在办公室里，大厅右边。他在等你呢。”

“多谢，夫人。”

和我打过招呼之后，尼奎斯特牧师示意我在椅子上坐下。

牧师以一些祷告开场，他先是泛泛而谈了一阵，随后说明了父亲帮我预约的原因。“你父亲要我们为你的性别问题做一些辅导。”辅导的目标，他解释道，乃是成圣[1]。《圣经》辅导通过经文的对质，使人认识到自己的罪过，并劝其悔改。辅导需要祷告，也依赖圣灵的做工。

我为什么会需要辅导呢？我和自己的身体及性别都相安无事。“暑假我是作为一个女孩度过的。开学返校我就会尝试当一个男生。爸爸给了我一份任务清单。”

尼奎斯特牧师点点头。他翻开《圣经》，找到一段经文：“妇女不可穿戴男子所穿戴的，男子也不可穿妇女的衣服，因为这样行都是耶和华你神所憎恶的。”[2]他看看我继续道：“还有《新约》里的这一段——‘你们的本性不也指示你们，男人若有长头发，便是他的羞辱吗？但女人有长头发，乃是她的荣耀，因为这头发是给她做盖头的。’[3]两段经文都可以帮助你了解，一个男孩不应该像一个女孩那样生活。你的父母肯定也知道这些经文。那你凭什么还认为他们会同意你这个样子呢？”

谴责我做一个女孩是无济于事的。我需要的是搞懂如何才能成为一个男孩。“我本来就是个女孩，只是我爸妈想要我当男孩。明天我就会去看一位内分泌科医师，他会给我注射睾酮。但在我的身体变得像个男

---

1 指从接受耶稣作为救主开始到离世（肉体死亡、灵魂与神同在直到永远）的整个期间，通过读经、祷告和教会生活，从而不断地被神更新、越来越有耶稣基督样式的过程。——译注

2 申命记 22:5，《圣经》中文和合本。原文语出英文钦定本，而《圣经》中译以和合本流传最广，故本书中译均以和合本为准。——译注

3 哥林多前书 11:14~15，《圣经》中文和合本。——译注

孩之前，我是不会穿男装的。”

“我觉得你的外形不是重点，一个长得有几分魁梧的女生也不该因此就穿男装啊，不是吗？”

“不是的，先生，我的意思是在我真的变成一个男孩之前，我不会穿男装。”

“你已经是一个男孩了呀。”

我翻了翻白眼，没再说什么。

牧师皱起了眉头，“这个我们以后再聊。你爸爸觉得你肯定和一个男人发生过性关系了。你愿意跟我讲讲这件事吗？”

一阵意外的狂澜将我掀翻在地。和泰勒发生性关系？当时，我是多么渴望为他生一个孩子，我拒绝他的时候多少有点口是心非。我笑了，努力回忆和心上人共度的美好时光。“我和男朋友接吻过，仅此而已。”

“你和他交往了多长时间？”

我摇摇头，想起了他奔赴越南的那一天。无数画面如翻飞的书页一般在我眼前闪过。我们在一起的时光真是少得可怜啊。“时间挺短的。”

尼奎斯特牧师再次翻看着《圣经》，过了一会儿，他念道：“不可与男人苟合，像与女人一样，这本是可憎恶的。”[1]他不悦地看着我问：“所以两个男生接吻是正确的吗？”

随你怎么说吧。“不，先生，但我是一个女孩。”

“你父亲告诉我说，你就是一个男孩。难道他在骗我吗？”

“倒没有，他对你说的，肯定都是他心目中的实话。”管他呢？反

---

1 《利未记》18:22，《圣经》中文和合本。——译注

正他也不会相信我。“我很乐意接受一次体检。”

“我觉得请医生来就不必了，你父亲给我看了你的出生证明。”尼奎斯特牧师摇摇头道，“你就是个男的。”

和他争论下去还有什么意义呢？“先生，我出生的时候有一个睾丸和一个卵巢，他们总得在我的出生证明上写点儿什么吧。”

“上帝造男造女，并称所造甚好。所以不管一个人身体上有什么缺陷，这个人仍然要么是男的，要么是女的。”

“那样的话，我就是个女的。”

“你的出生证明上可不是这么说的。”牧师坚持道。

有人敲门，我站起来把门打开，教堂的秘书探进头来，“吉姆，你的下一位预约者已经到了。”

尼奎斯特牧师也站起来，“抱歉，杰米森。我想今天我们就到这儿吧。你为何不回去思考一下我今天念给你听的那些经文呢？我们下周接着聊。还有，别再穿裙子了，把头发也剪成男式的吧。”

这就是上帝对我的看法吗？一个同性恋者和一个易装者？凭着这么一副女孩的身躯，我如何才能成为一个男孩呢？

房子里隐约的响动意味着妈妈已经起来开始忙碌了。我翻了个身，打了个哈欠。一年之前我就该开始注射激素了。或许我还是该待在家里吧，这样至少还能留住杰米森。

妈妈从门边探进头来，“你该起床了，亲爱的，要不你看医生会迟到的。”

“谢谢，妈妈。”我又打了个哈欠，睡意渐渐离我而去。

一小时之后，小公主坐在了斯图亚特医生的候诊室里。穿着艾丽西亚的裙子，编着发辫，小公主看上去楚楚动人。她是要来请医生给她下毒的。医生会觉得她疯了吗？

“杰米森·柯帕里？”护士站在医生办公室和候诊室之间的走廊上

喊道。她看见我的时候不禁扬起了眉毛，我则耸耸肩跟着她走了。给我量过体重之后，她把我留在了检查室里。我坐在带衬垫的检查台上等待着。我也可以把头发剪短，你知道的，但是小平头和连衣裙搭配起来可真是……

一位穿着白大褂的中年女子走了进来。“柯帕里小姐？我是斯图亚特医生。我能为你做什么呢？”

“我应该重新开始打睾酮了。”

“哦？你为什么要打睾酮呀？”

“为了让我像个正常的男孩那样进入青春期。”

“你怎么会想让自己变得男性化呢？”医生不解地问，“你是个挺好看的姑娘啊。”

“我出生的时候是间性人。我爸妈想让我当男孩。”

“那他们去领养一个得了。”她不假思索地说。

我换上病号服，医生为我做检查。她一直喃喃自语着，等她检查完了，她摇了摇头说：“外科医生可以移除你的阴道，并且为你做尿道下裂修补术，但是睾酮没办法给你一般男性的身高和体格，更别说让阴茎变得足够长了。所以你确定你想打吗？”

*实际上我不想啊！*我不由自主地退缩了一下，想着要打的毒针，我转过脸去，撒谎道：“确定，夫人。”

“那你使用雌激素有多久了？”

“啊？一个夏天而已。”

“等你作为男孩生活一年之后，我们再说吧。”

天呐！爸爸会喜欢这样的！“我只是在暑假里才做一下女孩的。”

斯图亚特医生挽起我的一缕头发，长度已经过肩了。“那这头发也是暑假里才开始留的吗？”

“不是的，夫人。”

“睾酮对身体的改变是永久性的。你可不能说打就打，说不打就不打。我不会给一个活得好好的女孩打睾酮的。等你作为男孩生活一年之后再回来找我吧。不许服用雌激素，不许穿裙子，也不许留长发。你得证明你是认真的，我们才能再商量。”

这不是什么好玩的事情，我却对斯图亚特医生咧嘴笑了，她则大步流星地走出了房间。

第二天一早，我正在看书，妈妈打开了卧室的门。“我给你拿了瓶抗生素。”她把药瓶放在梳妆台上。

“谢谢妈妈。让你费心了，不过我用不到它们了。”

妈妈定定地看着我，活像要把我钉在床上似的。“用不到了？”

“对，我觉得今年我不会再得尿路感染啦。”

“为什么？你去年不就得了好几回吗？”

“圣安德鲁斯岛的医生已经为我处理好了。”

妈妈皱起了眉头，“哦，是吗？他都做了什么？”

如果我能说服妈妈的话，她就有可能再去开导爸爸。“他帮我分开了阴唇，这样阴道就不会有尿液滞留了。”

“你哪里来的什么阴道，杰米森。”

“随你怎么说吧。”

“你敢跟我顶嘴？”

“妈妈，”我从床上下来，走到她面前，“我不把我的性别问题跟你和爸爸讲，你生气。我现在愿意讲了，可是你在听吗？”

她侧了侧头，放下一缕头发，“对不起，我听着呢。”

“我是有阴道的。”这事儿是有多么难以理解呢？

妈妈叹了口气，“杰米。”她终于要叫我杰米而不是杰米森了吗？“坐一会儿吧，你听我说，好吗？我们当年没有帮你做整形手术，因为医生说，有了阴道反而可能让你混淆自己的性别。”

我笑了笑，没说什么。妈妈的眼里有一种我从前只在爸爸那里见过的悲哀。“我知道你的身体有多么女性化，每次看到你的脸我都会想起这一点，但是你的阴道不是真的阴道，它只是一个小坑而已。”

“可以做手术啊。”

她摇了摇头，情绪有些激动。“阴道手术很昂贵，而且非常痛苦，手术后你还得每天做扩张，不然打开的阴道又会长回去。而要是切除阴蒂的话，你的神经就会受损。”她再次摇摇头，“手术不是个好办法。”妈妈转过身来看着我，“上帝给了你一个阴柔的身体和一颗同样细腻的心，但你仍然是个男孩。”悲伤紧追不舍，终于朝着我猛扑下来，用利爪撕碎了我的心。妈妈把我搂在怀里，“亲爱的，我向上帝祷告，愿他能送给你一个爱人，这个人能够爱你本来的样子。好吗？”

我吸了吸鼻子，心里想着雷切尔，不知道这没妈的孩子这些天过得怎么样。妈妈用一只手托起我的下巴，笑着说：“那个将来要做医生的姑娘倒是有可能让你当个居家主内的爸爸。这样你还可以领养很多孩子呢。”

“噢，求求你！莎朗会一辈子都对我指手画脚的。”

“而你可以让她的生活多一些率性而为呀。这样不是挺好的吗？”

我闭上了眼睛，“妈妈，莎朗爱的是弗兰克，而泰勒才是那个爱我本性的人。”

妈妈再次抱紧了我，“不要大意，好吗？不是每个男人都像泰勒那么通情达理的。”

精灵公主朝着走廊的镜子淡淡一笑，掸去衣袖上的一丝棉絮。艾丽西亚给了我一条藏青色的短裙，外加一件白绸的无袖上衣和夹克。这身儿衣裳有着四十年代的柔美风范。妈妈觉得这波浪裙穿在艾丽西亚身上已经太短，但我穿却正好。我编好辫子，最后再画龙点睛般地系上一个白色蝴蝶结。妈妈从小公主背后走上来，双手搂住她纤细的腰肢，“别跟你爸爸讲，但我觉得你美极了。”

我露出狡黠的笑容，“妈妈你可得小心啦，你这样会让我混淆自己性别的。”

“斯图亚特医生来过电话了，看样子你已经用了一段时间的雌激素。”

我从镜子里望着妈妈的眼睛，却没有发现一丝恼怒的痕迹。“是的，夫人。我六月份就开始吃口服雌激素了，但是药片都留在了圣安德鲁斯岛，没有带回来。”

“你也长胖一点啦。雌激素的效果你还喜欢吗？”

融融暖意在我的双颊上荡漾开来，由衷的幸福是无可阻挡的。“是的，夫人，我喜欢。”

“斯图亚特医生说，要是你觉得自己可以当男孩，那明年夏天她就给你开睾酮。”

精灵公主立刻变得怏怏不乐，笑容消散了，肩膀也垂下来。我侧过脸去，害怕让妈妈看到我的痛楚。

妈妈却把我抱得更紧了。她拨开我额前那缕总是挡住眼睛的倔强头发。“你真的要去当一个男孩，直到完成爸爸给你的任务清单吗？”

“是的，夫人，等我一回到迈阿密就开始。”

“你会把头发剪了？”

“艾丽西亚已经帮我修剪过了。”

“这哪算呀？”

“我知道……但我不确定到底该剪成多短呐，好多男生也是留长发的。”

“或许莎朗会喜欢你现在这个发型吧。”

“莎朗已经有男朋友了。”

“但她不是让你借宿吗？”

“她是把我当女生，妈妈。再说了，也只是到宿舍开门为止。”

“好吧亲爱的，我会为你祷告的。”

我拥抱了她。“谢谢妈妈。你能转告尼奎斯特牧师，我不能赴约了吗？跟他说，我会开始完成爸爸清单上的那些任务。我会把头发剪了，返校的时候我还会穿着套装走。”

妈妈微笑着扬起了眉毛，“套装？”

我点点头，拽着我的夹克说：“这是一身短裙套装，不是吗？艾丽西亚也帮我剪过头发了。求你了妈妈，好不好？我不想跟教会的人闹别扭，我也确实在尝试当一个男孩嘛，他们不就想要这个吗？”

妈妈看起来有点忍俊不禁，几秒钟后她终于同意了，“那帮我跟莎朗问好。等你安顿下来了，记得打电话。”

前厅传来了艾丽西亚的声音，“杰米，你的计程车已经来啦。”

我亲吻了妈妈的脸颊。我知道自己会想念她的。

20

漫漫旅程终于结束了，精灵公主蹒跚地走下囚车，舒展着疼痛的肌肉，深深吸入芬芳的热带气息。绿叶红花，应接不暇，她翡翠色的眼睛贪婪地享用着这色彩的盛宴。蝴蝶也群起出动，向她致意。

我伸出一只手，掌心向着天空，一只黑脉金斑蝶低飞下来扇动着翅膀，我微笑以对。这每一幕景象，每一种声响，我都珍藏心底，我想要永远记住这最后的一天。热带的阳光在我的肌肤上翩翩起舞。已经有些燥热了，我脱下外套搭在胳膊上，瞥了一眼角落的那扇窗户，我从前的宿舍。杰米森住在那里仿佛已经是很久以前的事情了。

伊顿楼的湖滨，我的忍冬花丛仍然在忠实地守候。小公主把脸贴近那些花朵，曼妙的香气顿时浸润脏腑。有任何东西能够闻起来像是甜美的未来吗？

“杰米！”莉萨出现在我身后，一如既往地美丽。“哎呀，快让我看看你！”她兴奋地喊道，两只手握住我的胳膊。接着她往后退了一步，笑着说：“你应该过去跟肖恩打声招呼，他就在长椅那边，来吧。”

我正犹豫着，莉萨牵起我的手，“别害羞，他会很开心看到你回来的。”

肖恩起身迎接我。他眼里有一种出人意料的热忱，害得小公主心神不宁起来。

“杰米！你现在开始当一个女孩了吗？”

“呃，只是在暑假里当当而已啦。”我咬了咬嘴唇，企图让自己看起来勇敢一些，“今天我就要做回男生了。”

“真见鬼！”莉萨说道，她优雅的双眉都拧成了一团。

我勉强挤出一个微笑，“我会没事的，很开心又见到你们两个。”

莉萨拿起她的相机，“我能在木兰树那边再给你拍几张照片吗？”

在她最爱的百花丛中，为精灵公主留下最后的倩影？她的微笑配得上一尊奥斯卡的奖杯。“当然可以啦。”我一边回答，一边装作若无其事地耸耸肩。

“那能化妆吗？”

“行啊，干吗不呢？”我又耸了耸肩，盯着地面，心想小公主最后留在这世上的，会不会就是这张照片了。我会不会就捧着这张照片和那对锈蚀的士兵名牌而孤独终老呢？

“妹妹，我们要不先一起去沃尔菲吃点东西吧？”肖恩用钢蓝色的眼睛看着我，一丝阴云黯淡了他的目光。爸爸妈妈总说我有着过于丰富的想象力，但我发誓，看得出来他着实在为精灵公主的被迫引退而黯然神伤。

莉萨恍然大悟，“哦，对不起，我全给忘啦！”她转向我，一脸后悔地说：“我答应过他，在送他去上班之前先一起吃午饭的，你要不要一起来呀？”

只要能给精灵公主再多片刻的自由时光，让我做什么都好。“我很愿意呢。”

我们坐上莉萨的火鸟汽车，朝麦克阿瑟长堤驶去，又转向柯林大道，来到那家叫沃尔菲的小店。我不禁想起许久之前泰勒带我来到这里的情景。他那灿烂的笑容似乎已在我的记忆中渐行渐远。我取出项链上他的那枚戒指，对着光线仔细端详。戒指像簇新的一般闪闪发亮。但我知道，我永远没有机会戴上它了。

我们点餐之后，我询问莉萨她的摄影进展如何。

她轻描淡写地挥挥手说：“我一整个夏天都在参加工作坊呢。”

“那你跟我说说呗。”

莉萨谈起暑假时的兴奋劲儿让我不由得笑了。她认识我的时候，我还是个男孩。现在我和她坐在沃尔菲小店的一张餐桌旁，我从头到脚都是姑娘的打扮，她却一副理所当然的样子。我一早就知道，她是会和精灵公主成为朋友的。只可惜这朋友只剩一天可以当了。

“还是让我们聊聊你的暑假吧。你现在真是神采奕奕呀！发生了什么事儿？”

莉萨的话引得我开怀大笑，那笑声就像刺破迷雾的阳光。

肖恩抬头瞥了我一眼，仿佛有火焰从他那钢蓝色的双眸中窜出来。是什么让他如此着魔呢——难道是我的笑声吗？

末日将近，精灵公主却奋不顾身地对他报以最灿烂的笑容。我朝反射在镜中的墙砖看去，无数翡翠色的大眼睛朝我忽闪忽闪。摆脱了杰米森之后，我显然恢复了活力，哪怕我心爱的泰勒已经不在了，哪怕精灵公主死期已定。“你们还记得去年春天的那场演出吧？那个吻我的男生是莎朗的弟弟。”我瞥了肖恩一眼，却无法读出他的心思。“假期里我是作为女孩生活的，所以我俩相处了好些日子。”甜蜜的记忆从我的心头掠过，留下飘逝的玫瑰花瓣和淡淡的悲痛，我似乎还能感觉到泰勒的手轻抚我的面庞。“后来我们被妈妈发现了，她就让我去亲戚家住，直到我愿意重新回去注射睾酮。而我——”

“睾酮？”愤怒扭曲了莉萨精致的五官，“为什么？”

“哈？”哎呀！等我意识到自己刚才说了什么，为时已晚。好吧，不如对他们和盘托出。“我并不真的是个男孩，你知道。我出生的时候有一个睾丸和一个卵巢。因为我长了肿瘤，医生就把它们都切除了。”

女服务生端来了我们点的餐，我在自己的土豆烙饼和腌牛肉上面加了一大团酸奶油。沃尔菲家的土豆烙饼真是美味极了。服务生刚一离开，肖恩就朝我伸出手。“我们祷告的时候都是拉着手的。”他笑着说。于是我拉着肖恩和莉萨的手，肖恩则请求上帝为我们的食物和谈话赐福。

肖恩一直握着我的手，直到我抬头又看了他一眼才放开。我们的目光相遇了，我的肩膀抽搐了一下。好吧，我刚刚把自己雌雄同体的事情都跟他说了，但他却似乎觉得我话外有音。他的注视让小公主窘迫起来。小公主唯一能做的，就是又冲他笑了笑，然后迅速把目光移向别处。

我刚刚才又吃了三口，就发现莉萨在定定地看着我。“医生们说你得的是什么病？”

“呃，他们——莎朗说这叫混合型性腺发育不全。”

莉萨沉吟片刻，仿佛她自己就是间性状况的专家似的，然后她转向哥哥问：“几率有多大呢？”肖恩若有所思，他那穿透一切的目光又落在我身上。“注射睾酮太荒唐了，你应该服用雌激素才对。”

莎朗是个医学生，她对这些事情的了解也算是情理之中的，所以我并不意外。可是一个十九岁的摄影师怎么也会知道混合型性腺发育不全是什么呢？“我一整个夏天差不多都在吃口服雌激素。”

“可你现在停药了，为什么呢？”

“爸爸来圣安德鲁斯岛把我接走了，把我送上了回家的飞机。”我从荷包里拿出《男孩必修》，递给了莉萨。“爸爸说，等我完成清单上的所有任务，我才可以去当女孩。”

莉萨一边浏览着清单，脸上一边显出愠怒的神情来。“他不可能是认真的！”悲伤在她的眼里弥漫开去。她摇摇头说：“拒绝他。”

“他是我爸爸啊，那样我会失去家人，而且也会辍学的。”

“我以为你是有奖学金的呢。”

“有是有，但生活费还是他在付，我自己也有一些钱，可是不够用。”

“那你搬来和我住吧。”

我能那么做吗？我告诉过爸爸我会尽力的。“谢了，你真好心。但是我已经答应爸爸了，所以我至少要尝试一下那个清单上的事情。”

她把清单还给我，双眉紧锁地摇了摇头。

莉萨和我在店外等着，肖恩付了账单。一看莉萨的神情，我就知道她心里尚未平静。“我还以为你有个男朋友。”

下嘴唇颤抖了一下，我努力控制着自己的情绪。“他死在越南了。”

“啊！实在抱歉。”莉萨抱住我，用手轻抚我的后背，直到肖恩走过来。“肖恩，她刚才说她的男朋友死了。”

肖恩拉起我的手，紧握着。“我也很难过，杰米。我还记得合影里你们两个是多么幸福。”他说着吻了我的额头，我们一同朝莉萨的车走去。

莉萨把我送到皮尔森家。莎朗在踏脚垫下面藏了一把钥匙，于是我自己开门走了进去。客卧门上的一张纸条告诉我，凯拉已经送来了我的东西。

一进门，迎接我的竟然是索菲。我在这位老朋友旁边坐下来，紧紧抱着她。真不知道我是否还能留着我这唯一的布娃娃啊。

我的裙子都干干净净地挂在衣柜里了。我其余的女装也在梳妆台上堆放整齐。而我那些男生的衣服还装在地板上的袋子里。

打开手提袋，我四下翻找，却不见泰勒的那张照片。只有史蒂芬姨父给我的那本《圣经》，外加一个巨大的牛皮纸信封。我坐下来，把信封里面的东西倒在身旁的床上。泰勒的照片终于出现了。我还看到了一沓正式文件似的的东西。我拾起它们，开始翻看。

第一页是卡梅隆医生签了字的证词。上面说杰米·柯帕里是女性，并且描述了她的情况，包括存在一个较小的阴道。她也可能拥有子宫。读到这里，我已经不知道应该是悲还是喜。我放下文件查看了其余的东西——一大瓶口服雌激素，一管雌激素软膏，一盒塑料棒以及一本标着《阴道扩张规程》的手册。

那些文件再次吸引了我的注意。最后的几页纸是一份经过公证的伊利诺伊州出生证明，属于一个叫做杰米·伊莎贝尔·柯帕里的女孩。精灵公主有那么一瞬间真想在屋子里跳上一曲，但很快，一种浩瀚的空虚感把我吞噬。在法律上我终于有了女性的身份，但我却下定了决心要尝试当个男孩。我心里百味杂陈。爸爸那张清单上的一些事情是会让一个姑娘感到无地自容的。

我把杰米森的衣服从袋子里拿出来，它们带着一股霉味，于是我把它们扔进了洗衣机里。我一边等着衣服洗好，一边在扶手椅上坐下，翻开了《阴道扩张规程》。读着读着，莎朗不知不觉地走了进来。

她看着我，一副刮目相看的神情。

我朝她一笑，心想她还一定记得我上回的模样——一个噤若寒蝉的小女孩。“谢谢你，暑假过得棒极了，我很开心回这里来。”

这话让莎朗面露喜色：“我一直在为你担心呢。你当时看起来……”

我很快站起来，“对啊，我也挺想念你的。”像两个老友那样，我们拥抱了彼此。

莎朗摸了摸我的外套说：“这身儿衣裳还真不错，你在圣安德鲁斯岛买的吗？”

“是艾丽西亚给我的。这裙子对她来说已经太短啦。”

“这么说你家里人都没事了？”

“没事了？怎么会！爸爸给了我一张《男孩必修》的清单，要我完成上面的任务之后才可以去当女孩。”莎朗听得两眼发直，我耸了耸肩膀说：“是啊，疯了，我猜他一定觉得我会爱上当中的一些事情，那些属于男生们的专利权。”

“那你妈妈怎么说？”

“她觉得我俩应该结婚，然后领养一堆孩子。”

莎朗的荷包都掉到了地板上，“你？我老公？”

我笑了起来。我俩在一起的画面实在太恐怖，简直不敢想。“别担心，莎朗，你不是我喜欢的类型啦。”

“那么这个清单有多长呢？”

“十几条吧，但是有几条还真是够复杂的。”

“比如？”

“打猎——追踪、猎杀、处理、煮食一只动物。”

莎朗大手一挥，“咳，小菜一碟嘛。”

“小菜？”

我瞥了一眼洗衣房，烘干机开始嗡嗡响了。

莎朗一甩头说：“等我换衣服，然后咱就打猎去。”

精灵公主从梳妆台上的镜子里看着我。她已经穿惯了裙子，不想再换回去了。我朝她耸耸肩，说了声抱歉。当我穿上杰米森的旧衣服时，我发现他的牛仔裤不再合身了，臀部已经绷紧了。

“你的确长胖一些了呀。”莎朗站在走廊上说，脸上带着赞许的笑容。

“嗯，可能长了有十到十五磅吧。”

“依我看呀，都长到你屁股上去喽。”

我笑道：“没错，整个夏天我差不多都在吃激素。”

“那你应该继续吃才对呀。”

“不行，我现在得要一心一意做个男孩。我们能去伯丁斯百货买条宽松点儿的牛仔裤吗？我现在必须穿男装。”

“今晚就算了吧。这样，我量一下你的尺寸，明天午休时间我去帮你买。”

莎朗说罢一溜烟儿不见了人影，再回来的时候她手里拿着一条软尺。她量完尺寸后说：“你现在是青少年小号了。”

“青少年？”

她不怀好意地答道：“对呀，男生的青少年。”

21

我摇了摇头，打量着跟前的水箱说：“非要这样吗，莎朗？”

她放声大笑，毫不掩饰她的得意。“我们找了五家店才找到我们的猎物呀。你说什么都得捉一只。”

“啊？！”

“手伸进去抓一只出来呀，佛罗里达龙虾又没有螯。”

我胆战心惊地又看了水箱一眼，抓起一只，然后飞快地把这张牙舞爪的怪物丢给了店员。

莎朗用胳膊肘顶了我一下，“我们需要两只喔！”

我只好又把手伸进去，勾出另外一只来。

“现在你要负责打理它，然后吃掉。”

“什么？！用水煮吗？”

“对呀，先煮后烤，用融化了的黄油。从尾部撕开，把虾肉拽出来。”

“然后吃掉？”

“你没吃过龙虾吗？”

“我是伊利诺伊州来的啊，那里有淡水小龙虾，但我不觉得人们会把它当食物。”

“你会爱上这滋味的。”

每次把一头鲜血淋漓的死鹿拖回家的时候，爸爸和斯科特都会笑得合不拢嘴。我对着自己的猎物皱了皱眉头。“你确定这也算打猎吗？”

“算啊。来，这一项你可以打勾啦。”

走回车里的路上，莎朗没有说话。我看着她闷闷不乐的样子，问道：“弗兰克会教我骑摩托车吗？”

她停下来看了看我，“弗兰克去芝加哥了。”

“呃，那就等他回来再说。”

“他去那儿跟他父母住了，好让他专心上学。”

“哦，原来如此，真是遗憾。”

“你要买一辆摩托车吗？”

“对呀，我又买不起跑车。”

莎朗听了直翻白眼，“骑摩托会要你命的吧。”

“没那么严重啦。”

第二天早上，我躺在睡袋里面，摆弄着泰勒的士兵名牌，想要鼓起勇气去告诉莎朗。虽说她早已接受了弟弟阵亡的事实，但这确凿的证物或许仍会让她伤心。听到一阵轻轻的窸窣声，我赶紧把名牌握在手心里，莎朗随即从帐篷外面探进头来问道：“你还好吗？”

我还好吗？在度过了一个不眠之夜以后，我的状况还不算太糟吧。我揉了揉眼睛，希望视线能清晰起来。“你没听到我尖叫吗？”

“没呢，发生什么事啦？”

“夜里有个像老鼠那么大的东西跑到我脸上来了。”

“可能是大个儿的飞蟑螂吧。”

“还有这些小红蚁一直在咬我。”

“现在你知道我为什么不要和你一起睡在外面了吧？”

“你怎么不早点儿告诉我！”

“我跟你说了呀，露营一点儿都不好玩。”

什么东西又咬了我一口，逼得我跌跌撞撞地从睡袋里面爬出来。“我受够了，不玩儿了。”我从莎朗身边夺路而逃，站在院子中央，使劲掸掉腿上的蚂蚁。

莎朗咯咯笑起来，她指了指后门，“快进去吧。东西我待会儿再来收拾。”

走进屋里，她握住我的一只胳膊说：“你换衣服之前我想问你一件事。”看她的眼神，我觉得她准是又要拿出大姐的架势来给我上课了。“我们上回聊天的时候，你还爱着泰勒。露营是一回事，但我更想知道，你怎么能够在作为女孩谈过恋爱之后，又想着重新回去当男生呢？”

“我会永远爱着泰勒的。”说出坏消息不是我擅长的事情，但我主意已定，绝对不能重蹈爸爸的覆辙。我和莎朗对视了一下，深深吸了一口气。莎朗点了两次头，她嘴角甚至浮现出一抹不易察觉的微笑来。“你心里有事儿从来就藏不住。泰勒都走了好几个月了，你跟他也该做个了结了吧？”

我把士兵名牌放到她手里，拥抱了她。“爸爸说他死得英勇。”

她把名牌举起来对着光，“你爸爸给你的？”

“对，他在部队里有熟人。”悲痛似乎永远地镌刻在了莎朗脸上，我担心她再也不会露出笑容。

莎朗说话的时候，眼睛望着远处的什么地方。“泰勒一直都想成为英雄。他不是不知道危险，但他还是要去越南。”莎朗的目光和我相遇了，她看着我说：“泰勒就是爱冒险。他要是去上大学的话就能暂缓兵役，可他在学校里哪能坐得住呢。”她说着在沙发上坐了下来。“他总是说自己想要结婚成家，但他从来就没有安顿下来过。他理想中的妻子，是一个能够和他披荆斩棘、环游世界的人。他要的是那种惊心动魄、跌宕起伏的生活。”

“那孩子怎么办？”

“孩子会让他觉得碍手碍脚的，但是你反正也不能怀孕，他这才改变了主意，决定开始和你约会。”

“不要孩子？”

“我跟他说过，大多数像你这样的女生都会有一种强烈的母性本能。”莎朗摇摇头叹了口气，“我觉得他可能会出于对你的感情，最后同意领养孩子。但是，波澜不惊的日子会让他崩溃的。”

还能说什么呢？上帝为我避免了一种远甚失去泰勒的痛苦。我怎么可能在我的心上人和我想要的孩子之间做出取舍呢？是时候放手了，至少忘却一部分。我解开项链的栓扣，把泰勒的戒指递给了莎朗。

“这是要做什么？”莎朗脸上露出前所未有的诧异来。

回忆是珍贵的，但我却永远无法把泰勒的戒指戴上了。这祖传的信物是属于皮尔森家族的。“这个应该留在家人手里。”

“你就是家人，杰米。反正也只有你和我了，而我大概是不会有孩子来接手它的。”

“你不想要孩子吗？”

“想是想，但要等到我事业稳定的时候……”她耸耸肩，“我不知道。”

“我还以为等弗兰克一毕业，你和他就会结婚呢。”

“弗兰克近来在学校里有些不顺心，我跟他差不多各奔东西了。”

“上帝会为你送来另外一个人的。”

“或许吧，不过还是等我先读完医学院，并且搞定实习期再说。我可没心思再去考虑这些事儿。”

“但这戒指你一定要收下，莎朗。”

“为什么呢？”

我苦笑了一下说：“妈妈要是知道我给了你一枚婚戒，她一定会很高兴的。”

莎朗翻了个白眼，接着捧腹大笑起来。“信不信，我让祖母从你这儿把戒指买回来，然后她可以拿去送给我的哪个表亲。”

“我才不卖呢。不过圣安德鲁斯岛有一个为孤儿筹款的义卖会，她干脆捐款给他们好了。”

“可以呀。”

“谢谢，莎朗。”我琢磨着她的表情，她已经说了，不会再帮我完成清单上别的任务了。但我转念一想，多问一句又有何妨。“你走之前能帮我剪头发吗？”

她瞥了一眼手表说：“当然，先去洗头吧，可得快点儿，时间不多啦。”

“我就剪个小平头也要先洗头呀？”

“小平头？”

“爸爸想要我把头发剪短啊。”

“那你让他给你剪吧。”

“要不帮我剪个小仙子的发型吧。”

莎朗盯着我看，重重阴云聚拢在她的眉梢。“那又不会让你看起来像个男孩。”

“但我至少就可以跟他说，我把头发剪短了呀。”

莎朗爽快地一点头，我于是向浴室跑去。精灵公主看着我从镜子跟前跑过，我没有理睬她，不然又能怎么样呢？她舍不得她那一头秀发，但剪短却是爸爸白纸黑字的要求。“对不起。”我一边擦干头发一边对她说。

莎朗动手把我的头发剪短。不一会儿，她瞥见我眼中噙泪，于是放下了剪刀。“你这么哭哭啼啼的，叫我怎么剪下去呀？”

“不好意思。”我赶紧擦掉眼泪，双目紧闭直到她大功告成。然后我跑回房间洗了脸。镜中的女孩留着我见过的长度最长也是最可爱的小仙子发型。这样式衬托得她那精致的五官更加动人了。我碰了碰她的指尖，想要给她打打气。“你现在看起来几乎就是一个真正的精灵公主了，你知道吗？我们也可以在剪头发那一项上面打勾啦。一切都会好起来的，等着瞧吧。”开学之前，我还是得把头发再剪短一些的，但现在，我却不忍心对她实话实说了。

梳妆台上放着《男孩必修》的清单和其他一些文件。我在“剪短头发”那一项前面打了勾，又扫了一遍其余的项目。“买辆摩托车”倒可能挺有意思的。小一号的字体则说，我也可以开跑车来代替，不过我哪里买得起跑车呢。反正我也没有驾照。但那样的话我就需要——噢！我冲向梳妆台，一把抓起我的出生证明。手扶着头，我朝浴室跑去。“伊莎贝尔！”我敲着镜子好让她注意到我，“你想要考驾照的话，就得先有一份出生证明啊。”

我只能作为杰米去考驾照。小公主一下子回过神来，开始欢呼雀跃，接着她扬起眉毛，咧嘴笑了。

“什么？”没时间在开学前学骑车了，那我也要作为杰米去报到注册吗？

镜中的精灵公主晃晃悠悠，仿佛就要跳起舞来。

“不行！”我使劲摇了摇头，好让她知道我可是认真的，接着我指着清单说：“男孩！《男孩必修》！”

看着精灵公主那一脸坏笑，我想起了妈妈每次听到我笨拙谎言时的表情。我长叹一声，甘拜下风。“好吧，所以我也许不是个男孩。”爸爸说，这清单是斯科特曾经做过、而他觉得我不妨一试的事情。所以他那“男孩必修”当中的“男孩”，指的当是斯科特和他自己啦，可不是我。这样一来，你就不能怪我必须作为女孩来完成他清单上的一些任务了。

镜中的公主踮起脚尖转了个圈，然后朝我一鞠躬。我微笑着从口服雌激素的瓶子里倒出一粒药片。或许，莉萨仍然愿意帮我完成“和一个女孩同住”这项任务吧。

22

我没有莉萨的地址，只在电话簿的阿尔罕布拉环路一带发现了有一户姓亚历山大的人家。我也不知道该从何说起，于是我决定走路去他们家，一路上边走边想。

低云从湛蓝的空中疾驰而过，被风吹散的树叶和花瓣漫天飘飞。精灵公主朝那些跳着慢速芭蕾的棕榈树微笑致意，棕榈树们也在她经过之时俯身鞠躬。她在学生会大楼里找了个临时的避风港，躲在里面看着纸片在外面的水泥人行道上跌跌撞撞。躲了一会儿之后，我跑步通过校园里面的米勒大道，接着又跑过圣阿玛洛大街。

我不知道面前的是否就是莉萨家，只见参天大树掩映着这座灰泥和木质混合的两层小楼。枝叶沙沙作响，像是带着一种沉静的满足在轻声呢喃。小公主的脑海中突然浮现出雷切尔从这院子里跑过的景象，这蹒跚学步的孩子欢天喜地、笑声朗朗。我朝想象中的她挥挥手，接着按下了门铃。

一位穿着蓝白相间的和服的东方女士为我开了门，她用日语跟我打招呼，同时微微颔首。

我学着她的样子也低了低头，双手背在身后问道："莉萨在吗？"

她一边点头把我让进屋里，一边用日语说"请进，请进"。在门厅里，她指向一把椅子，用日语说"请坐吧"。

莉萨穿着同样风格的和服——白色底，蓝色花。她要是穿上运动服也会挺好看的，不过她向来注重外表，穿着不会过分随意。"哇！我喜欢你的新发型。所以你改变主意啦？”外面的天气越来越阴沉，莉萨却是满面春风。

“不过是缓刑罢了。”

“哦。”她脸上也似有阴云掠过，露出失望来。“那你快脱了鞋进来吧。”

我把近况向她解释一番，还提到了我的出生证明，她的脸色又亮堂起来。“这学期我就会做女孩了，这样我才能考驾照。你说过，我可以搬来和你住的？”

“当然，不过我有一些条件。”

“啊？”

“别难过，是好事儿。”

中年女士为我们端上绿茶和杏仁饼干，莉萨这才回过神来。她跳将起来，对女士说了些什么。接着她转身对我道：“真是抱歉，我失礼了。杰米，这是我母亲。”

小公主飞快地站起身，毕恭毕敬地行了个屈膝礼，亚历山大太太见状笑了起来。我红着脸小声说：“很高兴认识您，夫人。”接着我坐下来，和莉萨一起看着她妈妈向厨房走去。

“我母亲，”莉萨说道，“是长崎的幸存者。那时候她一无所有，举目无亲，还病得非常厉害。她的头发都掉光了，而且再也没有长回去。她对有些事情有点太敏感了，不过这也是可以理解的。”莉萨瞥了一眼厨房，叹了口气，“她后来嫁了个苏格兰士兵，但她对自己的一些传统还是挺坚持的，其中一条就是进门必须脱鞋，再一个就是穿和服。”她摸了摸自己身上的袍子说：“这种和服是棉布做的，里面有薄纱衬里。我穿我的，你可以穿浴袍。”

“你在哪儿买的呢？”

“母亲会给你做几件的。”

莉萨忐忑不安地看了看我，好像担心我会反对似的。我耸了耸肩。

这不算是一个母亲对女儿的房客提出的最苛刻的要求啦。我妈妈就不允许任何人穿着睡衣走来走去。

“除非我俩都在场，不然别让男生进屋来——要是来的话，他们也只能待在客厅里。”

“好的。”

“我父母大多数时候都在国外。他们在家的时候，厨房就是母亲的领地。”莉萨笑了，两眼快活地放着光，“希望你会喜欢日式料理。”

“只要不是生的鱼肉就好。”

莉萨摇摇头，“她只在特别的日子才会做生鱼片啦，平时一般吃天妇罗[1]或者亲子丼[2]。你喜欢吃米饭吧，对不对？”

“喜欢。”

“那就好，现在就剩一个事儿了。”莉萨的表情严肃起来，手里也不停地拨弄着她的和服。“我有一个密友的小圈子，有点像是姐妹会。我们彼此之间没有秘密。我希望你也参加进来。”

她想和我当密友？“当然可以呀。”

“那你也要把你的秘密跟她们分享。”

“噢！”我看着莉萨发起抖来，恐惧和兴奋在我内心上演着角力，她们也会成为我的朋友吗？我犹豫着，深吸了一口气好让自己平静下来。“那我怎么参加呢？”

“我来当你的推荐人。你把自己的故事讲给她们听，要是没有人反对，她们也会把自己的故事讲给你听，这样你就算加入了。”

“听起来还行。”我觉得脊背一阵发麻，这到底是激动还是不

1 日式料理的一种，用面粉包裹蔬菜油炸，再蘸萝卜泥和淡酱油而食。——译注

2 日式料理的一种，“丼”为盖浇饭之意，将鸡肉、鸡蛋、洋葱、酱汁焖煮后覆盖在米饭上，因鸡和鸡蛋为“亲子”关系而得名。——译注

安呢？

“啊，我差点忘了，这群姑娘都不是基督徒，我也不是。肖恩老是向我们传教，我可拜托你别跟他一样，好吗？”

精灵公主通常都是心里怎么想嘴上就怎么说，不过她也很少批评别人，连自己的性别都无能为力，她还能再奢望什么呢？于是我拿出了自己最甜美的宝琳娜式的微笑。“呃，要是我做错了什么的话，你就狠狠瞪我一眼，好吗？我会道歉的。”

听到这话，莉萨笑起来。“那你打算什么时候搬来呀？”

舒缓的舞曲在心中响起，镜中的女孩随之摇摆。在她身后，一张日式床垫铺展开来。小房间里的其余陈设不过是一个带台灯的床头柜、墙上的几幅照片以及地上的一张竹席。带镜子的衣橱里隐藏着嵌入式的梳妆台、搁板和衣帽钩。我的裙子和上衣并未占去多少空间。搬家的时候，我的全部家当也才塞满火鸟汽车那狭小后备箱的一半。

糊着宣纸的门框上传来一声轻响，莉萨探进头来问道：“你还喜欢吗？”

小公主给了莉萨一个拥抱，又赤足在地上舞了几步。“这里太棒了！谢谢你收留我。”

莉萨笑出了声，“母亲几乎跟你一样兴奋呢，从今往后他们不在家的时候，我就不会孤单一人了。她之前还挺担心的。肖恩住在和车库相邻的客房里，但一直到月底他都不在家。”莉萨瞥了一眼手表说：“想来帮忙做晚饭吗？”

“好啊。不过我可以先给家里打个电话不？”

“当然可以，快去吧。桌上有一本电话日志，你拨打的时候就记录一下，完了我们好分摊账单。”

“行。”我拿起话筒拨通了家里的号码。妈妈接听了。

“你好，妈妈。”

“你在宿舍吗？”

“没有。这学期我决定从莉萨那里租一间房来住。你应该还记得她，就是我跟你说过的那个摄影师。爸爸的清单上有一项任务是要和女生同住。我们只是朋友而已，你知道，但是我想……”

“那莎朗呢？”

“她父母来这儿过冬啦，所以他们家真的住不下了。”

“嗯，你这么认真地完成他的任务，你爸爸知道了一定会高兴的。既然你没在宿舍住，我会让他再给你追加一些租房开支的。”

小公主随着内心的曲调摇摆起来，又朝莉萨眨眨眼。“谢谢妈妈，请转告爸爸和艾丽西亚，我爱他们。”

23

排球是我唯一玩过的团队运动。当然啦，我也打过一点垒球，但只是和那些跟我同等身材的孩子罢了。杰米森曾经还想打室内排球，却没有哪个队的孩子愿意要他。他哪能和男生比呢。

那些男女混合的队伍倒是一直在招募愿意打球的女生，所以我想，也许我可以作为女生加入，这样我就能完成“参加一种团队运动”这项任务了吧。排球我是真心喜欢，让我多多练习我也心甘情愿。

晚饭过后，我经过食堂，向室内球馆走去。三三两两的队伍已经聚集起来，于是我在排球场边闲逛，别人让我玩儿的时候，我就玩儿两下。我早已习惯了自己的矮小，但一下子看到这么多人高马大的姑娘，我还是吃了一惊。对于一支排球队来说，身高无疑是种优势，但并不是每个队员都必须高人一头。我擅长救球和传球，这都是重要的技术，高个子们也不是随随便便就能驾轻就熟。我的发球不算有力，但却几乎都是擦网而过，不好招架。

“嘿，小虾米。”我从场边抬头一看，一个高挑的姑娘——几乎足有六英尺——指了指前排的空位，“这里，五尺一，在我后面一点儿，明白？”

五尺一的意思就是说，不论队形如何，矮个子的我都得朝前面和中间移动。我背对网子站好，等着对方发球。拦网我就不要奢望了。开始三次，都是我们的后排队员把球打了回去。高个子姑娘不快地看了看她们。接下来她们把球传给了我，但是离中间有点远。我本来已经触到球了，高个子姑娘仍然跳了起来。我以为球传晚了，可她还是奋力一跃，把球扣了过去。

在我另一边的那个男生球技远不如高个子姑娘，还一直因为持球而被裁判警告。她批评了他好几次，最后决定放手不管了。队里的另外一个女生打得还行，她的身高和高个子姑娘有得一拼，但是不像她那么咄咄逼人，也更和颜悦色一些。

这一局结束之后，高个子姑娘走到场边，和一个刚刚过来的男生聊了起来。她指了指我，男生转过头。她朝我招招手，我于是走过去，看看他们想要我做什么。“加里是我们的队长。按规定每队需要三个女生，你就是我们的女三号。”

我拿出自己最友善的微笑。这不算最棒的队伍，但我却有几分看好高个子姑娘。“谢谢。”

加里眯缝起眼睛，摇了摇头，“你不是杰米森嘛。”

“我叫杰米。”

“我们需要三个女生，男生已经有四个啦。”

高个子姑娘看起来有点摸不着头脑。她瞪着加里，双手叉腰。“我想要她参加我们队。”

加里又摇了摇头，“不行，他是男生，去年他还住在伊顿楼呢。我们需要的是三个女孩。”

高个子姑娘把脸一沉，她扫视了我一遍，问道：“是真的？”

我耸耸肩，走开了。

门厅的镜子里，小公主一脸愁容。她恨恨地看着我踢掉鞋子，把它们塞到一旁。“对不起，行了吧？”我不是个男孩，但我也缺少做女孩的经验。有时候，现实就是这么叫人灰心。我回到自己的房间，直到冷静了，才向厨房走去。

莉萨站在食品柜跟前，正在把买来的东西往里放。她笑着和我打招呼说："肖恩回来了。我们今晚来做意大利面酱怎么样？"

噢！那样我就可以请他教我骑车啦。我在厨房的水槽里洗了手。"挺好呀，配料都齐了吗？"

"我觉得差不多了。你也是会在酱汁里面放红酒的，对不对？基安蒂红酒可以吗？那儿还剩了半瓶，不然我就得再去开一瓶别的了。"

"基安蒂就行。"我笑着打开冰箱，把配料都拿出来，嘴里一边哼着小曲儿。

和莉萨同住一个月了，我对自己的性别问题仍然很敏感。她从来不对我唠叨这事儿，但她似乎又充满了好奇。"做饭会让你感觉好受一点儿吗？"她问道，还从我身后偷偷瞥了我一眼。

"嗯，我猜是吧。"

"我就不喜欢做饭，不过大多数女人好像都还挺喜欢的。"

我朝她皱了皱眉头，打开一罐西红柿。"今天就别讨论性别问题了，我的麻烦已经够多啦。"

她的表情一下子从调侃变成了关切。"不好意思，发生什么事儿了？"

"爸爸说我的智商测出来都快有160了，可是我一旦变成女孩，大家就都觉得我是个没头脑的人。"我猛地打开一瓶蘑菇，无意间重重地把瓶子搁在了桌上。"我那时候很生气，结果我连看都没看，就走到男厕所里面去了。"

莉萨的脸僵住了，她用一只手捂住嘴，但却不见她笑出来。"我很抱歉。"她握住我的一只胳膊，"来吧，我们谈谈。"

"要是每个人都觉得我很笨，那我还怎么保持好成绩啊？"

"你真的想要听我的意见？"

"想啊。"

"你整天都穿牛仔裤。你看上去比你的实际年龄小得多。谁会去在意一个十二岁的假小子心里在想什么呢？"

“好吧，所以……”

“所以我们要让你显得成熟一点。在这儿等着。”她朝自己的卧室跑去，回来的时候拿着她的化妆盒外加一面带灯的小镜子。她把东西从盒子里拿出来，装配好以后，就示意我坐下。“给你涂一点口红和睫毛膏，好不好？”

“好啊。”

“淡妆就够了。素颜会让人看上去太不起眼。我来让你看看十七岁应该是个什么样子。”

我从镜子里面看着莉萨帮我擦去旧妆，换上新颜。她一边操作，一边向我讲解每件物品的用法。这前后的变化让我喜出望外。可我也发起愁来，真不知道要花多少时间，我才能学会她这一整套功夫啊。

莉萨收好化妆盒，拿走镜子。“我有一条背心裙，太小了我穿不了。上半身儿是带刺绣的，所以胸围应该适合你。”

结果，裙摆的长度——要是我双手下垂的话——还没有盖过我的指尖。“裙子很漂亮，但是太短了。”

莉萨微笑着摇摇头“旧的不去，新的不来。要想改掉以前的习惯，你就得逼自己离开你那安乐窝。如果你意识到了自己该穿着什么样的衣服，你就不会再走到男厕所里面去啦。”她斜倚在橱柜上，“等你对短一些的裙子也觉得适应了，你的新习惯就养成喽。”

“那我的成绩怎么办？”

“你穿什么衣服、梳什么发型和画什么妆容，这一切和你说了什么同样重要。一个聪明的女孩要学会经常对她的教授表示赞同。”

“莉萨，这也太恶心了吧。”

“生活本来就是这个样子的，杰米。女人不能够只是死读书，比起你的思想，大部分教授更在乎你的外表。把你的自尊心暂时放一放。一旦你毕业了，你就再也不用去管他们了。你长得这么漂亮，你要好好利用这一点呀。”莉萨朝我一眨眼，“记住，只要常微笑，就能得高分。”她拍了拍我的手臂，走开了。

我没把裙子换下来，而是系上一条围裙，继续做起了意大利面酱。我在想，要是艾丽西亚穿着这么短的一条裙子，妈妈不知道会怎么说她呢。我已经从《男孩必修》直接跳到涂脂抹粉、裙裾飘飘上面去了。这样子我还能够一心一意地去当个男孩吗?

我正在摆放最后一副餐具，这时候前门打开了。好几天没刮胡子，又被太阳晒得黝黑，肖恩看起来活像一个刚刚获救的船难幸存者。他惊讶地睁大了他那双钢蓝色的眼睛，而我也仿佛从他眼里看到了喜悦。他不过是个普通朋友罢了，我却莫名地小鹿撞怀起来，两颊也火辣辣的。我张开嘴，却不知道该说些什么，好在莉萨及时出现，拥抱了她哥哥。

“真高兴你回来啦！”她握住肖恩的手，把他拖进厨房里，笑容满面地说：“我来向你介绍我的新室友。”

当我从餐桌后面走出来的时候，一个有着修长双腿的精灵公主就映在了那对钢蓝色的眸子里。

吹在我双腿上的一阵凉风让我的脸颊又灼热起来，我退回到橱柜后面，肖恩却紧跟着走上前来。“别躲呀，你穿这条裙子挺抢眼的。”他拥抱了我，接着后退了一步，“这发型也再适合你不过了——所以你这是回心转意了？”

我回心转意了吗？一直盯着别人看是失礼的，但那双钢蓝色的眼睛却紧紧地攫住了我。

“咱们要不边吃边聊吧？”莉萨让肖恩坐下，接着把意大利面从锅里捞出来。我把酱汁放在一个锅垫上，又从冰箱里拿出沙拉和苏打水。

肖恩说完餐前祷告，他的手却迟迟不肯放开，直到莉萨把沙拉递给我。“你跟他讲讲最近发生的事情吧。”

“我——”难道我这么快就忘记自己的心上人了吗？肖恩怎能如此轻易就溜进我心中专属泰勒的那小小一隅呢？“有些事情我只能作为一个女孩来完成。”肖恩的微笑让我的心脏狂跳起来，脸颊重又变得滚烫。啊！为了避开他那对眸子，我只得闭上自己的眼睛。“爸爸的清单上有骑摩托车这项任务，”我把《男孩必修》隔着桌子递给了他，“我出生证明上的名字已经是杰米了，所以我必须作为女孩去考驾照。”

“所以你现在已经有女性身份啦？”

“对。他们帮我修改了出生证明。我希望你能教我骑摩托车。”

他的眼睛一如夏日里那湛蓝的天空。“这里说你也可以开跑车代替嘛，我很乐意帮你挑一辆。”

“加上保险什么的，买车太贵了。”

“这个我也可以帮你呀。”

莉萨瞥了她哥哥一眼，显然肖恩的回答让我们都大感意外了。要是肖恩帮我买车的话，这学期结束之时我该怎么办呢？我叹了口气，摇摇头说：“我不能这么做。”

“所以你一定要骑摩托车是吗？”

“只能这样，肖恩。”

他那湛蓝的眼睛再次注视着我，“我挺忙的，你有多少时间呢？”

“我想在这学期结束之前拿到驾照。”

他笑容褪去，徒留悲哀，“然后再回去做男孩，我猜的话。”

“嗯。”

“那我要是不答应呢？”

我闭上眼睛，以免泪水涌出，“那我就自学，反正也不会难到哪里去。”

重重阴云让他湛蓝的眸子变成青灰，“你说得没错，骑车是不难，难的是活下来。”

我用叉子拨弄着几根意大利面。和朋友起争执是我最不愿意做的事情了。我用力吸入一口气，又慢慢吐出。“别这样，肖恩。”

“那你会严格按照我说的去做？”

他的表情如此热切，我只能向一旁看去。“会的。”

他握住我的手，强迫我的目光又转回来。“我想要你做出承诺。”

这又不是结婚誓言，为何非要如此正式呢？“我会的，先生。”

“那就好。如果你已经吃完了，我们就来看看我的摩托车吧。”

“等我收拾桌子，再换条牛仔裤。”我推开椅子，拿起盘子，想要往厨房走。

“没事儿，你先忙。”

我回头瞥了一眼，只见肖恩已经朝门口走去了。“肖恩，等等。”

莉萨笑着摇摇头，“我来收盘子吧。你快去。”

我急匆匆地追过去，差点儿跟不上肖恩的步子。他带我来到车库。坐在他的哈雷机车上，他向我展示了刹车、离合器、变速杆等等一切机关，我则斜倚在莉萨的火鸟汽车上观看。

泰勒的影像褪去了色彩，却像任性的幽灵一般，在这车库里徘徊。我们在海边牵手漫步，海风和骄阳灼痛了我的肌肤。我搂住心上人的腰，他的川崎摩托逆风飞驰。身着军装的他是那么英俊，我的大兵男友在我唇边以吻作别。“我想你。”我对那消逝中的影像轻声道，一滴泪水从我脸颊上不期而落。

肖恩从我脸上抹去那一滴悲哀的记忆，在伤痛留下的潮湿痕迹上轻轻一吻。“这里，过来。”他把我搂进怀里，用一只手把我的头靠在他的肩膀上。我却泪如雨下，暗自怀恨爸爸为何就不能也为我拭去泪水，把他的小女儿拥入怀中。我的手放在肖恩的腰间，心中苦苦呼唤着上帝能给我慰藉。

风暴慢慢平息，狂云渐渐散去，肖恩从我眼前拨开被泪水浸湿的头发。我本想亲他的脸颊，岂料肖恩一转头，精灵公主的双唇就落在了他的唇上。这轻微而单纯的一吻让我俩都静默了。

那双湛蓝的眼睛在微笑。他的手摩挲着我的身体，温柔中似有电流通过。我微微后退，端详着他的面容。亲切是他如常的风范，但他那深邃的柔情终于将我俘虏。

“去换衣服吧，我们骑车去格兰登公园。”他说。

我甩甩头发，弄干净缠绕的蜘蛛网，然后向我的房间走去。等我回来的时候，肖恩已经为我准备好头盔。我跨上去，坐在后座上，双臂将他环抱。

精灵公主并不是痴情的人儿。但有时候，于理易晓，于情难舍。泰勒那士兵名牌的叮当声仍在我耳畔回响。在这样的当口，一段新的恋情乃是十足的愚蠢。我把头倚靠在肖恩背上，咂摸着这趟旅程的滋味。

24

莉萨告诉我说，她的姐妹会里面一共有五个人，但这次来见我的只有三个，其余两人只能另找时间和我见面了。我紧张得手足无措，只好坐下来打开一本书，一遍又一遍地读着那同一页，我却什么也没看进去。我瞥了一眼客厅镜子里的精灵公主，她对我凄然一笑，面色苍白。

门厅里传来说话声，我意识到姑娘们已经抵达了。我最后朝镜子里看了一眼，就起身去迎接她们了。

我认出其中一个女生是我在打排球时见过的，我不记得她叫什么名字，但这位高个子姑娘无疑是我见过的最有主见的人之一。莉萨介绍说她名叫冬妮亚。

“你好，我们好像在室内排球馆见过啊。”

冬妮亚显得很诧异，而且还相当地不愉快。她径直从我身边走过去，皱了皱眉头，“莉萨你不会是认真的吧，加里说这孩子去年还是个男生呢。”

莉萨微微一笑，握住冬妮亚的一只胳膊，“别着急。杰米大一那年我就认识她了，那时候她还是杰米森呢。她是符合我们要求的。”

“我看不出她是男孩呀。”另一个姑娘说。

莉萨看看我，指着她说：“这位是爱子。”

冬妮亚和莉萨之间似乎乌云滚滚，雷鸣电闪。冬妮亚不耐烦地看着我说：“不行莉萨，男孩免谈，曾经当过男孩的女孩也免谈。”

我往后退了一步，瞥了瞥自己卧室的门。一旦出现冲突，我就总是想跑开躲起来。“这没什么，莉萨，我不希望因此造成任何的——”

在我正要溜之大吉的时候，莉萨拉住了我的手臂，“别走，等一下。”接着她的声音变得严厉起来，“她是我推荐的人，你先听完她的故事，再做决定。”

“我有什么好决定的？规则已经明摆在那里了。”房间里仿佛掠过一阵低沉的雷声。冬妮亚一屁股坐在沙发上，双手抱在胸前。

莉萨叹了口气，转向另一个姑娘，“爱子？”

爱子抬头望向天花板，好像在寻找答案似的。“规则上说只要申请人自己认同是女性就可以，没有提到过去的性别改变，也没说以后会怎样。”

冬妮亚周围的空气仍然带着电荷。“那就赶紧完事儿吧，我好回家。”

莉萨拉开了阳光房的玻璃滑门，转向我说：“你冲个澡，然后在浴缸里等着。我去准备好茶点后就过来。”

热澡盆里的入会仪式？随便吧。我睁大了眼睛，难以置信地看了莉萨好一会儿，才向自己的房间走去。在我身后，空气仿佛仍在噼啪作响。

快到门边的时候，我回过头问：“我可以借一件泳衣来穿吗？”

“不许穿衣服！”这是冬妮亚的声音，还是莉萨终于耐不住性子了呢？

嗯，我总是可以等到她们都离开了，再从浴缸里面出来嘛。或者我可以背对着她们，再裹一条毛巾在身上。

客卫里的淋浴真是一不留神就能淹死人。强劲的水流放松了我紧张的肌肉，我还没有跨进浴缸里，就已经昏昏欲睡了。冲完澡，我披了一件浴袍，向阳光房走去。浴缸很宽敞，足能容下六个人。我跨进去，靠边坐下，身子浸在水里。热度刚刚好，水柱轻柔地从水面涌出来。

过了一会儿，莉萨走进了房间，我于是闭上眼睛，枕着头。她清脆地笑了一声，“你现在可以看啦。这个仪式就是用来增进我们之间的感情的。我们要能毫无保留，裸裎相见。”

我睁开眼睛，莉萨正坐在我对面，肩膀以下都浸在水里。她说过，必须要在场的成员一致同意，我才能够加入。那既然冬妮亚一心反对，我们干吗还要坐在浴缸里呢？把我的情况告诉她不也无济于事吗？“增进冬妮亚和我的感情？”

莉萨轻声一笑，“她就是这么个脾气，不用担心她啦。”

爱子在我旁边坐下。冬妮亚最后一个加入我们，脸上仍然阴云不散。冬妮亚落座后，莉萨点点头，“那我们就开始吧。”她用一种歌唱般的轻柔声音说道，“我引荐杰米。她有一种基因上的状况，叫做混合型性腺发育不全。这导致了她矮小的身材，特殊的容貌，以及一定程度上的性征模糊。接下来你自己站起来讲吧，杰米。”

她说得如此地漫不经心。这是要帮我消除紧张，还是要让我直接心脏病发作呢？我眼巴巴地看着她，求她放过我，她却只是摇摇头。“我们在这儿没有秘密。”接着她站了起来。“看着我。”她用一种温柔却不容置疑的声音说道。

莉萨有着曼妙的身材。但是，当水花落定，我却瞧见她身上的伤疤——位于腹部，左右各一。心脏在我的胸腔里一阵狂跳。她那两道白色的印记和我如出一辙。接着，我注意到她下身的毛发十分稀疏。我腿部的肌肉抽搐了一下，视野里漾起一片涟漪。随着身体的颤抖，我的整个世界挣扎着，想要找回失落的平衡。纵然我们的身体仍有不同，但平生第一次，我意识到，和我一样的人到底是存在的。

看到我的不安，莉萨似乎有点忍俊不禁。她接着说下去，仿佛只是在谈论最近的时尚潮流似的。“所有的人都以为我是个普普通通的女孩，连我的医生都这么觉得。进入青春期之后，我的身体也开始发育，但是直到十六岁我还没有月经，于是母亲带我去看了一位专家。结果发现，我腹部的肿块原来是睾丸，这种症状叫做睾丸女性化[1]。我的身体对雄激素不敏感，所以即便我有睾丸，我的外生殖器还是长成了女性的样子。”莉萨伸出一只手拉我站起来。“我的身体把足够剂量的睾酮转化成了雌激素，所以青春期之后我长得和一般女性没什么两样。我是间性人这个发现让我的男朋友大跌眼镜，他离开了我。我崩溃了，有好几个月都过得非常消沉。就算现在，我偶尔也还是会难以接受自己的状况。你的症状和我不一样，但找到同类总是一件让人宽心的事情——你会发现自己仍然是一个正常的人。”

“我是正常的？”我有点歇斯底里地大笑起来，眼泪夺眶而出。

“你明白我指的是什么。”她给了我一个温暖的微笑，接着坐下了。

冬妮亚站了起来。她身上也有两道白色的疤痕，而下身的毛发几乎和我一样多。“我有不完全的睾丸女性化症状，所以我出生时没有正常的男性外生殖器，只有一个很小的阴茎——比你的稍微大一点——外加尿道下裂。”她说话的时候咬紧了牙关，闪电和冰雹在她耳边翻滚。“医生把它切除了，又做了阴道成形手术。”

我瞠目结舌，等她坐下了，我仍然呆站着，张了张嘴，却说不出话来。

爱子站了起来，接下话头说：“睾丸女性化是跟X染色体有关的症状，如果不是自发突变的话，就是从身为携带者的母亲那里遗传的。莉萨和我是亲姐妹，我们都对雄激素不敏感。我们还有另外两个姐妹是XX染色体，她们当中任何一个都可能是携带者。”她笑了笑，坐了回去。

阳光房的玻璃窗里，精灵公主神情呆滞地看着我。她不曾相信真

1　睾丸女性化是雄激素不敏感综合征的旧称。——原注

有雌雄同体这回事，我也不忍心告诉她，世界上其实并不存在什么精灵公主。五个谜一样的生命聚拢在这小小一隅，时空是否也会因此而停摆呢？

“所以呢，小朋友，你为什么要作为男孩生活呀？”阴云仍然徘徊在冬妮亚的额前，但那风暴已经过去了。

“我爸妈想要我当男孩。医生老跟他们说，现在才来当女孩已经来不及了。”

冬妮亚说了一些抱怨医生的话。其他人没再出声，于是我坐了下来。

“无人反对，入会通过。”莉萨轻声道。

我回过头看看莉萨。不再孤单的感觉真好，这些姑娘们都是我的朋友。她们当中没有谁是怪物，所以也许，我也不是。

一缕阳光突然穿透了冬妮亚额前的阴云，她灵机一动，问道：“你还想打排球吧？”

“想啊。”

“加里还不错，但我们队上其他的男生就太烦人了，加里又不愿意治治他们。要是我退出另立山头的话，队上的另外两个女生也会跟着我的。”

“加我一个。”我笑着说，瞥了莉萨一眼。

莉萨和爱子最后都表示同意。冬妮亚露出了灿烂的笑容，不过看起来还真有点儿吓人呢。

我看着莉萨。我一直都欺骗自己说，我不是一个间性人，我哪能想到自己身边就生活着这么一位呢？从今往后，每次看到姐妹会的成员，我都会想起自己的状况。我闭上眼睛，想让自己放松下来。友情的这点代价乃是值得的。

“你们打赢克莱默的官司了吗？”我重又睁开眼，应该是莉萨在跟爱子说话。

爱子摇了摇头，“没呐。几个月前我就跟他们讲，要是最后对簿公堂的话，他们最好先准备好证据，可他们就是不听我的。她没拿到监护权，因为她懒得下工夫做记录。”

“哎呀，真是遗憾。她人挺好的。”

“好又怎样，法官又不在乎你个性如何。”

莉萨的目光转向我，“她在读法律系。你跟她讲讲你爸爸的清单吧。”

我耸了耸肩，并不愿意多提。“我爸爸给了我一份清单，上面有他想让我去做的事情，就这样。”

莉萨生气地皱起了眉头，“她爸爸想让她和一个女孩发生性关系，这难道不是虐待儿童吗？”

爱子仰起头，似乎在研究天花板。“不是，这要求虽然很讨厌，但还算不上虐待。法律在这方面是有很多漏洞的。她唯一的出路就是离开家。和朋友们一起坐在热澡盆里肯定比离家出走强吧？”

“现在下课。柯帕里小姐，离开前请来找我。”

上课的时候，潘宁顿教授走了进来，宣布说她是这门课的老师。选课时我还特意避开了那些从前教过杰米森的老师，但我没料到布莱索教授临时生病了。

“所以你还真是自作主张啦？”我走上前去，潘宁顿教授问我。

“夫人？”

“你去年不还是男生吗？”

潘宁顿教授喜欢布置那种令人难堪的作业。去年她就要求我当众发表一个演讲，以说明为什么我觉得当女孩比当男孩更好。那会儿泰勒的直升机刚刚失事，学习上、生活里我都打不起精神。于是我索性一副女生打扮走上了讲台——扎着小辫儿，戴着耳环，穿着裙子——结果却居然得了A。我对潘宁顿教授咧嘴一笑，耸耸肩说：“这就是文字的力量呀。您下次可得留神您布置给人的作文题目了。”

她点点头，笑着问：“你现在更开心了吗？”

“没错。”我耸耸肩走了出去，映在脸上的温暖阳光让我翘起了嘴角。迈阿密的天气永远是新鲜的，哪怕湿热也不会让我厌倦。我下一个时段没有课，只等着和肖恩相会。于是我找了个长椅坐下来，打开一本书。

不一会儿，一个黑影出现在专心看书的我面前。“你是在上写作课吧？”

这是一个戴着黑框眼镜的男人，手里拿着一本书。他看起来比弗兰克年纪稍大，我不认识他，但我还是尽量保持礼貌。再说了，身边的长椅上，我的笔记本封皮儿已经写着“写作课”几个大字了。“对，我在上。”

“那你应该很擅长英语语法什么的？”

“嗯。”好吧，我不应该这么模棱两可。

“你介意很快帮我看一眼我的期末论文吗？”

他看起来还算是个友善的人。“可以啊，干吗不呢？”我说着伸出一只手。

“抱歉，我把论文落在家里了。”

我本想给他一个冬妮亚式的“你到底是有多蠢啊”的表情，但转念一想，他不一定能看得懂呢。“那你明天再过来找我吧，我应该还会在这儿的。”

“我明早就得交了，我家离这儿不远……求求你？”

“我约了人，还有一刻钟就到点儿了。”

“你肯定能准时回来的。”

他让我觉得要是不跟他走，接下来十分钟我都得在这儿听他喋喋不休似的。“好吧。”他听罢迈开步子，我勉强跟上他，朝庞塞方向走去。我瞥了一眼他手里的平装书。“这书好看吗？”

他停下来斜眼看着我。哦，至少我觉得他就是这么个表情吧。

“《洛丽塔》[1]。你没读过？”

要是我读过了，那我还问什么呢？我决意给他一个冬妮亚式的鄙夷神情。“没有。是写什么的？”

“一个像你一样的女孩。”

“像我一样？”

他瞥了我一眼，“等到我家了，我再跟你解释。”

一辆向庞塞南边驶去的汽车呼啸而过，接着却减慢了速度，掉头回来追上了正在过街的我们。这车看起来很像是肖恩的那辆科迪娜，我于是停下来等待着。走在我前面的那个男人抓住我的手，“快点，南狄克西就要到了，我们快过去吧。”

我认出了车里的人正是肖恩，我把手挣脱开来说：“先让我看看他要干吗。”

肖恩在路边停下来，我向驾驶座走去。虽说个性温和，但肖恩对陌生人一贯很警惕。“那个人是你的朋友吗？”

我看了一眼戴黑框眼镜的男人，这才意识到自己连他姓甚名谁都还没有问过。“他找我去帮他看看期末论文，说是几分钟就能回来。”

肖恩那钢蓝色的眼睛黯淡下来，几乎变成了一片死灰。“你居然跟一个不认识的人一起出校去？”

黑框眼镜如坐针毡地站在路口。莉萨提醒过我要多加小心。“要是这个男生值得认识，那他肯定不会强迫你跟他独处。”她准会这么跟我说的。我也想不出更好的解释，于是对肖恩做了个抱歉的表情。

肖恩的语气缓和下来，蓝色的眼睛又恢复了神采。“我们来练

---

1 《洛丽塔》（*Lolita*）讲述的是一个中年男子和少女的风流韵事。这里暗示此人是一个猎艳者，并且他以为杰米对此是心知肚明的。——原注

车吧。”

我朝黑框眼镜喊道：“我明早一来就帮你看论文，要是你还上长椅那儿找我的话。”说完我坐到了驾驶座上。

每次这辆科迪娜交到我手里，肖恩和我都会由衷一笑。从外观上看，它和一辆老祖母开的破福特差不了多少，但是骨子里它却像是一辆路特斯跑车，有一种箭在弦上、一触即发的感觉。我对手动挡也是一学就会，甚至很快就能不踩离合器换挡。肖恩说我天生是块开车的料。

但是我骑他的哈雷机车时，他可就不这么说了。肖恩没被我骑车的样子吓到，但他脸上也着实没了笑容。我从来没有擦刮过他的摩托车，更没有把车弄坏过。好吧，有一回我的确让摩托车倒在草地上了，但那时候车是停着的。只是因为车的支架陷进了土里，而我没有力气把车扶起来。

大多数时候都是肖恩骑着车，我坐在后座上，双臂环抱着他。他嘴上说我需要练练胆子、增加车感，但我知道他其实就是喜欢和我一起出去罢了。这于我倒也正中下怀。

在佛罗里达你只需要考一种驾照，而肖恩说《男孩必修》并没有真的要求我去买一辆跑车，所以我最终同意开他那辆科迪娜去考试，而没有骑他那辆哈雷机车。肖恩露出如释重负的笑容，好像他觉得，我要是骑摩托车，肯定会遭遇不测似的。考试通过的时候我的考官也笑了，就像凯拉常说的那样，“这就对啦”。

莎朗的丰田汽车停在车道上，所以她应该在家吧。我又按了一下门铃，莎朗终于来替我开了门。她抱歉地说：“你在外面等很久了吧？我刚才在用吹风机。”

她把我迎进去，带我来到厨房的桌子跟前。“你先坐会儿。”她打开一个牛皮纸文件夹，翻看着一些文件。“爸爸让我跟你谈一谈泰勒遗产的事情。”

他离去才仅仅半年的时间吗？泰勒已经变得如此遥远。我心中仍有一隅是属于他的，但伤逝的剧痛已经消退，渴望的烈焰也已平息。一位新的恋人已经悄然走进我的心田，全然不顾理智的反对。那曾经有雨后春笋生机勃发的土地上，现在有一株年轻的橡树深深扎根。想到终有一天我现在的恋人也不得不和我吻别、把我送上前往男儿国度的班车，我就不寒而栗。这幻梦迟早是要破灭的，但肖恩真的乐在其中吗？我祈祷着学期结束之时，我和肖恩的离别不会带来太多的痛苦。

莎朗从餐桌上拿起一串钥匙放在我手里，放手之前她对我说："泰勒把他的摩托车留给你了。答应我，把它卖掉吧。"

恐惧，兴奋，还有急速飙升的肾上腺素，一股奇特的感觉涌上我的心头。肖恩的哈雷XLCH机车虽然在速度上不输泰勒的川崎，但和哈雷那低沉的轰鸣相比，川崎Mach III那高亢的尖啸所带来的战栗之感，简直让人欲罢不能。要是知道我这蠢蠢欲动的心思，肖恩一定会杀了我的——如果我没有因为骑车而先一命呜呼的话。钥匙串儿从我颤抖的手心滑落在餐桌上。"我能把它先放这儿吗？"

"当然好呀！"莎朗长长舒了一口气。为什么就没有人相信我能骑摩托车呢？

25

我对肖恩摇摇头，擦了擦鼻涕。“我现在不想出去呀，我有点感冒了。”日式床垫在向我发出诱人的召唤。在如此阴沉的一天，没有比窝在家里更舒服的了。窗外，狂风席卷着乌云，大雨将至。

“来吧，呼吸一下新鲜空气对你有好处的，再说你也需要积累一些在恶劣天气里骑车的经验呢。”

终于还是上了他的车，我把头靠在肖恩背上。几天前他告诉我说，我俩一起骑过的路程已经超过一千英里了。我闭上眼睛让自己坠入梦乡。反正我睡着了也能坐在车上嘛。

雨来了，肖恩把车骑到一座过街天桥下面，关掉了引擎。徘徊的低云从灰变黑又转绿。“我们就在这里等这阵儿雨过去吧。”他带我走上人行道，选了一处避风又干净的地方。

我把头靠在他肩上，又闭上了眼睛。“战争结束了再叫醒我，好吗？”他背靠着路堤，把我搂进怀里。我想象着我们躺在一起，又睡了过去。

窗外的一道闪电照亮了整个房间，雷声撼动着屋子。精灵公主猛地从床上坐起来，想要查看雷切尔的情况，但是，就像她的母亲，这小宝贝已经学会了在电闪雷鸣中安然入睡，上帝那仁慈的看顾让她心满意足。妈妈回到自己床上，把头枕着丈夫的肩膀，又把自己一侧的手脚搭在他的身子上。手指摩挲着他的胸膛，我清醒地躺着，默默为家人祷告，对上帝吐露说我想再添一个孩子。丈夫醒了过来，小公主的指尖碰到他的脸颊。“我们能再要一个孩子吗，肖恩？”

他端详着他的公主，被逗乐的双眸闪着光。“当然可以。”

又一阵电闪雷鸣，我惊醒过来，静电让我头发直竖。天桥下面这小小的避难所之外，狂云乱卷，暴雨和雷电如箭矢般扑向大地。肖恩的哈雷机车像哨兵一样挺立在我们下方的黑色路肩上。噢！我咬了咬嘴唇，活动了一下脖子。肖恩一脸打趣又疼惜的表情。“再要一个，你是说？那我们已经有几个孩子了呀？”

热浪从双颊荡漾开去，此时的我一定满脸绯红吧。红彤彤的，就像莉萨的母亲说的那样。“就一个，雷切尔十五个月大了。”

风把一些灰尘吹进我眼睛里，我流起泪来，肖恩用双臂环抱着我。“就是你在圣安德鲁斯岛照看过的那个小家伙吗？”

“对。”

肖恩把我抱得更紧了。“那你怎么不去看她呢？”

“我表姐说还是别去打扰她的好。小孩的成长需要一个稳定的环境。”

“而你不结婚的话，又没有领养权。”他在雷鸣的间隙里轻声道。

那一刻，无数个念头从我心中闪过，但我只是闭紧了双眼，听着雨水湿透心底的声音。我的人生仿佛在别人的悲剧里永远困住了。

他拨开我脸上的头发，径直亲吻了我的嘴唇。“下学期我就要重新回去上学了，去读完学位。”

我一下子睁大了眼睛。“那是——”远方的天空已经露出一丝放晴的迹象，但那双钢蓝色的眼睛里却映着雨水。“在这儿？”

“爱丁堡。”

“苏格兰那个？”

“对。真希望我早点知道你这么喜欢我。”他再次吻了我，比先前更热烈。“在你梦里我们已经结婚了，不是吗？”

再过几周我就要搬回伊顿楼，然后作为一个男孩去完成《男孩必修》里面剩下的任务了。既然道别的话是他先说出口的，那至少肖恩就不会那么难过了吧。“是啊。你什么时候走？”

“下星期。”

我在替小公主担心。她那么容易就能泪流成河。

不论白天我完成了爸爸清单上的哪一项任务，不论我在成为一个男孩的路上又学到了什么，每天夜里就寝之前，我都会遵循卡梅隆医生写的《阴道扩张规程》。他在里面说明了每一步需要持续多少天，以及每一天要把扩张器放入多长时间。我平躺着，分开腿，在塑料棒顶端抹上一点润滑剂，然后放入体内。虽然我尽可能不去想自己正在做什么，但那不断增加的插入深度仍然朝我灵魂深处喊出两个响亮的字——女孩。

房门上一声轻敲，莉萨探进头来，“你还醒着，太好啦。”

啊！我吓得腿一抖，手一滑，扩张器就被我从身体里挤了出去。“哎呀！”

“冬妮亚来了，她想找我俩说说话。你介意晚点儿再睡吗？”

我笑起来。半年之前，我还是弗兰克的室友，而我也把自己当成男生。现在我却和一个女生住在一起，而她发现我两腿之间夹着这么一根塑料棒的时候，连眼睛都没眨一下。我用一条小毛巾擦净身体和塑料棒，披上睡袍问道：“她还好吗？”

“每次看医生之前，她都会变得很紧张。有人握着她的手安慰一下就会好的。”莉萨走向梳妆台，指着扩张器的盒子问：“我可以看看吗？”

“可以。”

她拿起盒子，瞥了一眼里面的塑料棒，又看了看《阴道扩张规程》。“你是从哪一号开始用的？”

“最小的那个。”但就算这一个，也比我的“小棍子”大多了。

“真好。我很高兴你用不着动手术。”她说着把盒子放回梳妆台上。

“是啊，妈妈也说手术很麻烦。”

“冬妮亚接受了阴道成形手术，医生用植皮的办法给她做了阴道内壁。但手术后她的阴道一直有萎缩的迹象，所以她得在扩张上面多下点功夫了。”

“她有吗？”

“没有，她不怎么喜欢扩张，但要是再这么下去的话，她恐怕就得做第二回手术了。她的医生总跟她唠叨这事儿，还三番五次地催她快点交个男朋友。”

“男朋友？”

“对呀，医生们还觉得她太缺乏女人味儿了，我猜他们认为交个男朋友就能一举两得吧。”

噢！

看到我难为情的样子，莉萨一脸坏笑。“你会发现男生可比扩张器好用多了。”她拿起我刚才用过的那根塑料棒，咔嗒一声把它放回了盒子里。“我哥哥喜欢你。我觉得他可能还是个处男呢，但既然你们都相处一阵子了，我猜他应该会乐意帮你的吧。当然，只是出于医疗目的啦。”

哎呀呀！我瞥了一眼镜子，精灵公主那翡翠色的眸子里仿佛腾起微弱的火焰来。我一直觉得我和肖恩之间不可能有肌肤之亲，这个念头就像一颗定心丸，让我在和他缠绵缱绻之时了无牵挂。我对性事没有那么强烈的渴望，但床笫之欢能让我成为一个普通的女孩——或者至少，成为一个普通的坏女孩吧。

“你要我去跟他讲讲吗？”

我本想表现得漫不经心一点，结果却不由自主地瞪大了眼睛，咽了咽口水。“不用了。”我小声说。我当然不希望肖恩满脑子都是翻云覆雨这件事啊。

英国赛车绿。肖恩就是这么叫的。精灵公主可不会这么称呼这个颜色，但却打心眼儿里喜欢它。至少喜欢这个颜色的缎子布料吧。这颜色让她想起月桂树的第一簇新叶。裙子的荷叶袖轻抚着我手肘的内侧。裙子的下摆刚刚超过我下垂的指尖。我转了个圈，想看看这裙子会不会飘起来。

莉萨为我梳了法式辫子，又给我化了妆，所以我只要最后再检查一遍就好。为了出席肖恩的欢送派对，一切必须完美无缺。看着镜中的姑娘，我翘起了嘴角。我是爱漂亮的，却很少盛装打扮。功课太忙了。莉萨说我这是性别反弹——头天还是穿着牛仔裤的假小子，隔天就变成了穿短裙化浓妆的小公主。她还说要是冬妮亚的医生知道我这样，肯定也不会赞同的。可我哪里在乎医生怎么说呢。

我正在补口红，电话响了起来。我们不着急出发，于是我就接听了。“哇，爸爸！你好！”

“杰米森？你听起来怎么像是你妹妹呀。”

“我现在还是女高音，爸爸。斯图亚特医生要到夏天才会给我开睾酮。”

“谁叫你自己穿着裙子去见她呢？”

呵，这到底是谁造成的呀？“你回家会待很久吗？”

“一个月吧，除非又有什么事儿。公司最近一团糟，总部的人都很紧张——你的头发剪短了吗？”

精灵公主从镜子里朝我做了个鬼脸。她的头发又盖过肩膀了，至少后脑勺那片儿是这样。“莉萨说今晚我们一回来她就帮我剪。她每过六周就帮我剪一次。啊，爸爸，我们要去参加一个晚宴，肖恩的公司为他开了个派对。”

“你看看，我就知道你办得到。”

“办得到什么？”

“和你的室友一起出去呀。我给你的清单上可有约会这一项呢。”

我瞥了莉萨一眼。“和一个女孩约会。嗯，好的。”莉萨指了指她的手表。“爸爸，莉萨说我们得走了。爱你。”

从我身边走过的时候，莉萨狡黠地一笑，“约会，是吧？今晚我会记得这事儿的。”

坐在莉萨那辆火鸟汽车的前排座位上，我回想着穿短裙到底让我改了多少习惯。上下车的时候我可再不能像穿着牛仔裤时那么豪迈了。就连坐在沙发上也得多加小心。更别说弯腰从地上捡东西啦。虽说我没有天天穿短裙，但我的身体已经习惯了与之匹配的一套动作。等到我必须回头去当男孩的那一天，我得花多少工夫才能又把这习惯改过来啊？

肖恩在大堂里迎接我们，又带我们来到一个鸟瞰海景的大厅。宾客们陆续抵达，他把莉萨和我介绍给大家。当第三波客人和我们寒暄一番之后，莉萨用胳膊肘顶了我一下，示意我和她一起去到外面。我跟着她进了女洗手间，心里没谱到底是什么让她闷闷不乐。

“杰米你这是怎么了？你在那儿活像是个冰皇后。”她一脸又生气又担心的表情。

镜子里，莉萨和精灵公主并排站着，双双注视着我，我只好难为情地移开了目光。“对不起，我的马车很快就要变回南瓜了。[1]”

莉萨听罢，脸上露出凄然一笑。“那你也要留一只水晶鞋给他呀。”

“我必须回去做男孩的，莉萨。”

“午夜不是还有好几个钟头才到嘛。”

---

1 典出童话故事《灰姑娘》。为使灰姑娘能够参加王子的舞会，仙女帮她把老鼠变成马夫，南瓜变成马车，又变出一套漂亮衣裳和一双水晶鞋，但要求她不可逗留至午夜之后。——译注

“那也不过是个童话。”

“是又怎样？在你能够自由驰骋的时候，你就应该去自由驰骋。给他留下一点值得怀念的东西吧。我不觉得你将来还有机会。”

“谢谢，莉萨。”我拥抱了她，又回到派对上。

我看到肖恩正和一个年长的男子交谈。小公主径直走上前去，依偎在肖恩身旁，一只手从外套下面悄悄溜进肖恩的腰间。“你们不会又是在谈工作吧？”

钢蓝色的眼睛注视着我，我的心怦怦直跳。他的眸子是海一般的湛蓝，她的则是玉一般的翠绿，小公主的眼里再没有别人。肖恩露出会心的微笑，“杰米，我来向你介绍希尔顿·斯坦伯格，酒店的运营主管。”

我的目光稍稍从肖恩身上移开，瞥见斯坦伯格先生银白的卷发和黝黑的皮肤。他身上有着十足的绅士气息。他向我行吻手礼的时候，我微微颔首，又往肖恩身上靠了靠。“幸会，先生。”他的目光从我身上挪开的刹那，我全身上下如释重负。他和肖恩又聊了起来。

过了一会儿，一个戴着厨师帽的男人对着斯坦伯格先生耳语了几句，两人低声交谈了一阵，就一并告辞了。肖恩的蓝眼睛又回到我身上，“改变主意啦？”

“一个朋友提醒我说，时间还早呢。”

他轻轻地吻了我一下。“跟我一起走。”

告别是注定不会容易的。“去苏格兰吗？我不能。”

“为什么？”

莉萨打断了我们，指了指自助餐的桌子。“快来，先吃吧，甜言蜜语稍等再讲也不迟。”

我们三人走向角落里的一张桌子。说完餐前祷告，肖恩的目光又落在我身上，“你不希望我俩继续在一起了吗？”

“是我不被允许这么做，下学期我就要回去当男生了。”

“哦是么，当男生？”肖恩那双被逗乐的眼睛从钢蓝变成水绿。他的指尖温柔地划过我裸露的腿，我只觉得一阵暖意如海啸般涌遍全身。“所以我碰到你，你也没感觉啦？”

理智为我竖起铜墙铁壁，话语在半路上遭到围追堵截，小公主只得摇了摇脑袋，对肖恩瞪大了空洞的眼睛。

“我就剩下一学期加一段实习期而已，然后我们就结婚，完了再领养满屋子的小孩子。”

“爸爸不会让我们结婚的。”

肖恩捧起我的脸，亲吻了我。“苏格兰会允许我们结婚的，就算他不同意也没关系。”

“可我已经答应他了。”

“他清单上的任务你完成得够多了。”

“肖恩，难道我看起来像在真心当男孩的样子吗？”

他抓住我的双臂，怒火在他脸上燃烧。“不管你怎么做——你听到我的话了吗——不管你怎么做你都成不了一个男孩。你只会毁掉自己的生活而已，而我不想就这么眼睁睁地看下去！”

我咬紧嘴唇直至尝到一丝血腥。为了不向他的话语——我的真心——屈服，我做着殊死的斗争。一边是我许给爸爸的诺言，另一边是我所珍视的一切。

26

机场的相送总是沉默的。肖恩给了我一个告别的吻，我俩相对无言，直到广播里响起最后一次登机的召唤。莉萨拥抱我之后跟着她哥哥走了，她要去苏格兰和家人团聚几周的时间。“该跟他一起走的是你。”她轻声说。

我转过身去，生怕自己把持不住，真的跟着他们上了飞机。

回到住处，我开始整理自己的东西。我把女装都留在了衣橱里，然后给莉萨写了个便条，告诉她可以把这些衣服送去救世军的二手店。还有雷切尔和肖恩的照片，以及我放在盒子里的课本。

莎朗早把那些杰米森时代的旧衣服扔掉了，总之是指望不上它们了，于是我就穿了一身T恤衫和牛仔裤，一个男生穿成这样也还算过得去吧。之后我会再买一些更加阳刚的衣服，比如宽松一些的牛仔裤和衬衫，以免显出我身体的曲线来。

我拿起索菲抱在怀里，回想着我得到她的那一天。只要我留着这布娃娃，只要我还念念不忘一个小女孩的童年，我就永远都不可能成为一个男生。衣橱里有一个废纸篓，把索菲扔进去是再容易不过了。我把她放在梳妆台上，帮她整理好裙子。等我走了，莉萨可以把她也送去救世军的二手店里。

收拾完了，我跌坐在沙发上，打开了《黑暗的左手》[1]。有些书永远都读不完，倒不是因为写得不好，反而是因为写得太入木三分了。我生命中那种挥之不去的陌生感，作者勒古恩在这本书里多少触碰到了一些，正是这种感觉让我很难接受我身体的状况，有时候甚至无法接受我自己。

我读了几页，把书放回咖啡桌上。在我就要被遣返男儿国的当口，阅读这么一本阴郁的书简直让人抓狂。我还不如去看《男孩必修》来得痛快，这清单我早已背得滚瓜烂熟，可我还是又浏览了一遍。“和一个女孩约会”“和一个女孩睡觉”“喝酒”“抽烟”是目前尚待完成的最后几项。当然，这里面没把“兵役登记”和“重新回去打激素”算进去，因为现在还不到时候。至于“剪短头发”，又到了该执行这一条的时间了。我躺下来，沮丧把我重重包围。

门铃响起的时候，我几乎已经坠入梦乡。既然无人可以期待，我就直接忽略了铃声。门铃又响了一下，接着再一次。外面的人已经开始在门上猛敲，我这才坐起身来。

门厅里站着一位年轻女子，高挑而俊美。她把头发高高束起，化着妆，踩着高跟鞋，还穿了一条养眼的裙子，完全是一副盛装赴约的打扮。“冬妮亚？”我疑惑地看着她，我可从来没有见过她穿裙子啊。

“可以让我进去吗？”她从我身边挤过去，大步流星地走向厨房，把一个纸袋撂在桌上。

“你这是去约会了吧？你知道吗，你化了妆还挺好看的。”

“谢了。我会好好洗干净的。”冬妮亚从袋子里拿出几样东西放进冰箱，然后合起袋子，把它放回了食品柜里。“我在想，要是你能一学

---

1 科幻小说《黑暗的左手》（*The Left Hand of Darkness*）描绘了一个奇特的星球，其上的居民均为雌雄同体，性别的转换由温度决定。——原注

期都装作男生的话，那我也可以用一晚上来当个正常的女孩。”她在客厅的沙发上坐下来，拿起了《男孩必修》。

我可不想再听她给我上一课，于是我坐在她旁边，伸手去拿那张清单。“你不是去约会了吗？”

她淡然一笑，“是呀，去了……等你把这上面的蠢事做完，你还会回到我们当中来、继续做个女孩吧？”

她语气柔和，让我颇感意外。难道她也在乎我吗？“会的，只要我还能够……干吗问这个呀？”她在打什么主意呢？

“那我们今晚上就搞定这个清单吧。”

她这是又想说服我别去当个男生吧？我双手挡在胸前，直摇头。但我又不愿争辩，只好说：“我不想……”

“来吧，杰米。”冬妮亚做了个求饶的表情，把清单推到我面前，指着“和一个女孩睡觉”那一项，“别再傻了，就你和我，今天晚上，让我们把这余下的任务一网打尽。”

我还没从《黑暗的左手》上面回过神来。这个一直都在讽刺我当男生的姑娘，现在却主动提出要和我滚床单？“为什么？”

她丢给我一个“你到底是有多蠢啊”的表情，“我这是在帮朋友忙啊，免得她毁了自己的人生。你到底睡还是不睡？”

我盯着《男孩必修》，想要理清思路。虽然我一直表现得余勇可嘉，但老实说，我真不觉得自己能把上面的任务逐一完成。充其量，我有办法把头发剪了，再灌下几瓶啤酒，然后就只能盼着爸爸心慈手软，在我重新开始注射睾酮之前放我一马。要是我把其余所有的任务都完成了，或许我就可以免去打激素这一条了吧。和一个女生睡觉不会杀了我，打激素却能把我毁于一旦。我悄悄看了一眼镜子，只见精灵公主正对我怒目圆睁。“宁为玉碎。”她用苏格兰盖尔语对我低声道。

我把目光移向别处。她是对的。小公主应该告诉爸爸，她只顺从上帝，而不听命于凡人。我却没有当面拒绝爸爸的勇气，所以才会进退维谷——要么让这个清单拖拖沓沓、耗上一整年时间，要么长痛不如短痛、今晚就决一死战。不管选择哪条路，我都会永远和耻辱相伴了。而有冬妮亚帮忙，我至少有望逃过打激素这一劫。“我去拿剪刀来。”

“头发可以等到明天再剪。要是今晚我来当你女友，那你自己也得保持本色。”

如果冬妮亚把我当成女孩，那我“和一个女孩睡觉”还算数吗？我应该还是男孩的吧？我这是在开谁的玩笑呢？让我那小仙子一般的身体像一个男生那样去做爱？我突然觉得，就算我完成了清单上所有的任务，那当中也没有哪一条我是作为一个男生去完成的。那这一切又意义何在呢？

冬妮亚虽然面带微笑，其实却和我一样紧张。她帮我理了理头发，接着朝阳光房一指，“来吧，我们上那儿抽根烟。”

“一闻到烟味儿我就头晕。”我推辞道。

她翻了个白眼，关上了我们身后的滑门，在柳条沙发上坐了下来。“这种烟是能帮你缓解头晕的。”我坐在她身边，她把手放在我手上说：“它能帮你放松，好吗？”

冬妮亚从她的荷包里拿出一柄烟斗，上面的驼鹿雕刻让我想起凯拉曾经向我展示过的小仙子的狩猎烟斗。冬妮亚把烟斗伸进一个有拉链的小烟袋里，装满了烟草，然后点燃了它。她从烟斗里深吸了几口气，靠着沙发闭上了眼睛。她把烟气朝我这边吐过来，笑着说：“瞧，非常柔和吧？”

我觉得这味道与烟草不怎么相似。试探性地吸了一口之后，我也并没有喘不过气来。于是我把这温热的气息含在口中，等它冷却。这让我猛地咳嗽了几声，但第二口感觉就好多了。随着烟斗在我们之间来回传递，我开始理解吸烟者的乐趣，那正是这飘飘欲仙的感觉。“爸爸会问我抽的是哪个牌子的。”我说着朝冬妮亚吐了一口烟气，咧嘴笑了。

"牙买加红牌[1]。我有个朋友……每过一阵子……就进口一些。"

"牙买加还种烟叶啊？"我难以置信地问道。

"对呀，种呢。"她咯咯笑起来，摇了摇头。

她这一笑让整个情形都变得十分滑稽。冬妮亚闭上嘴，下巴却仍在抖动，些许烟气从她的双唇之间逃逸出来。我最后吸了满满一口，屏住呼吸，想要吹几个烟圈儿。等我把烟斗还给冬妮亚，她敲了敲里面的烟灰，把它们抖落在了一株盆栽里。

冬妮亚用指腹轻抚着我的脸颊说："姑娘们都不想让你走。"她朝我靠过来，仿佛要吻我似的，却在半路停下了，转而握住了我的手。"来吧小朋友，烟抽够了，我们来喝酒吧。"

回到厨房里，冬妮亚把烟斗放在橱柜上，打开了冰箱。她从里面拿出橙汁、香草冰淇淋和一瓶伏特加。她把三样东西混合在一起，然后倒入一个水罐，再把两个高高的玻璃杯装满了冰块。"你能把这些拿到浴缸那边吗？"等我放好东西回来，她用一只手搂着我的腰，把我拉到身旁，她的脸贴着我的脸。我们都笑起来，这时候我胳膊上的肌肉抽搐了一下。"你还是很紧张啊。去热澡盆里坐着吧，给自己倒杯喝的，放轻松。我几分钟就过来，先去叫个比萨饼。"她把我裙子的腰带松开了，我俩咯咯直笑。

我拿了一件浴袍，把换下的衣服挂在沙发靠背上，坐到了浴缸里。冬妮亚的橙汁冰淇淋鸡尾酒喝起来柔和而香甜，尤其是配合着这不断摩挲着我的温热水流。阳光房的玻璃幕墙外，精灵公主也坐在她自己的浴缸中，我微笑着朝她挥了挥手，她则朝我端起了酒杯。

冬妮亚穿着一件莉萨的浴袍走进来。她装作脱衣舞女的样子，逗笑

---

1 这是当时品种较好的一款大麻。——原注

了我们俩。她把浴袍随手一扔，就跨进了浴缸里面。我看着她为自己倒酒，心想她会不会也和我一样紧张呢。水流在我们周围汩汩地冒着泡，我端详着她的脸。我们不用勉强的。“爸爸很可能会把这算作约会了吧——虽然没有接吻——要是你现在想停下来的话。”

她笑了一声，悲哀的目光和我碰在一起。“两个赤身裸体的女孩坐在浴缸里，喝着酒？”

“不是。”我坐起身来，皱了皱眉头，“你还不明白吗？他的儿子和一个姑娘，一丝不挂地待在浴缸里。要是我被当成女生的话，这一切还有什么意义呢？”

冬妮亚嗤之以鼻，朝我胸口一指，“他儿子还有乳房呢。”

六个月的雌激素让我增加了二十磅体重，脸部、胸部和臀部也日渐丰满。我为这些变化感到欣喜，却也担心爸爸会作何感想。我把杯中的酒一饮而尽，双手抱在胸前，身子往下一沉，直到水漫到我的鼻子跟前。

“哎呀，别这样。”冬妮亚又给自己倒了一杯酒，喝了一大口，笑着问：“这个男生怕痒吗？”

“不怕。”我使劲绷着脸，可是当她开始笑的时候，我马上就功亏一篑了。烟草早就抽完了，但烟气仍然萦绕在阳光房里，和热澡盆里升腾起来的水雾一道，让灯光变得朦胧了。

她转过身来，对我露出一脸坏笑，我往后退缩了。“不，真的，我不怕痒。”我说道。

“我觉得这个男生在撒谎。”她说着凑得更近了。

只听门铃一声轻响。冬妮亚从浴缸里一跃而出。“比萨！我可饿坏啦。”她披上浴袍就朝客厅跑，连阳光房的滑门都没来得及关。

我又给自己倒了一杯酒，精灵公主朝我皱起了眉头。“对不起。”我对她说，“要是我多喝点，或许我就不会记得这任务是怎么完成的了。”

“够了。”精灵公主用苏格兰盖尔语轻声道。

我噘起嘴唇盯着她看。够了吗？是的，伊莎贝尔。是时候结束这场自欺欺人的骗局了。上帝啊，我的整个生活都毁在性别问题上了。请原谅我纵容它成为我人生的幽灵。我想听爸爸妈妈的话，但这个清单是不对的。请指给我正确的道路吧。我想爱你，我想顺从你的律法。求你帮助我。

冬妮亚回来了，她把比萨盒往浴缸边上一扔，“简直脑子有毛病！”

“谁呀？”

“罗素，就是这个送外卖的家伙，他刚才居然说想要跟我约会。”她坐进浴缸里，不一会儿又起身出去。“我来放点儿音乐吧。”

我没有录音机或者收音机，所以对摇滚音乐知之甚少。但听到普洛可·哈伦乐队[1]的时候，我还是认出了他们。《更浅的苍白阴影》正契合我此刻的心情。烟气仍在徘徊，但笑声却溜到别人的派对上了。

冬妮亚坐回我身边，我俩一言不发地嚼着比萨饼。我试图活跃一下气氛，于是笑着对她说：“哦，你让我成为了一个诚实的女人。”

“啊？”

“我想把爸爸的清单撕了。”

“是吗，为什么？”

“因为它不对。”我没有勇气告诉她，其实我还是得继续去做男孩的。好吧，我可能很蠢，但我至少履行了自己的诺言。正因如此，许诺从来都不是我喜欢的事情。

她用小狗一样的眼神看着我，“你不想要我的第一次了吗？”

---

1 Procol Harum，英国前卫摇滚团体，成立于20世纪60年代早期，后面提到的*A Whiter Shade of Pale*是其最著名的单曲。——译注

我抬起一边的眉毛，咬住嘴唇以免自己偷笑。“你？”

“对呀。我做了阴道手术，扩张可不是个让人愉快的事儿，我觉得做爱也不会让人愉快到哪里去吧。他们把我的阴蒂切除了，所以我那儿没感觉。我……”

“身为处子没有什么好羞愧的。”我凝视着身边旋转的水流说。

“我知道，但你还是不要告诉任何人，好吗？”

我们就这样坐着，两个人都沉默不语，温热的水流抚慰着我疲惫的心。

“杰米？”

“嗯哼？”

“看着我。”

我转过头去的时候，她吻了我，蜻蜓点水似的。“现在我至少可以跟帕克医生讲，我亲过一个男生了。”她一眨眼，又伸手去端她的酒杯了。

27

精灵公主从浴室的镜子里不悦地看着我，无声的控诉写满了她那翡翠色的眸子。我放下剪刀，用指尖碰了碰她的指尖。“我并不比你更喜欢剪头发。爸爸的清单是错误的，但那不代表我就不用在其他事情上面听爸爸妈妈的话了。”

她瞪着眼睛看我，而我只是摇了摇头。“出生证明不过是一张纸罢了，爸爸可以再把它改回去。” 这些天里我已经见过好几次“你到底是有多蠢啊”的表情。精灵公主不觉得我佯装男孩的做法会令上帝喜悦，我自己也深表怀疑。但我又能怎么办呢？我已对爸爸许下诺言。

于是小公主剪短了自己的头发——剪成短发，不是平头。我还没有足够的勇气剪得那么短呢。我把散落的头发清理好，朝镜中的女孩说了声抱歉。

走出浴室之前，她再次对我怒目圆睁。我打算去试一试泰勒的摩托车，而她觉得我一定会让自己身陷险境。我停下来想要安慰她。“没事的，伊莎贝尔，我会先在校内运动场练习，草地很柔软，好吗？我不会受伤的。”

我把泰勒的士兵名牌系在车把上，这样我会觉得他仿佛还在我身边。我推着车往学校走，摩托车让我摔倒了好几次，我终于决定在街上就开始骑。等我后来一瘸一拐地走回自己房间，我开心地笑了，骄傲于自己真的可以做成一些事情——任何事情——来证明我的确努力过。

我顺着南狄克西高速公路骑下去，一路上波澜不惊。莉萨和我在伯丁斯百货逛了很久，而骑到戴德兰也丝毫不用费脑筋。我没有继续去购物，而是骑上了北肯德尔路。我想看看泰勒的川崎摩托到底能跑多快。《男孩必修》里面也对速度有所暗示，只不过我哥哥十七岁的时候已经领到了超速罚单。

过了收费公路之后，我开足了马力，时速一度达到八十五英里[1]，然后我猛然刹车，想要转向西区的弯道。川崎Mach III不以制动性能见长，车子仍在向前狂奔，所幸这弯道够长够宽。

往北转向克罗梅大道之后，我压低身子匍匐在油箱上，换到五挡，油门大开。克罗梅是飙车一族的不二之选——道路笔直，人迹罕至。从27号公路一直到霍姆斯特德，你大可以风驰电掣，没有警车会来干涉。

速度表的指针在110到120[2]之间摇摆，风声和引擎声在我耳边呼啸。车身剧烈地挣扎，如同一匹尚未驯服的野马。蓝色闪电可能是高速路上最快的车辆，但驾驶它的人多少也有必死的决心。

在这么快的速度上，一小块碎石就能导致车毁人亡。那不正好吗？他们会为了那个死于车祸的儿子痛哭流涕，好吧，爸爸会觉得这是男子汉的死法。那他也会用哀悼斯科特的方式来哀悼我吗？警察可能不会告诉他我有乳房。我的驾照上面写着女性，但他们断不会说死去的是他们的小女儿。不会的，他们很可能会把遗体打扮成男孩的模样。我戴的是一顶很酷的头盔，却不适合在里面哭泣。哦，好极了！现在我开始流鼻涕了。

自杀不会解决任何问题。我关小了油门，让车子几乎无声地滑行了一段。反正我这辈子已经完了，作为男孩我是个彻头彻尾的失败者。

1　约合 137 公里。——译注

2　110 英里约等于 177 公里。——译注前方驶来一辆半挂式牵引车，我往右侧稍稍避让，以躲开错车时它那强劲的气流。一只巨大的虫子撞到了我的脖颈，开始四处乱窜。小公主热爱自然，但这些恼人的飞虫却能让她毛发直竖。手忙脚乱地，我企图赶走这个入侵者。虫子却爬到我的T恤里面去了，于是我使劲抖动着衣服，直到它从下摆处掉落，被风吹走。等我再抬起头来，又一辆卡车头已经迎面驶上我的车道，我满眼都是它引擎的金属网罩，连写着“皮特比尔特牌”的徽章都看得一清二楚。

上帝啊，请别让我就这么死去！

两次心跳的工夫，死亡逼近了。

精灵公主的坐骑是精灵王国里最迅捷灵巧的种马。她双脚朝马肋上一踢，高喊道：“驾！”马儿立刻昂首奋蹄，朝空中飞驰而去。来不及了——巨兽已经瞄准了他们，它的斧子劈开了骏马那银色的铠甲，马儿顿时皮开肉绽。战马在半空中打着旋儿，发出痛苦的嘶鸣，踉踉跄跄地倒了下去，撕裂的伤口鲜血淋漓。精灵公主催促马儿快快起身，它却一失足撞上一面古老的石墙，把背后的骑手凌空抛进了前方的护城河里。

坠入运河的时候，我的身体和水面呈一夹角，就像打水漂的小男孩扔出去的一片石头。我翻滚着，手臂在身体两侧不住地鞭打，如同一个软绵绵的布娃娃。当世界终于停止旋转，我面朝下趴在水里，感觉到暗绿色的液体涌进头盔。我慌忙扯掉头盔，大口喘着粗气。

我还活着。浑身颤抖着，我故意又呼吸了几次。“谢谢你，上帝！”我尖叫起来。

一只靴子不见了，我甩掉了另一只，还有夹克衫。心脏怦怦直跳，小公主爬过令人作呕的绿色软泥，那情状大概只有在地狱深处才能寻见。这里没有河岸线，只有那逐渐变厚的黏稠物。

等我终于爬上干燥的陆地，我已经精疲力竭了。跌坐在一个土堆上，我紧紧地闭上了眼睛。上帝为何饶过了我呢？我在一个自以为是的教会里长大，法利赛人也是如此吧[1]。我信仰的乃是耶稣基督，可我的生活里却没有多少关于这信仰的印证。在北卡罗来纳小住几日之后，我就再没上过教堂。离开了圣安德鲁斯岛，我甚至也再没读过《圣经》。我连上帝想让我成为哪个性别的人都举棋不定。

即使他希望我成为一个像我哥哥那样的男孩，我对如何去做也是毫无头绪。我父母想要一个男孩，可是爸爸那清单读起来却和七宗罪[2]无异。做我自己就意味着违抗父母的心愿，那我也会因此而违抗上帝吗？当我仍然戴着杰米森这副假面的时候，日子是要容易得多的，但这乔装打扮的生活亦无法为神增添荣光。

在圣安德鲁斯岛的时候，我不用多想性别的问题。照顾雷切尔占去了我大部分的精力。吉莱斯比牧师带领着他的妻子、我还有其他的姑娘们祷告和查经。他们一家人对我十分信任，从来不在性别方面给我施加压力。我还记得在圣安德鲁斯岛的最后一天，牧师用《约翰一书》来布道。“我们若认自己的罪，神是信实的，是公义的，必要赦免我们的罪，洗净我们一切的不义……”[3]

我企图抹掉手上的烂泥，却只让这污秽沾染了更多的地方。

“若有人犯罪，在父那里我们有一位中保，就是那义者耶稣基督。

---

1 一个犹太宗派，以严守犹太律法、自诩公正善良为特点。基督曾说：“你们这假冒为善的文士和法利赛人有祸了。因为你们好像粉饰的坟墓，外面好看，里面却装满了死人的骨头和一切的污秽。你们也是如此，在人前、外面显出公义来，里面却装满了假善和不法的事。”（《马太福音》23:27~28，《圣经》中文和合本）。——译注

2 天主教对人类恶行的分类，包括傲慢、嫉妒、愤怒、懒惰、贪婪、暴食及色欲。——译注

3 《约翰一书》1:9，《圣经》中文和合本。——译注

他为我们的罪作了挽回祭……”[1]

“上帝啊，感谢你的仁慈。性别已经变成我拜物的偶像，成为一个男孩或者成为一个女孩的渴望让我殚精竭虑、赴汤蹈火。这迷狂刚才差点就取走了我的性命。求你原谅我，求你把我从这镣铐中解救出来吧。求你告诉我，我该成为什么人、为此我要怎么做。”

我一瘸一拐地走回路边，坐在护栏上。运河向远方延伸着，我却分辨不出刚才我是从哪里坠入了河中。泰勒的士兵名牌也找不到了，现在我丢失了他所有的遗物。突然间，我想起他可能是希望我去圣安德鲁斯岛的。“上帝啊，我会先回家，看看爸爸是否同意我回到圣安德鲁斯岛去。我想在那儿待一阵子，照顾雷切尔，暂时忘却性别的烦恼。谢谢你对我的宽恕。”

“要搭车吗，小姐？”

我抬头一看，是一辆老式雪佛莱皮卡。“够了。”精灵公主用苏格兰盖尔语低声道。就算剪了短发，全身上下都是污泥，这位老农还是看出我是个女生。好吧，湿透的衣服确实也遮不住我身体的曲线。“好的，先生。”

“那你坐后面吧，我把你放到西南第八街的加油站，那儿有个付费电话。”

落日西沉，迸溅出紫色和红色的光束。东边，初升的夜星伴着高高的卷云若隐若现。这凄惨的一日竟有如此绮丽的终结。我爬进货箱，依偎在一条老旧备胎旁边。没有什么比擦肩而过的死神更能让人凝视生命的了。“我努力过了，上帝，但我当不了男孩，我根本就不是个男孩。”

---

1 《约翰一书》2:1~2，《圣经》中文和合本。——译注

在加油站，我靠在洗手间旁边的墙上，拨打了表姐的号码。

“嗨，凯拉。你可以来接我吗？”

“出什么事儿啦？你还好吗？”

一条半干的绿色淤泥挂在我的手臂上。我湿透的T恤和牛仔裤也被淤泥弄得乌七八糟。我身上的恶臭会让粪坑也相形见绌。“你带一块塑料防水布来给我裹身子，好吗？”

“你说什么？”

“我骑摩托去游泳了。”

“摩托——你怎么会去骑摩托呀——你在哪儿？”

“一个加油站——克罗梅附近第八街上的太阳石油加油站。”

“我半小时以内就到。”

我站在那儿，想擦掉身上这黏糊糊的东西。它们闻起来有一股腐败的味道，而且碰到什么就粘住什么。“上帝啊，抱歉我把生命都浪费在做梦和伪装上面了。我想顺从我的父母，用的方法却错了。”

我坐下来等着凯拉。衣服开始变干了，全身上下阵阵搔痒。我还能重新干净起来吗？

看到我，表姐直摇头，眼中满是压抑的怒火。“你的摩托车呢？”

“大部分都掉到运河里面去了。我们不用找了。”我爬进她的汽车，瘫倒在后座上。回去她家的路上，我们两人都一言不发。等到家了，凯拉给了我水桶、海绵和肥皂。她打开花园里的水龙头，然后走进屋里，重重地关上了门。等我洗好了，她递给我一条毛巾，又让我把衣服全都扔进了垃圾桶。

我披上凯拉扔给我的浴袍，坐在厨房的餐桌边上，惴惴不安地等她开口，祈祷着她眼中的怒火只是我一时的误读。

凯拉从来都是我坚强的后盾。她坚持把我看作一个女孩，不惜违抗爸爸妈妈而和我站在一起，就算伊丽莎白姨妈坚决反对她也毫不动摇。她甚至还想办法帮我修改了出生证明。

我瞥向凯拉的时候，她那棕色的眼睛烧得通红。“你到底是要怎么作践你自己呀？”她听起来就像一位律师不想再为她的委托人辩护了。

“女士？”我眨了眨眼，悄然而至的恐惧让我的胃缩紧了。

“你难道没告诉你爸爸，你在法律上已经有女性的身份了吗？”棕色的眼睛抓住我，逼我作答。

爸爸那悲伤的眼神能够让小公主流血至死。“我吓坏了，好吗？爸爸要我当男孩。他随时都可以找人把那张出生证明改回来。”

“他不能，杰米。证件必须与事实相符。你难道是个男孩吗？”

《男孩必修》上面，所有我完成的任务，我都是作为一个女孩去完成的。“不，不是。”我小声说，耷拉着肩膀。小公主坐在椅子上，像一个泄了气的皮球。要是她足够微小的话，就不会再有人注意到她了吧？“我想回家，我要告诉爸爸我就是个女孩。”

凯拉把她的小公主搂进怀里，温柔地说：“那之后呢？”

要是能够如愿，我的去处显而易见。“我会回去照顾雷切尔。”

“那么做会比你现在的行为更荣耀神吗？”

“会的。”

“那你要不要圣诞节就回家呢？化上妆，穿上你最漂亮的裙子，让你爸爸看看你有多美……”她揉了揉我的头发，“哪怕你现在头发这么短。告诉他们你是个女孩，你要回圣安德鲁斯岛去。这次可别再退缩了，好吗？”

“好。”

“还有，要祷告上帝，要相信他会成全一切。好吗？”

“好。”

“这就对啦。”

28

小公主拉起她那件绿色外套的兜帽，迎风挺起胸膛。北卡罗来纳的冬天虽然不像更北边的伊利诺伊那样冰冷刺骨，但在迈阿密住过一年之后，我的抗寒能力已经大不如前。我打量着这座缀满圣诞灯饰的房子，想象着爸爸正在门厅里等候。那么多年以来我都对他心怀畏惧，或者说我害怕让他伤心。过去这几个月里，我一直隐忍着自己的怒火。爸爸的不悦仍会让我感到痛楚，但已经不似从前那般强烈了。有时，我甚至疯狂地期待着，即使我拒绝再用《男孩必修》来使自己受辱，他也能够为他的小公主感到骄傲。

借着下午稀薄的日光，我打开《圣经》来读，设法不让风吹乱书页。那关于基因、性腺、生殖器和性别的种种算计，归根结底都是一件事——如何面对我的命运。人生的要务是荣耀上帝并永远与他同在，可我的生活却被性别问题榨干了。我渴望上帝能让我行尸走肉的生命有所成就。

“上帝啊，请让爸爸看到我就是一个女孩吧。请让他明白，要是他允许我做他的女儿，我的生活必将判若云泥。请让他支持我，这样我就能去和吉莱斯比夫妇同住了。”小公主擦了擦眼睛。她可不想走进去的时候睫毛膏都糊掉了呢。擦好之后，我踏上了门前的车道。“请给我坚持自己的勇气吧。请赐予我平静，上帝，谢谢你让我成为神的孩子。”

我正往前走着，车库的一扇门打开了。不一会儿，家里的那辆云雀牌汽车倒了出来，驶进了掉头区。爸爸下了车，开始回头往屋里走，车没熄火。听到我踏在砾石上的声音，他朝我这边转过头来。“你应该待在里面的，宝贝儿。”他说道。

他那温柔的口吻让我愣住了，我这才意识到他把我当成了我妹妹。就算在这擦黑的天色里，他也应该能注意到我的身高吧。艾丽西亚可没这么矮呀。“我是杰米，爸爸。”

“杰米森？”我站定了，爸爸审视着我，“你就不害臊吗？”他的表情和声音里充满了憎恶。

害臊？我？那你那张清单呢？我紧紧咬住嘴唇，数着心跳，尽量压制着怒火。“不，爸爸，我已经放弃你那个清单了。”

爸爸发出一声刺耳的冷笑，“好呀。我就知道你有多勤奋。穿得跟个婊子似的。这是清单上的第七项任务，对吧？”

敬虔加上知足的心便是大利了[1]。平静和温暖充满了我。对于爸爸，我还是怕他三分的，但那剑拔弩张的时刻已经过去了。我用一种更加柔和的声音说：“这个清单要我做的事情已经超出了正当的范围。你会要求艾丽西亚去跟别人上床吗？”

“她又不是男孩。”

爸爸自称是基督徒，但就算不是信徒，一个怂恿儿子花天酒地而要求女儿守身如玉的人也是很虚伪的吧。“我也不是男孩！”我并没有大喊大叫，但要是听到我这语气，妈妈是很可能给我一巴掌的。

爸爸瞪着我，眼里燃烧着怒火。“我就不该让你手术也没做，激素也没打，就去上大学。”

手术？你不会是认真的吧？“爸爸，我——”

“别说了，杰米森。现在开始你哪儿也不能去。让你妈妈把你的头

1 《提摩太前书》6:6，《圣经》中文和合本。——译注

发剃了，再给你找一身儿像样的衣服。你要一直待在家里，直到我们把这事儿办妥。我会给你另外找一个医生。”他点了点头，好像一切都已经板上钉钉似的。“我们会让你改邪归正的。”

“不，爸爸，我是个女孩。你那些笨蛋医生我一个也不会去看。”

爸爸并没有大发雷霆，只是脸绷得紧紧的。“照我说的做，现在就进屋。”他的声音很平缓，眼睛却像着了火似的。

上帝，请赐予我勇气吧。我深深吸了一口气，又徐徐吐出来。“不，先生。”

他一边用他那怒不可遏的蓝眼睛看着我，一边解开了他的皮带。他从前打过我哥哥一次，原因我忘了，之后斯科特就跑去参了军。他再也没回来。

悲哀的翡翠色眸子挑战着爸爸的蓝眼睛，这个手持皮带的陌生人是如此让我怜悯。我的爸爸绝对不会因为我是个女孩而惩罚我。我竭尽全力直视着他，直到泪水抵达了，我只得紧紧闭上眼睛，两股战战地等待着。

起风了，树枝嘎嘎响，我也透心凉。傍晚的天气寒意逼人，但这阵风仿佛带走了我所有的忧虑和惊恐。这痛苦我不一定能欣然面对，但我一定会勉力承受。

上帝，请让我们和解吧，就在此刻。

传来爸爸咬牙切齿的声音，“给我进屋去，免得你又得肺炎。”

我睁开眼睛的时候，正好瞧见爸爸把皮带扣了回去。他瞥了一眼这愈发昏暗的天色。“要是明早你还没有改变主意，那你就好自为之吧。”他回到车里，开走了。

直到他的车驶出视线之外，我才把提袋背在肩上，走到大门跟前。妹妹来替我开了门。艾丽西亚不愧是艾丽西亚。“哇！看得出你肯定花了很多心思在这身儿行头上呀。你有没有试过去选佛罗里达小姐呢？”

我笑着紧紧地拥抱了她。“战争结束了，艾丽，不再有什么愚蠢的清单了。”我走进屋里，从落地窗里往外看去，“爸爸刚走。你知道他多久会回来吗？”

“不知道。”妹妹噘起嘴唇，“出了什么紧急情况，妈妈说他们要他马上就去现场。”

“你笑起来的时候真漂亮。”妈妈说着走进了客厅。

“我还得做功课，待会儿再跟你聊。”艾丽西亚说着又给了我一个拥抱，便朝她的房间走去了。

我脱下外套把它挂在衣橱里。我不想让愤怒完全掌控了我的情绪。“我跟爸爸谈过清单的事情了。我已经做了自己该做的。”

妈妈笑了，倒是有几分轻快。“我看得出来，有你完成了的任务吗？”

“比我该完成的还多呢。”我弹了个响指，“我是个女孩，妈妈。”愤怒无济于事，但人总是很难放手。

我以为我们会争执起来，但妈妈却只回了句：“我知道，亲爱的。”

“你清楚爸爸要去多久吗？”

“很显然是出了一点乱子，不过现在还没报道出来。他觉得可能得要一两个月吧。”妈妈拥抱了我，往后退了一步，皱起了眉头。“你不觉得这裙子有点儿——你的腿怎么了？”

穿着短裙，我腿上那些撞车时造成的淤青也就一览无余了。“我没事，妈妈。”我坐在沙发上，身边放了个垫子，又用双手盖住大腿，企图遮挡最严重的那部分青紫。

离家太久了，我都忘记了妈妈喜欢有话直说。她脸上的疑云变得浓重起来。“杰米？”妈妈也不喜欢重复她的问题，所以我最好第一次就给她想要的答案。

“抱歉妈妈，大概一个星期以前，我骑摩托车摔倒了。”

妈妈闭上了眼睛，她的表情凝重得无以复加。“你男朋友受伤了吗？”

“没有，肖恩他——没有，妈妈。肖恩在苏格兰呢，他回去上学了。”

“你自己买了辆摩托车？”妈妈的口气明显加重了。这可不是个好兆头。

“泰勒把他的车留给我了。”我盯着自己的膝盖小声说。

“就是你跟我讲的那个什么神风特攻队五百型？”[1]妈妈的声音蹿上了头顶，“把你的裙子撩起来，躺下！”

“妈妈，我——”

“听话！”

我掀起裙子，躺在沙发上。我的身体左侧，从膝盖到腋窝，青紫的肿块绵延不绝。妈妈看了直摇头，并开始按压我的腹部和肋骨。我疼得倒抽了一口冷气。“医生怎么说？有肋骨骨折吗？”

“我，呃……没去看医生。”

妈妈的绿色眼睛死死盯住我，怒火中烧。她现在的表情和她把我流放到圣安德鲁斯岛的时候如出一辙。“把摩托车卖了。”她咬牙切齿地说，“你那些胆大包天的日子到此结束。你听明白了吗？”

我已经没办法再卖掉这川崎摩托了，但对于妈妈来说，可以接受的回答只有一个。“遵命，夫人。”

妈妈看着我，脸上的阴云渐渐消散了。她摇摇头，看了一眼厨房问道：“你吃东西了吗？”

“没呢，好饿。”

吃了一点三明治配汤之后，我告诉妈妈，想跟她说些悄悄话。“我有一些东西想请你替我保管一下。”我跟着她走进了主卧，关上了房门。从提袋里我拿出了阴道扩张器。“这个是扩张器。”

“我还不知道吗。”

有点意外地，我顿了顿，琢磨着妈妈的表情。“对不起妈妈，我不

1　Kamikaze，此处应是母亲混淆了“川崎”（Kawasaki）的日文发音。——译注

想听起来这么唐突，我只是想告诉你，我已经做完扩张了。”我打开盒子取出最大号的那一个，把这塑料棒拿到她面前。“这一个目前进行到这个深度了。”我用另一只手比划给她看，“这个应该够做爱用了吧，你觉得呢？”我把扩张器放回去，盖上盖子，把盒子递给了她。从提袋里我又拿出一个牛皮纸信封，里面有卡梅隆医生的证词和我出生证明的几份副本。

妈妈把盒子放到梳妆台上，在床上坐下来，双臂交叉在胸前。“我们真不应该让你去离家那么远的地方上大学，这样对你不好。”

我只想大声疾呼，我的拳头握紧了又松开，松开了又握紧，我的整个身体都在发抖。“你们这些人到底是怎么了？”我愤愤不平地说。好吧，这话对母亲是有点失敬了，我的理智重新回到了岗位上。“对不起，妈妈，可我是个女孩呀，好吗？”

妈妈站了起来，眯缝着眼睛看我。这下我可能要吃巴掌或者挨鞭子了，没准儿双管齐下。她的下嘴唇颤抖着，但怒火并未蔓延。她碰了碰我手里的信封问道：“怎么样才能修改出生证明呢？”

我盯着信封，纳闷她怎么会知道里面装的是什么。难道是凯拉告诉她了吗？“我不知道。”

妈妈笑了，“一个医生和一个家长。卡梅隆医生只要求你是真心想做女孩就行，而他也检查过你身体的状况了。”她挠了挠我的头发，向梳妆台走去。

“是你签的字？”我一下子提高了音调。是啊，这可太出乎我的意料了。

妈妈摊开双手摇了摇头，“哦，不，可不是我。我要是做这种蠢事的话，你爸爸该跟我离婚了。我跟这事儿没关系。或许给你表姐代理权倒是一时的疏忽吧，至于这权利她会怎么用，谁又能未卜先知呢？”

小公主曾经和妈妈一起做逻辑练习。家庭课堂可不仅仅只是看书啊。有时候妈妈给我读故事，要我猜出下面的情节，或者推断谁做了什么。

所以当然啦，凯拉一定会利用她的代理权帮我修改出生证明，只要她知道可以这么做。一定是有人给她指了路。“你已经估计到我会得尿路感染，伊丽莎白姨妈就会让我去看医生，而医生会告诉她该怎么办。”

要是我自己没有死心塌地想做女孩的话，有了医生和代理权也是无济于事的。莎朗把我跟泰勒的合影寄给妈妈之后，妈妈就把我送去了圣安德鲁斯岛。做完阑尾手术，妈妈把我安顿在莎朗家里，而莎朗又鼓励我当一个女孩。难道莎朗一直以来都是妈妈安插的眼线？“莎朗？”

妈妈在床上挪动了一下身子，而我仍然不知道该说什么才好。“我知道你们学校的其他女生都喜欢化浓妆穿短裙什么的，但我希望自己的女儿们更重视淑女气质，而不要盲从时尚。你妹妹在学你的样子呢，所以你要是穿迷你裙的话，她就会问我怎么不许她也穿。”

这裙子不是我穿过的当中最短的，但它也短过膝盖一大截了。在这么寒冷的地方，我觉得自己应该不会再穿那么短的裙子了吧。我的心情放松下来，我大概猜到妈妈谈话的方向了。

妈妈用双手握住我的一只手，“我十七岁的女儿刚刚告诉我说，她已经准备好要和一个男人有肌肤之亲了。她没有作为一个小姑娘的经验。她对男生一厢情愿。她都还来不及练习关于衣着和妆容的品位，更不用说约会了。那么一个做母亲的该有什么感觉呢？我真是担心死你了。”

妈妈说得轻言细语，甚至有点和颜悦色的味道。我的戒备放下了，她的话语字字入心。我拥抱了妈妈，接着脱口而出，“我打算下学期去圣安德鲁斯岛，和吉莱斯比夫妇住在一起，帮他们照顾雷切尔。”

“吉莱斯比牧师和他太太？”

“没错。”

“跟他们住？”

“是的，夫人。”

“那学校呢？”

“我想休学一阵子。”

“亲爱的，你不能——”妈妈顿了顿，看着我的脸，接着却改变了主意。“好吧，当他觉得你准备好了的时候，上帝会给你一条回去的路的。”她咬了咬嘴唇，上下打量着我问：“你会把这身儿衣服扔了吧？”

大家都说我穿这条裙子很漂亮。我是多么依依不舍啊。“会的，夫人。”

“还有化妆呢？”

这就有点为难了呀。“有这么糟吗？”我已经是在不遗余力地改进自己的化妆技巧了。

“你的妆画得很好看，只是与我的女儿不相宜。”

多多少少的，我应该已经意识到了，妈妈正在用对待艾丽西亚的方式对待我。这难道不是我梦寐以求的吗？我在妹妹的浴室里把脸洗干净了。“欢迎来到我的世界呀！”艾丽西亚俏皮地说，对我露出狡黠的笑容。等我换上自己的喇叭裤，她摇了摇头，“别穿牛仔裤。”

我耸了耸肩，笑着回答她：“可不能什么事儿都怪我。”

我换好衣服去让妈妈看。她犹豫了一下问道：“你就没带别的裙子回来了吗？”

“没有，夫人。”

“叫上你妹妹，我们去给你买一条，就算你的礼物。”

“要是你也给她买一条喇叭裤的话，她就也有圣诞礼物了呀。”

妈妈噘起嘴，我仿佛能看见她的思绪在飞速运转，“好吧，叫上她，我们走。”

精灵公主翩翩然地穿过客厅来到艾丽西亚的房间，把这个喜人的消息报告给她。去赛拉斯溪的里奇商店的一路上，我们俩都眉开眼笑的。妈妈把我们留在试衣间里，自己回到了选购区。等妈妈一走远，艾丽西亚就拥抱了我，“难以置信你说服她给我买喇叭裤啦！真是太棒了！”

外面冬夜凄凄，我内心却温暖如炬。现在，妈妈有两个女儿了。大女儿需要为小女儿当个好榜样。“能享受的时候就好好享受吧。妈妈想让我俩成熟起来，今后尽量别穿裤装了，尤其是牛仔裤。”

艾丽西亚不屑地哼哼了一声，“哪有可能呀。”

“下学期我会去圣安德鲁斯岛，吉莱斯比夫妇不让女孩们穿裤装，所以我会把我的长裤都留在家里。”

艾丽西亚又出鬼点子，“要不，你告诉他们你是个男孩？”

小公主朝艾丽西亚吐了吐舌头，这时候妈妈回来了。她笑着递给我一条薄裙，“先试试这件。”

我脱下喇叭裤和格子衬衫，穿上薄裙，走到试衣间外面。

妈妈盯着我看，眼睛眯缝起来，“你的胸罩呢？”

七个月以来的激素治疗已经让我的胸部初具规模了，当然没到波涛汹涌的地步，但无疑能看出少女的婀娜来了，“我还没有胸罩呢。我在想等到——”

“我十七岁的女儿怎么能不穿胸罩就到处跑呢。”妈妈一跺脚，走出了试衣区。

我目瞪口呆地站在那儿，艾丽西亚却在一旁窃笑起来。

过了几分钟，妈妈回来了，她领来的售货小姐拿着软尺径直走向了小公主。“你的第一副胸罩呢！一定很激动吧？你多大了，亲爱的？”我一时语塞，呆站在原地。

“她十二岁啦。”艾丽西亚高声喊道，真是忠实的好帮手啊。

“十二岁。太好啦！你差不多已经有B罩杯了。”她转向妈妈道，“我们有一些挺漂亮的带衬垫的胸罩，应该适合她。您稍等，我这就去拿。”

妈妈给我示范了如何不用拧断胳膊就把胸罩戴好。我站在镜子跟前，静静端详。《五号屠场》[1]，一瞬间就回到十二岁，人生已不再是一

---

1 小说《五号屠场》（*Slaughterhouse Five*）的主人公不是按照时间先后顺序来生活的。——原注

部编年史。这是迟到了五年之久的成年礼。一滴孤独的泪珠顺着脸颊滑下来，坠落在我胸前。买胸罩为何也能成为如此令人伤感的事情呢？

艾丽西亚朝我咧嘴一笑，妈妈递给我裙子的时候神色却有点戚然，“先试试这条吧。我觉得你会喜欢这个样式的。”

一分钟之后，我打量着镜中的自己。裙子正面，一排纽扣从小圆领一直延伸到腰部，两侧打着和纽扣平行的粉红色褶子。裙子背后是一条拉链，还有系成蝴蝶结的布腰带。裙摆则盖过了膝盖下面好几英寸的地方。妈妈这是在向我道歉吗？让我从那戛然而止的童年重新开始？至少这裙子不像我小时候穿过的那样还有一层让人直痒痒的衬裙了。“这条挺好的，妈妈。我们去帮艾丽西亚挑喇叭裤吧。”

艾丽西亚带我们来到一条她显然垂涎已久的灯芯绒牛仔裤跟前。她试着把裤子穿上，妈妈皱起了眉头，但没说什么。我拥抱了我那心花怒放的妹妹。“太适合你啦！”

我琢磨着妈妈的表情，心想她还能沉默多久呢。果然时间不长，妈妈的嘴角浮现出微笑来，“你穿这个挺好看的。”

艾丽西亚喜出望外，她朝我会心一笑，接着拥抱了妈妈。我闭上双眼，对上帝的仁慈充满了感激。

一回到家，艾丽西亚就穿着她的新裤子奔向了卧室，还真是少见她这么激动啊。我瞥了妈妈一眼，便跟着妹妹也进了房间。最好在我后悔放弃它们之前，脱掉我的长裤吧。

五分钟之后，我换好了裙子来到厨房，发现妈妈正忙着。“我可以帮你吗？”

“你真的下决心不要再试试你爸爸的清单了吗？”

“是的，夫人。爸爸说直到明天早上我都可以改变主意，但我不会动摇了。我吃过早饭就走。我爱你们俩，但我做不了你们的儿子。”

“那你了解上帝对一个信主的女人有哪些要求吗？”

“呃，不是很清楚。”

妈妈浅浅的笑容让我的心温暖起来。“那我给你一份经文的清单吧。”

“谢谢，妈妈。”我盯着双手，默不做声，这时候妈妈脸上显出抱歉来。我一旦有心事，总难逃过妈妈的眼睛。

她紧紧地抱住了我。“原谅莎朗，还有我。我们骗了你。但我只想给我的小公主最好的东西。”她微笑着抚摸我的脸。“要是你告诉你爸爸的话，这个家就四分五裂了。给他一些时间，让他习惯把你当成女儿来看待。这期间，也给你自己一些时间，去发现上帝要你成为一个什么样的人。”

“你为什么不让我在九岁的时候就直接当一个女孩呢？”

有一阵子，我以为妈妈是不会作答的。她望向远处，眼中闪着泪光。“那个时候家庭课堂是不合法的，我们因为没送你去上学而被起诉了，所以我们想让帕克医生帮你修改出生证明。”我听得目瞪口呆，妈妈继续道，“对，就是他。但他不肯，除非你先接受手术。我们不想把你作为男孩送去公立学校，于是找到了斯普林菲尔德附近的一个地方，那里允许我们在监督之下继续在家给你上课。我们也一直没有放弃寻找医生，好帮你把身份改成女性。”痛苦在她脸上蔓延，她把头转开了。“等我找到卡梅隆医生的时候，你的表现却已经让你爸爸相信，你是愿意当个男孩的。”

我把妈妈搂在怀里，让她可以靠在我的肩头哭泣。“我现在一切都好了，妈妈，我发誓。”

29

看着海浪起起落落，精灵公主兴奋地等待着飞机升空。因有迈阿密港区的碎浪相阻，水上飞机滑行了好长一段距离才终于起飞。我倚靠在座椅上，闭上了眼睛。雨点击打着我身边的舷窗，单调的引擎轰鸣里增添了一些跳跃的节奏。

就像一个被领养的孩子，我把未来彻底寄托在了我的新家上，过去的所有的事、所有的人都被我抛诸脑后。甚至索菲也不例外，她被我留在了莉萨家客卧的梳妆台上。只有小女孩才会对布娃娃念念不忘，而在圣安德鲁斯岛等待我的，将是成长与成熟的时光。

就连凯拉也不完全理解小公主的所求，或许我自己也并不全懂吧。我瞥了一眼窗外昏暗的云层，注意到小公主正在朝我微笑。我碰了碰她的指尖。“上帝会让一切都好起来的，等着瞧吧。”

引擎的轰鸣减弱了，飞机侧身转弯，阳光穿透了阴霾。层层云朵之间，一座小岛若隐若现，那是新的生活在向我招手。

街道比我上次造访的时候更加繁忙了，迷你巴士在人头攒动之间缓缓爬行。走路都能比这更快吧。不过没关系，我并不焦急。

小贩和孩童争相向乘客们兜售货物。当巴士在路上蹒跚，他们也在车旁亦步亦趋。我终于对一个向我叫卖冰镇苏打水的小男孩屈服了。虽然他的要价是正常的三倍，我仍然笑着接过了他为我拿来并打开的瓶子。又走了两个街区，他也笑着从我手里取回了喝完后的空瓶。

拐上费尔法克斯大道之后，交通突然变得通畅了。小贩、嘈杂、尘土和汽油混合的味道，统统被甩在了身后。很快，我就在苏格兰老教堂门前下了车。我穿过教堂的院子，在老喷泉那儿洗了洗手，又用泉水沾湿了双颊。几个赤脚的孩子在一旁玩耍，欢笑声不绝于耳。古树上有鸟儿呼朋唤友，和煦的清风在老橡树的枝头低吟浅唱。

“杰米？”我循声望去，只见吉莱斯比牧师正匆匆朝我走来，笑容灿烂得像个孩子。“欢迎回来！航班还顺利吗？”他走到我跟前，拥抱了我。

“谢谢你，先生。路上很好。”幸福降临，我顿时被喜悦盈满。我此刻的心情有多少是源于我对《宝琳娜》和《棚车少年》[1]等书籍的钟爱呢？我在自己的家人身边不应该心情欢畅吗？

吉莱斯比牧师帮我拿起提袋，又领我从马丁道走向牧师的住宅。吉莱斯比太太在门前朝我们招手致意，“欢迎回来，杰米！我们正要喝茶呢，你也一起来吧？”

“谢谢你，夫人，有茶喝真是太好啦。”我答道，满脑子都是吉莱斯比太太那令人垂涎的司康饼。

进门没几步，我们遇到希瑟从一间卧室里出来。她摇摇晃晃地走上过道，一只手摸着肚子。“杰米！真高兴你来啦！”

我小心地拥抱了她。“快生了吧？我也很开心回来。”

“还有三周才到预产期。”她用一只手撑着腰，“等不及啦，我的腰都快断了。”她说着瞥了吉莱斯比太太一眼。

夫人点点头说：“杰米，希瑟想让你这就接手照顾雷切尔，小家伙在你手里可是最听话不过了。”

---

1 *The Boxcar Children.*——译注

小小的雷切尔，这个如此特别的孩子。要是身怀六甲外加腰疼，还得照顾这个刚会走路的小淘气，那可真够折磨人的。“我随时都可以接手呀。”我露出愉快的笑容，思忖着七个月和她朝夕相处将会如何改写我的生活。我当然是喜欢这孩子的，但雷切尔对于每时每刻都和我相伴却有一种固执的坚持，哪怕片刻的分离也会让她恸哭不止。若这只是长日当中短暂的插曲，那照看这没娘的宝贝无疑是令人惬意的。但要是这意味着日复一日、不离不弃，那我是否真能胜任呢？好吧，我说过自己想要当一个妈妈的，不是吗？这正好是我了解母职的机会。

吉莱斯比太太指了指客厅说：“等她小睡醒了，你就可以去抱她啦。现在先让我们安心喝会儿茶吧。”

牧师带我来到一个有两张单人床和一个婴儿床的房间。“这里就是你的新家了。”他说着把我的提袋放在其中一张床上，“我们来吃点司康饼吧。”

我打量着眼前的房间。安沃斯家的两个女孩去年夏天就住在这里，不过听凯拉说，她们后来由亲戚接走了。我抚摸着棉布的床单。陈设是朴素的，床铺也并不宽大，但我就要在这里安家了。上帝啊，谢谢你这恰如其分的馈赠。我一边答应着吉莱斯比牧师，一边跟着他往客厅走去。

30

换尿布并非我最爱的事情之一。我把雷切尔擦干净，又给她撒了一点爽身粉，最后把一块新的尿布用别针别好。至少，雷切尔还晓得，在我帮她换尿布的时候，要乖乖躺着别动。换了别的孩子，我总是担心尿布的别针会戳到他们。我亲了亲雷切尔的额头，抱她站起来。“我们来穿衣服吧，好不好，小南瓜？”雷切尔抓起她的套头衫，把头钻进去，两只胳膊却找不到衣袖，我于是上前帮了她一把。“好姑娘！想要读书吗？”

“金发，妈咪！”雷切尔跑向书架，取下了《金发姑娘与三只熊》[1]。

我勉强维持着笑容，内心却暗暗叫苦。雷切尔坚持把我唤作妈咪，这让我隐隐不安。这一个月来，我都在纠正她的说法。“不是妈咪，是杰米，好吗，小南瓜？”

“妈咪！”

雷切尔对书本的兴趣令人欣喜。只不过，这本《金发姑娘》我们都读过上百遍了，是时候为她找些别的书了。我在摇椅上坐下，把小家伙抱起来放在大腿上。

---

1 *Goldilocks and the Three Bears.*——译注

我没有生病，但吉莱斯比夫妇坚持让姑娘们每年都做一次体检。卡梅隆医生给我检查完，重新给我开了一张激素处方，还说我应该做一个子宫切除手术。“这个手术你去年夏天就该做了。”

“但是为什么呀？” 一直以来，拥有子宫都被我视为自己性别的证据。

“很抱歉，小姑娘，我也希望你是能够生孩子的，可你到底是不能。服用雌激素可能会导致子宫癌，孕激素也会带来其他的麻烦。与其夜长梦多，我觉得还是现在就摘除子宫比较明智。”

卡梅隆医生对我一向都是开门见山的，虽说心里不情愿，但我还是决定谨遵医嘱。“好吧。”

“那我就让斯凯护士给艾比盖尔打电话，安排手术的时间。这就可以啦——除非你还有什么疑问。”

“你认识我妈妈？”我努力在他的眼神里寻找答案，却只见快乐注满了他的双眸。

“这是一个疑问吗？”卡梅隆医生那粲然一笑让我想起了泰勒，“没错，去年夏天我一直在向她通报你的情况。”

“我那时候不是作为一个女孩生活的，你知道，至少直到妈妈把我送来这里的时候都不是。但你还是帮我修改了出生证明。”

“那是你表姐帮你改的。”他的笑容收敛了一点，但那对眸子仍然闪着光。

“可你怎么看得出来我是真心想当女孩的？”

“因为你迫不及待地想要开始激素治疗啊，就连副作用也没有让你抱怨。”

“所以你就更进一步，帮我做了整形手术？”

“这是最不具有侵入性的手术。”他关切地看了看我，继续道，“有一些事情你应该了解——出生时像你这种情况的孩子大多数是想当男孩的，所以医生们就帮他们移除阴道和子宫，再做尿道下裂修补术，把尿道口提升到后来成为阴茎的组织的顶端。而我们帮你做的手术都是可逆的，外科医生今后仍然有办法把你变成一个男孩。”

一阵没来由的恐惧朝我袭来，我不由自主地往后退了一步，努力再三才站稳脚跟。

卡梅隆医生接着说：“你现在的反应正好说明了我为你签字的原因。重点不是你有没有阴道，而是你想不想拥有。我和你妈妈当时的想法都是，看看你对女孩的生活能不能适应，同时也要为你留条退路。”他说着伸出一只手，“瞧你现在已经出落成一个亭亭玉立的姑娘了。你妈妈当时就没怀疑过，我现在也不担心啦。”

好几个月以来，尼奎斯特牧师的话都在啮咬着我的心。我不想成为一个坏人，我只是不懂该怎么去当一个男孩。吉莱斯比牧师则从来都是和颜悦色的，哪怕批评我的时候也不例外。要是他知道我的情况，他还会对我这么和气吗？

我渴望能够找到一个愿意对我伸出援手的教会。就算我的性别不是一种罪过，好多别的事情也已让我心乱如麻。要是我不能把自己是谁如实道来，那么成为苏格兰老教堂的一员又意义何在呢？我需要一个能够倾诉的人。

怀着忐忑不安的心，我在书房门口踟蹰良久。他会作何反应呢？

“吉莱斯比牧师？”

牧师从书本上抬起头来，对我微微一笑，“你好，杰米，我能为你做点什么？”

“你在忙吗？”

“我永远有时间给我的姑娘们。有心事啦？”

吸进去，吐出来，我故作从容地调整着自己的呼吸。“上帝是怎么看待那些小仙子的呢——你知道，就是那些生出来就算不上男也算不上女的人？”

牧师取下老花镜放在书桌上。“间性人的例子不多见呐，我倒是听说过几个。你知道有谁是吗？”

我的腿抽搐了一下。盯着自己的双手，我答道：“我就是。”

牧师的眼中掠过一丝难以置信的神色，“你就是？谁告诉你的？”

“卡梅隆医生说的。”

牧师若有所思地点点头，看着我说：“《圣经》里面没有多少关于间性人的记载。上帝创世，造男造女，并称所造甚好。但是罪让一切都腐败了，甚至是身体的发育。”他把椅子转向我，“因为人类堕落了，才会有人天生就有间性的身体。卡梅隆医生说你出生的时候就是这种情况，对不对？”

我松了一口气，看起来牧师并不讨厌我。“是的，先生。”

“哦，很久以前全体大会还审议过这件事呢。”他想了想，看着我继续道，“基于约翰·霍普金斯大学一个学者的指导，美国人同意让医生们决定这些孩子的性别。”牧师耸了耸肩，手里的铅笔在桌上轻敲着，“在大量的研读、祷告和深思熟虑之后，大会最终建议间性孩子们思考，如何用神所赋予的身体尽可能地去荣耀神。”

希望在我心中升起。“那我可以领养孩子吗？”

牧师爽快地答道：“这是很有可能的喔，说不定你还能找到一个爱你、又不在乎你是不是间性人的男生。”

“我也可以结婚？”

吉莱斯比牧师欣然应允，“只要在你们订婚之前，你如实相告就行。”

我可以结婚！希望如同玫瑰的蓓蕾，在我心中含苞欲放。

我和凯拉一起坐在教堂的后排长椅上，我抬头看了看她，我的生活经历了多大的变化啊。雷切尔，我自己的小公主，坐在我的大腿上，玩着我的手镯。

吉莱斯比牧师告诉我说，我的入会誓言将被安排在仪式的开头进行。临近我该要上台的时间了，凯拉碰了碰我的胳膊，朝我使了个眼色。我微笑着回应她，让雷切尔在她身边的长椅上坐好。我才刚向过道迈出一步，小家伙就拼命哭喊起来，我只得走回去抱起了她。我走到前面，怀里抱着雷切尔，站在一众教友跟前，面对着吉莱斯比牧师，等他宣读誓言。

“你是否承认自己是有罪之人，需要基督的救赎？你是否相信耶稣基督，是否唯独接纳他并仰赖他，就如《福音书》所言那般？”

“是的。”

“你是否已经依照圣言而受洗？”

“是的。”

“你是否以上帝之名发誓，在对圣灵恩典的谦卑仰赖之中，以基督追随者的方式去生活？”

“是的。”

“你是否以上帝之名发誓，支持本教会牧师的敬拜和事工，顺从本教会的治理和训诫，并追求教会的纯洁与和睦？”

“是的。”我走回自己的座位上，微笑一路伴着我。

夜里起了风暴。我醒过来，倒不是被窗外的风声惊醒，而是因为听到一种安静的鼻息，还有什么柔软的东西摩挲着我的脸颊。我慌忙摸向自己的脖子，触到一双环抱着它的小手。我不动声色地把它们掰开了。

“妈咪！”雷切尔的惊声尖叫立刻刺向了我的耳鼓。

“我就在这儿，小南瓜。”我悄声说，把她搂进怀里，搂得更紧一点。小家伙于是又安静下来，带着显而易见的满足。

我无眠地躺着，焦灼于如何才能帮得了这个孩子。我使出浑身解数，仍然无法让她乖乖睡在自己的婴儿床上。但你总不能怪罪一个曾被抛弃的孩子对于母亲的依恋。无数次地，我企图向她解释，我并不是她的妈妈。可是到了她那儿，这件事就变成了她的妈妈不想要她。她悲切地呼唤着一位母亲，但这母亲却永远无法给她回应，这情景让我心头滴血。于是，做她的妈妈，给她安慰、哺育及呵护，便成为我心底最大的渴求。

孩子是我一直以来的梦想，可我以为最好是等到婚后。说起一个未婚少女领养孩子，我能想到一大堆说“不”的理由。但雷切尔却一条也听不进去，对她而言，差别不过在于妈妈是否在她身边。

上帝啊，这太疯狂了。一面是雷切尔的声声呼唤把我拉向她，一面是我油然而生的母性叛徒般地把我推向她那边。和这母性的饥渴想比，我先前那成为一个女孩的愿望也显得微不足道了。

雷切尔觉得我就是她的妈妈，这也是我的心愿。上帝啊，请给我力量去实现你对我的期待吧，也请给我智慧让我读懂你的启示。

我闭上眼睛，思忖着要如何对吉莱斯比牧师和他太太开口。要是他们问起我想要领养雷切尔的原因，我恐怕只能以精神失常作为理由。

31

牧师住宅外面的石围栏上早已爬满了树莓和黑莓。我喜欢带着雷切尔在附近漫步，顺便摘些浆果给她吃。她害怕藤蔓上那些锐利的刺，于是就一手拉着我的裙角，一手从我手里接过这多汁的果子。有时候，她落在套头衫上的莓子比她吞进肚里的还要多。她穿着上回就已弄脏的那件衣服，而我却忘记了她是多么喜欢把那小脏手伸向我的裙摆。下一次我可得记着穿这同一条裙子出来，再毁掉一件衣裳可就没道理了。

我把雷切尔抱起来，亲了亲她的额头，任凭她把果汁和果肉弄得到处都是。她咯咯直笑地喊着："妈咪吃。"她把果子塞进我嘴里，黏糊糊的果肉沾满了我的下巴。我已经不再坚持自己不是她的妈妈了。

"杰米！"从厨房外的走廊上传来了吉莱斯比太太的呼唤。我抱起雷切尔，提着装满浆果的篮子，朝牧师住宅走去。吉莱斯比太太站在门前等着我们。"牧师很快就要回来啦，要不你们去洗洗干净吧？"

雷切尔跟着我走回房间，我帮她洗了小手小脸，又换上一身干净的衣服。去厨房的路上，我把脏衣服扔进了洗衣机里。接着我系上围裙，清洗了采来的浆果，装在碗里放到厨房的餐桌上。

帮雷切尔坐上婴儿凳却是个费工夫的事情。雷切尔习惯了黏在我身上，这会儿她一个劲儿地拽住我的裙摆不放。"好啦，小南瓜，坐上来。"我把她抱到婴儿凳上，把凳子拴好，这才腾出手来帮吉莱斯比太太准备午餐。不一会儿，小家伙就开始哭闹了，我转过身去，伸出食指在她面前来回摆了摆，说了个"不"字。这孩子又叫喊了一声，接着就安静下来了。我回头瞥了一眼吉莱斯比太太，她对我露出灿烂的笑容。

吉莱斯比牧师念完餐前祷告，大家才开始吃饭。这时候牧师抬起头来说："艾比和我讨论过你想领养雷切尔的事情了，我们也征询了上帝的意见。现在就要承担这么重大的责任，这对你来说还是早了一点。"我放下汤匙，努力掩饰自己的失望之情。仿佛和我心有灵犀似的，雷切尔哇哇大哭起来。我从婴儿凳里抱起她，搂在怀里。

吉莱斯比太太叹了口气，摇摇头说："上帝已经让你们俩的心连在一起了，这是确凿无疑的。"

牧师也表示理解，他用一根手指轻轻触碰着下嘴唇说："我们得替雷切尔着想，就算你有足够的收入，我们也会担心你独自带着个孩子。要是你结婚了的话……"

尽管我能够体谅，但这话还是刺痛了我。我把雷切尔放回她的凳子里，又给她倒了一些热汤喝。而我自己碗里的汤，我却再也喝不下去。

遍布的沙和盐让我的脸和手都黏糊糊的。我又在裙子上擦了擦，但要赶上这风吹流沙的速度，简直希望渺茫。又一阵大风向海滩袭来，我赶紧用手压住了帽子。天色仍然晴好，但这会儿的风速却明显加快了。雷切尔玩得忘情，仿佛丝毫不受这风沙的侵扰，但我觉得在她发起脾气之前，还是赶紧回去为妙。

我循着栈道，寻找穿过沙丘回到街边的正确方向。当我正要牵着雷切尔走向其中一条路的时候，有人从背后叫住了我，"姑娘们迷路了吗？"

我抓紧雷切尔的手，转过身去。一位治安官——在圣安德鲁斯岛就相当于警察——朝我们走了过来，我稍微松了一口气，"没有，先生，我们正在往家走呢。"

"你们的父母呢？"他的脸上带着慈祥的微笑，仿佛把我当作他的女儿。

我意识到北卡罗来纳恐怕不是此刻的最佳答案。“他们在家呢。”

他看上去有些不放心。“他们知道你俩自个儿在海滩上闲晃吗？”

我尽量露出礼貌的笑容，“我们不是在闲晃，先生。我们正在往家走呢。”

我向旁边退了退，以便让走近的一家人先过去。雷切尔却一眼瞄见了小男孩手里的蛋筒冰淇淋，立刻开始拽我的裙子，“冰淇淋，妈咪！”

治安官讶异地抬起了眉毛，“妈咪？你当母亲也太年轻了吧？”

雷切尔继续拽着我的裙子不放。我朝治安官皱了皱眉头，正色道：“我快要十八岁了。雷切尔是个孤儿。我们和吉莱斯比夫妇住在一起。”

“就在马丁道那边？”

“是的，先生。”

“那你一定是杰米啦。”

我望着他，惊得哑口无言。

他笑了笑说：“我是你们教会的成员呐。吉莱斯比牧师总是夸奖你呢。”他指了指我刚才想走的那条路，“这条路可以通到费尔法克斯。”他笑容可掬地陪我们走到街边，雷切尔如愿以偿，在她那件沙盐的外衣上，又添加了冰淇淋的奶油。

回家的路上，小家伙在我的怀里睡着了，到站时我只得勉强把她抱下了车。我们又在喷泉边上坐了一个小时，她才醒过来准备好自己走完回家的路。雷切尔的体重已经让我没办法长时间抱着她了，而我又忘记了带一辆婴儿车出门。

我帮雷切尔擦洗干净，让她先去睡午觉。小家伙倒头就睡，在床上摆成“大”字，引得坐在一旁摇椅上的我不禁笑了。这没娘的孩子仍然坚持把我唤作妈咪，但至少她已经会偶尔放开我一两个钟头。现在她似乎开始明白，妈咪是会回来的。

梳妆台上的相框里放着我带来的一幅照片。莉萨帮我和肖恩拍了一张坐在哈雷机车上的快照，我俩手持头盔，整装待发。我俩的表情却泄露了我们当时正想接吻的心思。睡梦中的雷切尔发出轻声呢喃，小家伙坚持认为照片上的男人就是她的爹地。还有谁会和她的妈咪拍那样的合影呢？我没有勇气告诉我的小宝贝，肖恩没准儿已经遇到别的人了。总之，当时我坚持要回去当男孩，这一定让肖恩死心了。一声叹息从心底升起，我只觉得万念俱灰。

“上帝啊，我不知道这一切何时才能水落石出，但我相信你会供给我们所需之物。”

我站起来，很快冲了个澡，换上一件干净的套头衫。

吉莱斯比牧师一直都鼓励我给家人和朋友们写信。他这会儿人不在书房，于是我就坐在他的桌边，拿出了纸笔。我已经给莉萨写过一封短柬，告诉她我的近况。我还给艾丽西亚写了一封信，信里说虽然我和爸爸的关系闹僵，但我们还是一家人。

> 肖恩——现在莉萨一定已经跟你说过我没在上学了，而爸爸也把我赶出了家门。我住在圣安德鲁斯岛上，帮忙照顾雷切尔，就是我以前和你说过的那个小孤女。她把我认作了妈妈，这让我暗自欣喜。我在这里加入了一个很棒的教会，牧师和长者们都不觉得生为间性人的我作为一个女孩生活有何不妥。上帝向我保证过，他对我的爱将是一分不少的。吉莱斯比牧师甚至表示，将来我可以结婚并领养小孩。如果要在这里度过余生，我也会是心甘情愿的。何苦再浪费时间去纠结我的性别问题呢？但愿你也在这里与我相伴。我从未放弃过关于我们共同未来的梦想。——全部的爱——杰米

信封上的地址写好了，我却打消了把信寄出的念头。何必告诉肖恩我对他念念不忘呢？重揭伤疤是毫无意义的。我闭上双眼，让从前那些幸福的记忆淹没了我。

“杰米，能过来帮我一把吗？”我睁开眼，看到艾比盖尔站在走

廊里。

“好的，夫人。”我跳起来跟了出去，把桌上的那封信忘得一干二净。

十八支蜡烛。我许了个愿，接着把它们都吹灭了。吉莱斯比夫妇微笑着看着我。凯拉也乐呵呵的。只有雷切尔看起来无动于衷。“有谁想在蛋糕上面加点东西？”凯拉和艾比盖尔举了手，吉莱斯比牧师也笑着点点头，雷切尔却不理不睬，对蛋糕兴趣索然。我从冰箱里拿出奶油，放在雷切尔身后橱柜上她看不到的地方。

“冰淇淋！”小家伙大喊起来，“冰淇淋，妈咪！”她的愿望再明显不过了。

我盛好最后一盘，这时候电话响了。我瞥了吉莱斯比太太一眼，随后走向客厅去接电话。

“莉萨，你好呀！”

“生日女孩还好吗？”

“棒极喽！你呢？”

“我挺好的。你什么时候回来呀？”

我看了一眼厨房道：“我担心雷切尔不会让我走。”

“六月的第一周我要办一个图片展，你可得来。带上她一起来吧。”

“真的？”

“当然啦。你们俩就住肖恩的房间。我会把你的衣物都搬过去。你的蓬发安我还没有送出去呢，你还想留着她吧？”

索菲？我的心里涌起一股暖流。“想啊。谢谢你。肖恩怎么样？”

“他还在苏格兰呢。想他了吧，是不是？”

精灵公主努力寻找着恰切的词语。我对他的思念自不待言，只不过，我拒绝与他同去苏格兰的时候，内心就已经不抱期待了。“是啊，想呢。他在和谁约会吗？”

“我不清楚，他对这事儿还挺沉默的。哦，差点忘了！活动是正式场合，你得买一条像样的裙子喔！”

“好的，还是去年夏天的那家服装店，我让凯拉带我去。你能到水上飞机的港口来接我们吗？”

“当然，告诉我时间。”

“肖恩的房间，好一趟旅行呐。我把你给我的那张照片放在这里的梳妆台上了，雷切尔一口咬定照片上的男人就是她爸爸。”

“哎呀，你应该给肖恩写信啊！他要是收到你的信准会高兴坏的。”

“才不会呢，现在他可不想收到我的信。”

“那倒不一定。”

32

茶包上挂着写有“大吉岭[1]”的标签，我加了两勺，倒进开水，用保温罩盖住茶壶。雷切尔站在她的婴儿凳旁边等着，我最后一次检查了炉子。晚饭已经做好了。我在小家伙跟前蹲下来，帮她理了理衣领。“你穿上干净裙子真漂亮！我们戴个围裙吧，好吗，小南瓜？”

“围裙。”雷切尔重复道，欢喜地挥着手。

“拿稳喽。”我给她做的这条小围裙她还能穿多久呢？小姑娘可是长得快如春笋。“好了，开饭啦。”

雷切尔高喊着冲出了房间，就算她找不到大伙儿，其他人听到她的喊声也就知道是晚餐的时刻了。

吉莱斯比牧师第一个抵达，雷切尔骑在他的脖子上，半是兴奋半是胆怯地尖叫着。吉莱斯比太太见状，一副恨不得要跟丈夫打一架的神情，但她好歹忍住了。凯拉会心一笑，在桌边坐下。

我可是坐了好几站车才买到羊里脊肉，然后用了吉莱斯比太太花园里的迷迭香和大蒜，外加一点海盐和黑胡椒，再配以橄榄油和白葡萄酒——这烤羊肉已经让我垂涎欲滴了。土豆泥倒是不难做，花椰菜却买不到，于是我就用篱笆周围生长的香豌豆代替了。牧师帮雷切尔坐到她的婴儿凳里，我则忙着把晚餐端上桌。吉莱斯比牧师念餐前祷告的时

1　印度地名，以盛产红茶闻名于世。——译注

候，小家伙一直拉着我的手。我把雷切尔的盘子放好了，才坐下来给自己盛晚餐。每咬一口，我心里都是满满的陶醉。吉莱斯比太太则是一整天都在微笑着，仿佛她心里藏着一个美妙无比的秘密，而她得要一再克制才能免于泄露。

吉莱斯比牧师放下刀叉，咕哝了一声，向后往椅背上靠去。他呷了一口茶，闭上了眼睛。我朝他莞尔一笑，“还有馅饼呢。”

牧师笑了一声摇头道：“再吃我就该爆炸啦，不过你还是给我一块吧。”

“冰淇淋！”

我转向雷切尔，“没问题，小南瓜，你吃完豆子就可以吃冰淇淋。”

凯拉和我收拾好桌子。没人打算现在就吃甜点，于是我们就开始了例行的饭后家庭祷告。吉莱斯比牧师读《圣经》，全家人一同祈祷。快要唱完第二首赞美诗的时候，我突然意识到，三个月来我都没有被性别问题打扰过了。吉莱斯比夫妇如我所是地接纳我。而在周围的其他人眼里，我不过是和吉莱斯比一家同住的那个可爱的红发姑娘。至于雷切尔，当然啦，她笃定地认为我就是她的妈咪。

吉莱斯比牧师看着我说：“凯拉当时替你做的决定是让你照顾雷切尔，以此换取食宿。”他为自己倒了一些茶，又呷了一口，“我们很开心看到雷切尔的行为习惯变好了，我们也注意到你自己也在逐渐成熟起来。”

吉莱斯比太太往前倾了倾身子，双手交叉放在餐桌上，接过牧师的话头：“我们觉得你已经准备好承担更多的责任了。下个星期，三个新来的姑娘就会入住。现在你一星期已经能为大家做一两次饭了，你愿意今后每天都负责晚餐吗？这个工作也能让你为领养孩子做好准备。”

“冰淇淋，妈咪！”

我笑着站起来，“我猜雷切尔已经同意了。还有人想吃甜点吗？”

等我们吃完了，我收拾好桌子问："那我什么时候开始呢？"

"那扇门后面，"吉莱斯比太太一边说一边指向储藏室，"是一个小套间，很久之前那是厨师住的地方。我们把它打扫干净后，你和雷切尔就可以搬进去。"她给自己倒了一杯茶，示意我跟她来。

"虽然我们鼓励你和新来的姑娘们尽快熟悉、成为朋友，但是你更应该是她们的榜样。为了让大家清楚这个区别，你的着装要和她们不一样。你刚来的时候穿的那些衣服更合适一些。"

"那雷切尔呢？"

"你可以像对待自己女儿一样打扮她。"

啊！我的心瞬间被快乐充满了。

吉莱斯比太太领我走进了房间。里面的空气有些浑浊，地板上也布满灰尘。蜘蛛网悬挂在角落里。右面放着一张老式的四柱床。几把椅子聚拢在桌边。一个角落里还有一张皮躺椅，一旁的小桌上是一盏灯。径直往前还有一扇门，打开它来，一个宽敞的浴室映入眼帘。我穿过卧室来到窗边，拉开那陈旧的窗帘，以便更多的阳光能够照进来。光线和色彩顿时让这温馨的房间恢复了生机。只需要再重新粉刷一遍，装上百叶窗，给四柱床配上帷幔和床罩；窗前的长桌上，黑色花瓶里插一支白兰，再放上肖恩和我骑着摩托车的照片；旧衣柜重新抛光过，旁边的墙上再添一面试衣镜。我握紧了吉莱斯比太太的手，"真是太完美了！"

33

还得加点儿盐，我想，一边尝了尝锅里的炖菜，一边朝厨师套间的门里看去，雷切尔像是和她的一个布娃娃玩得正欢。往锅里加了少许盐之后，我又搅拌了一下，再尝了一次。

“杰米，亲爱的，你能过来一下吗？”吉莱斯比太太从厨房外的走廊上问道。

“好的，夫人。”我盖上锅盖，把火调小，跟着艾比盖尔走进了厨师的套间。

“之前你说，想请一星期的假去迈阿密看朋友。只要答应三个条件，你就可以走。首先，雷切尔要和你一起去。”

我惊喜万分。原本我以为，他们是不会同意我带着小姑娘一起出门的。“谢谢你！”小公主一把抱住了艾比盖尔，差点儿都把她推到了。

吉莱斯比太太用一个暖意融融的微笑回应我，“你现在已经比较老练了，你们俩可以独自过一个星期啦。其次就是，凯拉会帮助你给雷切尔办一本护照。”

“圣安德鲁斯岛还有护照啊？”

“治安官会发给你们一张贴着你和雷切尔合照的证件，这样美国政府就会承认你是孩子的监护人。至于第三个条件，我想你反正都会答应的——要保证小家伙万无一失。”吉莱斯比太太递给我一个信封，“如果雷切尔需要看医生，那么这些文件就会用得着。你也可以给我们打电话，但决定权还是在你自己手里。”

我睁大了眼睛，看着手里的这个信封。

“你能做好的。”吉莱斯比太太说着拥抱了我。

“谢谢你。”我抱起雷切尔，兴奋地转着圈，“我们要去迈阿密喽！”小姑娘也欢呼着，两条小腿儿直踢腾。

艾比盖尔微笑着摇摇头道：“罗伯特和我仍在为你祈祷，希望有一天你可以领养她。”

吉莱斯比太太离开后，我抱了雷切尔好一会儿。这时候做每日祈祷再好不过了，我于是翻开了《圣经故事》，念给我的小公主听。

开往港口的一路上，敞篷公车摇来晃去、吱吱嘎嘎。我眯缝起眼睛，一边尽量躲避着炫目的反光，一边观看着路旁的人群。这样一来，落入我眼里的尘土也就少了一些。雷切尔看起来却毫不在意，她左顾右盼，眼睛睁得大大的，还不时地指指点点，一会儿喊“妈咪，快看”，一会儿又问“妈咪，那是什么”。

到了航站楼，我带着她去洗手间收拾干净。我从她的尿布口袋里取出毛巾和肥皂。“去尿尿，好不好，小南瓜？”雷切尔却畏手畏脚地，不敢往隔间走。这是她头一回上公厕。我终于还是放弃了，指望着尿布可以再对付一阵子。

航空公司的人卖给了我两张票。或许整个飞行中，雷切尔还是能够独自坐上一会儿的吧。在登机闸口，我把她那一头金色的卷发梳理好，这样至少在登机的时候，小家伙就能体体面面的了。在这潮湿的空气中，雷切尔的头发就像是着了魔，发夹几乎挂不住。

上了飞机，我觉得雷切尔一定会感到恐慌，可她看起来完全被周遭的崭新物件震慑住了。放妥行李，我立刻抱起她来，走向两个相邻的空位。“嘿，小南瓜，坐这里，好不好？”

我刚把雷切尔放在坐椅上，她就号啕大哭起来，我于是在她旁边坐下，把她抱上大腿。小姑娘直往我身上蹭，小脸上还挂着泪珠，我只得把她抱得更紧了。“没关系的，小南瓜，我们要去迈阿密，还记得吗？”

小姑娘安静下来，向窗外张望了一会儿，只不过等飞机一升空，她就失去了兴趣。整个航程中她多数时间都在睡觉，但每次我企图把她放回旁边的座椅上时，她都会哭嚷着醒来，寻找我的怀抱。你没法责备这孩子的脾气，毕竟这对她来说是个全新的环境。没多久我就放弃了，任凭雷切尔横越着我的大腿和旁边的座椅，睡了过去。

降落相当平稳。我感谢上帝让港区风平浪静。雷切尔要是晕船可就不妙了。

莉萨来港口迎接我们俩。等我给雷切尔换好衣服，并把行李放置妥当，太阳已经落山了。晚饭还没吃完，小家伙就进入了梦乡。她在沙发上小睡的当口，我和莉萨收拾好了碗碟。

莉萨的微笑让我觉察到一场关于性别的追问就要来临了。“当妈妈还挺适合你的。瞧你真是喜形于色呀。你是想就这么下去呢，还是会回去上学呀？”

我瞥了雷切尔一眼，回想着照顾她给我带来的巨大满足感。爱的锁链已将我和她、和圣安德鲁斯岛绑在了一起。这学期以来，除了《圣经》，我没有读过其他的书籍。回去上学的事情，我连想都没有想过。没那么重要了。或许有一天，我会嫁为人妇，并且领养雷切尔。等她长大一些，我也可以再回去读书。时候到了，上帝自然会给我启示的。“这五个月是上帝赐福的时光，让我可以照顾雷切尔，而不用为自己的性别问题担心。”

莉萨带我来到肖恩的房间。一张巨大的日式床垫占去了大半地方，一面墙边有一张旧的橡木书桌和一个大书架。我把雷切尔抱到床上，再把我的提袋和她的尿布口袋放到浴室的柜台上。

莉萨在门边停下，脸上写着不安。

我笑着握住她的一只胳膊，“我们之间没有秘密，莉萨。”

她咬着嘴唇，眉头皱成了一团。“没有化妆，朴素的裙子，编着发辫——你跟离开的时候比起来真是很不一样了。”她的话里隐藏着担忧。

“我很好。在吉莱斯比家，化妆或者短裙都是不被许可的。但是一两个月之前我自己也意识到，我其实并不需要那些东西来证明我就是我。要是有一天我搬回迈阿密，我想多数时候我也不过会穿牛仔裤罢了。”

“那你会为了肖恩而打扮得漂亮一点吗？”她那副模样似乎是在问，我是否还喜欢男生。

“那肯定呀。”

莉萨道过晚安就离开了，我换上一件日式浴袍。为雷切尔掖好被子，我独自在房间里来回踱着步，想让自己放松下来，才好入睡。

夜晚的空气中满是对肖恩的回忆，这让我备受折磨——温柔的触碰，体贴的话语，点亮他面孔的微笑，我们悲伤的分离。

书架上放着家庭照片、奖杯、工艺品和书籍。精灵公主把它们一件件仔细看过了。其中一张是肖恩同他四个姊妹的合影，他们都身穿球衣、蓬头垢面，我脸上不禁浮现出微笑来。还有一张是肖恩小时候的照片，他手里拿着一串鱼，站在他爸爸身边。另一张是他有点呆头呆脑的高中毕业照。

桌上则是我和肖恩的一些合影——在公园里，在摩托车上——还有一张是我在打排球。我和莉萨首次相见那天、她为我在木兰树下拍摄的那张照片被放大了，挂在墙上醒目的位置。对于肖恩来说，从什么时候开始，我和他之间的关系就不再只是朋友的性质了呢？我很肯定泰勒爱的只是那个叫做杰米的女孩。我却不能深思肖恩是否爱过杰米森，否则我会坐立不安的。只要知道他曾经爱过我，而我仍然在爱着他，这就足够了。

肖恩把一件旧法兰绒衬衫留在了椅背上。我把它搂进怀里，就像一个抱着心爱的玩偶或毛毯的孩子，我感到无比安慰。精灵公主在床上躺下，身边睡着她的女儿，而她则蜷缩在爱人的气息里，与他在梦中相会。

34

这些裙子或许配不上真正的公主，但我还是很喜欢。何必为此耿耿于怀呢?

凯拉陪我到弗兰西斯卡服装店挑选礼服，以便出席莉萨的图片展。试了两个小时却无一中意之后，表姐有点不耐烦了。我已经解释过，如果我要花钱在一件漂亮衣服上面，那这衣服得要是与众不同的，得要有点个性。凯拉双手交叉抱在胸前摇摇头，接着却灵机一动，“一件适合精灵公主的礼服。”她丢下一句话，便消失在了无数的货架当中。几分钟之后，她拿着这一条裙子回来了。我打量一番，觉得有几分眼熟。

和雷切尔乘坐的电梯驶向底层的时候，我看了一眼墙上的倒影。画廊为我们提供了一个酒店房间，以便更衣和储物。这件礼服有白色薄纱的多层裙摆，暗绿色的缎子胸衣，还有系在背后的银色编织腰带。雷切尔和我都在一侧的肩头上戴了一朵花。我笑着瞥了一眼表姐从她阁楼上的旧箱子里翻出来的芭蕾舞鞋。星光舞鞋——我把它们穿在雷切尔的脚上，尘封的记忆醒了过来。很久以前，一位精灵公主也曾穿过它们。

“真好看！”小家伙兴奋地喊道，指着莉萨。

“没错，她的确漂亮。”我吻了雷切尔的脸颊，“我的小公主也很美。”

莉萨站在画廊的门口，迎接每一位入场的宾客。紧身长裙衬托出她曼妙的身姿，她成为一道亮丽的风景。我们走上前去的时候她夸奖了我们的裙子，又拥抱了我们俩，便去迎接下一波宾客了。我笑着看她走开，为她的成功感到欣慰。

画廊里面，一排又一排美丽的照片挂满了墙面，数量之多让我吃惊。

“妈咪！”雷切尔高喊着指向一幅杰米森坐在长椅上读书的照片。“抱歉，”莉萨已经跟我说过，“从木兰树那边望过去，你看起来有点像我的一个……朋友。”差不多两年过去了。雷切尔那时还未出生呢。

我的其他照片也悬挂在附近，虽说单从图像上或者标题上，观众并不能确定模特是否都是同一个人。我端详着这些照片，思忖着自己该不该为生为间性人而愤愤不平。受精之时，我分别从父母那里得到一个X染色体和一个Y染色体，但在最早的几次细胞分裂中，我却丢失了那个Y。特纳氏综合征偷走了那个小男孩，留下一个面容清秀、身材矮小的孩子。这个病造成了我轻微的心脏和肾脏畸形，也毁掉了我的生殖系统，压低了我的身材，改变了我的面容。Y染色体的缺失把我变成了一个女孩。

“你在想什么呢？”莉萨问道，脸上洋溢着温暖的微笑。

我从照片上转过头来，瞥了一眼雷切尔。小家伙双手拽着我的裙摆，脸埋在一层层的薄纱里。“我刚才在想那个男孩的我。莎朗说他应该长得有六英尺高，还有一张英俊的脸。”

莉萨睁大了眼睛，然后咧嘴笑了。“这个我还从来没想过呢。我以为我的身高不会变。”

我退后了一步，打量着莉萨。我无法想象眼前这个漂亮的年轻女子生为男儿的模样。“你可能会和你哥哥一样可爱吧。”

莉萨悲哀地皱了皱眉头道：“有时候我还是觉得自己是个怪物。”

我把雷切尔抱起来以免她跌倒。小家伙睁开眼睛，把头靠在我的肩膀上。我看着莉萨，希望给她一些鼓励。“你觉得我是怪物吗？”

莉萨抬了抬眉毛，“不是呀！你是——”随着笑容绽放，她瞬间重拾了自己的妩媚，“有魔法的！”

“所以你才在认识我之前就偷偷给我拍照片吗？”

莉萨的表情一下子严肃了，低头不语像是在思索着什么。“我一直在寻找有意思的脸。当我第一次注意到你的时候——从木兰树那里看过去，你让我想起了一个患有特纳氏综合征的姑娘。我那时候还不知道存在这种拼图的情况——就是说你的一些细胞里有Y染色体，另一些则没有——所以我不知道你到底是什么性别。从那之后，我才了解到好几种不同的病症都可能导致身材矮小以及特殊的容貌——特纳氏综合征、混合型性腺发育不全、罗素-希尔维综合征。”

“我很高兴认识了你。你和肖恩对我都很好。”

“你现在过得幸福吗？”

“这是上帝给我的身体。他也同样给了我对这个身体的满足。”我又看了一眼照片问道：“你也是这样找到冬妮亚的吗？”

莉萨笑了，摇摇头道：“不是。确诊之后，我问帕克医生我是否可以和别的病人谈谈，他不同意，我就拿着长焦镜头在他办公室附近闲晃，守株待兔。最后这位高个子姑娘就出现啦。”

画廊的一位工作人员来找莉萨说话，我于是走到一旁，又闲看了一会儿照片。莉萨的艺术才能让我叹为观止。天色渐暗，雷切尔在我怀里变得越来越重，我的手臂也越发酸痛。展场又找不到任何可供坐下小憩的地方，于是我走向莉萨想要道别。“嘿，我们要走了。我觉得你的展览棒极啦。”

“谢谢。”莉萨拥抱了我，又亲了亲熟睡的雷切尔的额头。我把我的小公主安顿在副驾驶座位上，开着肖恩的科迪娜汽车回了家。

35

我最后按了一次门铃。顺路拜访并且介绍雷切尔给她认识，这是朋友的礼数，但我并没有那么急切地想要见到莎朗。

正是我的这位“朋友”鼓励我在公共场合也当个女孩，这样妈妈就有理由把我送去圣安德鲁斯岛了。上帝让这一切变成了好事，我也理解这恐怕是让精灵公主不再自欺欺人的唯一办法，但我仍然憎恶那种遭到暗算的感觉。我甚至都不想知道泰勒是否也在暗中成全这一切。何苦要毁掉那些愉快的记忆呢?

我抱起雷切尔，开始穿过校园往回走。莉萨开车把我们送到莎朗家，而我告诉她要么莎朗会送我们回来，要么我们就走回去。

坐在湖边的草地上，我伸出一只手，这样我的小公主就能仔细观察这只沐浴在阳光中的黑脉金斑蝶了。“它很漂亮吧，小南瓜？”

“真好看！”

蝴蝶和我们作别，扇动着翅膀飞走了。我领着雷切尔来到一株木兰树下，为她拾起一朵乳白中透着淡紫的花朵。我们继续往莉萨家走去，一路缓步，在花丛中流连。

雷切尔和我坐在室内球馆边上，吃了一点自制的曲奇饼和牛奶当点心，然后又继续上路了。一个小公主还能再要求什么呢？啊，或许是片刻的小睡吧。

小家伙在我腿上进入了梦乡，球场上还有一些孩子在练习足球，我拿出《圣经》开始看《路得记》这一章。我喜欢这个女人的故事，她虽为律法所放逐，却因恩典而成为神的孩子，并成为基督的先辈。这个故事也让我看到一线希望，将来有一天我的小公主或许会找到一位父亲。

雷切尔醒过来了，她握紧小手揉了揉眼睛。“妈咪祷告。”她坐起身来，双手交叉成祈祷的姿势。

“好的，小南瓜。”我也学着她的样子双手交叉，“我们应该祷告什么呢？”

“谢谢你，上帝。”她露出笑容，晃了晃手里的木兰花。

“是的，感谢上帝，赐予造物的华美。”我说着朝雷切尔眨了眨眼睛，“也谢谢你赐给我美丽的小公主。”

她十指交叉继续说：“上帝保佑妈咪。上帝保佑雷切尔。”她那可怜巴巴的小眼神儿瞬间攫住了我的心，“上帝也保佑爹地？”

“没错，小南瓜。上帝啊，请赐给我的小姑娘一位父亲吧。”

“阿门！”她那小脑袋郑重地点了两下。

我们散步走回莉萨家，一路上走走停停，欣赏每一株开花的植物。等我们终于走到门前的时候，雷切尔已经又昏昏欲睡了。她不停地发脾气，我不得不责备了她两句。

莉萨的母亲为我们开了门，兴奋地用日语对我们说“请进”。

我微微颔首走进屋里，抱着雷切尔，还用日文说了一句回礼的话。亚历山大太太脸上露出惊讶的神情，看来我花在日语上的工夫没白费。

土豆饼相当可口。亚历山大太太把牛肉末和土豆泥混在一起，炸得金灿灿、脆生生的。就连雷切尔都大快朵颐，小家伙可是个难伺候的主儿啊。

午餐之前亚历山大太太都不要我去厨房里帮忙，但我和莉萨还是趁着雷切尔在地毯上和索菲自得其乐的时候，收拾好了桌子和碗碟。等忙完了，我走回客厅里，拿起电话拨通了家里的号码。

“你好，妈妈。雷切尔和我要在莉萨家住上一阵子了。”

“是吗？发生什么事啦？”

“吉莱斯比太太摔坏了髋关节，她和牧师要在朋友那里借住直到康复。凯拉说这期间我们就留在迈阿密好了。莉萨同意我在肖恩回国之前租用他的房间。反正，我就是跟你说一声我人在哪儿。”

“谢谢，亲爱的。我会为艾比盖尔祈祷的。哦，对了，你爸爸想让你尽快回家来。”

“哦？”

“我们跟莎朗促膝长谈了一次。他之前还不知道你已经完成了清单上的多少任务，也不知道你的出生证明已经修改过了。他想让你参加一个性别疗程。”

就是那帮断定我当女孩“为时已晚”的笨蛋吗？“好吧，但现在不行，我要照顾雷切尔呢。”她才是治愈我的良药。

“那你带她回来吧。”

“不行妈妈，我们应该待在这儿的。”

“我去跟凯拉讲。我相信应该没问题。”

我挂上了电话。这似乎已经是一个胜利，但不知为何我却兴味索然。

36

几周以来，我和雷切尔住在肖恩的房间，莉萨的姊妹们和小家伙感情日笃。爱子送给我的小公主一件连体睡衣，带有婴儿袜套和长着尖尖耳朵的兜帽，她还用眼线笔在雷切尔的脸蛋上画了胡子。傍晚的时候小家伙就在地板上爬来爬去，假装自己是一只小猫。我在一个碗里放了一些麦片，又在另一个碗里倒了一点牛奶。没过多久，雷切尔就趴在地板上睡着了，在她的空碗旁边蜷成一团。

她不再愿意喝普通的牛奶了。我的祖父母曾在朱丽叶联邦监狱附近开了一家奶牛场，我小时候是喝生奶长大的。等我在佛罗里达也找到一个出售生奶的农夫，我就让雷切尔也品尝了一下。这一尝，她就再也不想喝经过巴氏消毒的成品奶了。

我把我的小公主抱起来，放到床上掖好被子。她嘴里喃喃地说着什么，还挥了挥胳膊，我于是把索菲放到了她的怀里。闭上眼睛，我为我的小姑娘祈祷，感谢上帝给了她健康的身体，也给了她毫无保留的快乐。最近她没再提过想要爸爸的事情了。好吧，最近一天半都没有提过了。

时钟指向两点半，但我手里的活儿至少还要一个钟头才能做完。潘宁顿教授为我安排了一些校对和打字的工作。报酬虽然不多，但她允许我在自己家里、按照自己的时间表来完成。我拖着疲惫的身子滑进椅子里，趴在桌上，闭目养神了一小会儿。

夜里轻微的嘈杂让精灵公主确信一切安好。月光在地板和墙面上舞动，清凉的风拂动着窗帘，天使遥远的歌声在房间里萦绕。

“好好睡吧，亲爱的，我会回来的。”我的丈夫耳语道。他的指尖温柔地划过我的脸颊，爱抚着梦中的我。激情从熟睡的公主心中醒来，我伸出手去，可他已经走远。芬芳的花朵浸染着空气，也慰藉了我，让我相信他是会回来的。

脑袋埋在枕头里，我趴在床上，眷恋着清晨这宜人的凉爽。耀眼的光线从窗帘的缝隙里钻进来，我意识到我又没听到闹钟，错过了早上该带雷切尔上厕所的时间。看到床边花瓶里一朵刚刚采摘的木兰，我的脸上浮现出笑容。熬夜太久了，我已经不记得自己采过这朵花，我甚至都不记得前一晚曾经在床上躺下。

伸伸懒腰，我爬下床。“雷切尔？”有时候她会试着自己上厕所，于是我绕到了洗手间。在镜子里我只看到自己布满血丝的眼睛。难道是哪个笨蛋忘记锁上前门了吗？“雷切尔！”恐慌驱使我在院子里东张西望，四下寻找我的心肝。

终于瞥见我的小姑娘正在客厅里和索菲玩耍，我的心里才一块石头落地。心脏仍在怦怦乱跳，我把她揽进怀里抱得紧紧的。“亲爱的，妈咪还在睡觉的时候，你不能自己跑到外面去。你刚才可把我吓坏了。”

她拨弄着我睡衣上的蝴蝶结，大大的蓝眼睛快乐地忽闪忽闪。“爹地回家啦。”

“对不起亲爱的，但是你没有——”

一双有力的大手捏了捏我的肩膀，把我转过去。“让我在亮处好好看看你。”肖恩的目光和我碰在一起。我跌入那钢蓝色的汪洋，海水的温暖让我全身快活地发起抖来。

我的小公主咯咯直笑，小腿儿在半空里踢腾着。“爹地回家啦！”

我放下雷切尔，拥抱了肖恩。“真开心又见到你。是什么风把你吹回来了？”

他的双臂滑进我的腰间，把我拉得更近了。“就是你呀。莉萨告诉我说，你带着女儿搬进我的房间来了。”他瞥了一眼雷切尔，小家伙正在往他的大腿上爬呢，“她就是你跟我说起过的那个孩子吧？”

“没错。”我踮起脚尖吻了他的脸颊。哎呀！当他的手轻轻抚过我裸露的背部，我全身都触了电似的。醒来去找雷切尔的时候，我着急得连浴袍都没披。清凉的内衣可不是与男朋友重逢时最得体的装束啊。

“啊，我……呃……需要……”我往后退了一步，一阵小鹿撞怀。

蓝色的眼睛微笑着，肖恩从椅子上拾起一件阿富汗披肩，把我包裹了起来。他拉着我坐到沙发上。“早上我给你带了一朵花来，却发现你在桌边睡着了，只有小雷切尔在这儿迎接我。”

我把头靠在他的肩膀上，叹了口气。“你总不能就那么随随便便地闯进来，还指望人家为你中断正在上演的好梦吧。”精灵公主从落地窗的玻璃上朝我微笑，绿色的眸子闪着光，“你说是不是？”

“哦，是吗，那你都梦到了什么呀，在我的房间里？”和上一次四目相对的时候比起来，那双钢蓝色的眼睛里，爱意已然更深。

他会为了我而回来的！我纵情地笑了。“就是你呀！”我轻声道。

肖恩的脸色严肃起来，他看着我问：“不再胡思乱想啦？”

周围的空气变得凝滞而燥热。他倒不是在向我求婚，但很明显他想要我表态。“不了，先生。”

“爹地祷告。”小家伙爬到肖恩的大腿上，十指相扣地紧握着双手。

蓝眼睛笑起来，仿佛在问我敢不敢纠正小家伙的错误，而我早已领教过，任何强求都是徒劳。“那我们要祷告什么呢，我亲爱的女儿？”他回应道。

“爹地回家了。谢谢你，耶稣。”

“没错，然后妈咪就可以嫁给爹地啦。”

脸颊火辣辣地，一直烧到我的心里。为了成为你的妻子，我放弃什么都在所不惜。但是，有些事情却是成不了的。就算爸爸接受我是女孩，那他也会让我结婚吗？我正要开口，肖恩用一根指头放在我的双唇上，摇了摇头，“你信里说，从未放弃过关于我俩共同未来的梦想。昨天晚上我对你讲我会回来的时候，你朝我笑了。你是愿意否认自己的感情呢，还是愿意相信上帝会让美梦成真呢？”

我的身体在恐惧中摇摇欲坠。上帝真的想要这个男人成为我的庇护吗？他是否真的能在成圣的道路上引我前行？逃避生活要比直面生活容易多了。或许上帝真的希望我某一天能够缔结婚约，但我却不知道自己现在是否已经做好了准备，或许我永远也无法万事俱足。再说了……“我们还是要经过我父母同意的。可是爸爸绝对不会让我结婚。”

一双小手抓住了我的手。“妈咪祷告。”

我低头看了看那双蓝色的眼睛，雷切尔的眼神仿佛在说，你不能怀疑她心中的上帝。“好呀，小南瓜，那我们祷告什么呢？”

“谢谢你，耶稣。爹地回家啦。”

你们祷告，无论求什么，只要信，就必得着[1]。我朝雷切尔微微一笑，用我的手包裹起她的小手。在和她一起祷告了这么多次之后，我难道能够拒绝她吗？“是啊，上帝，谢谢你给了我的小姑娘一位父亲，也给了我一个丈夫。为了你的荣耀和我们的福祉，我们相信你会让美梦成真。”

“阿门。”雷切尔点点头，表示赞同。

肖恩牵起我的手，把一枚戒指戴在我的手指上。“这个不算什么。等我找到工作，就给你换一枚更好的。”

银色的蓟草镶嵌在金色的背景里。“这太完美了！”我高喊道，

---

1 《马太福音》21:22，《圣经》中文和合本。——译注

“你可别再买更贵重的啦。”

“啊，这就是那个顺从的妻子吗？”

“正是。”我给了他一个宝琳娜式的微笑。“爸爸会想让我读完大学的，你知道。”

“你会的……总有一天。”他再次把雷切尔抱到大腿上，“至于现在嘛，我家小姑娘的母亲应该考虑一下夜里睡到床上去。”

即便我享受阅读和整理手稿的乐趣，深夜的工作还是得告一段落了。一想到这里，我就如释重负地打了个哈欠。“好啊，那我尽量，只在雷切尔睡午觉的时候看看书。”

肖恩看了我一眼，仿佛他觉得我在固执己见似的。“但你还是会工作？”

好吧，所以我有时候就是死脑筋。“没错，我反正都会读点儿东西。”

“也行，那你把钱存着，我不想再听说你们付房租了。”

“好……等等，你不需要你的房间吗？雷切尔和我可以去凯拉家住。”

“不用，爸妈回来之前我可以住他们的房间。我宁愿你俩待在这儿，这样我才好看着你们。”

我耸了耸肩。“那好，你现在就帮我看着雷切尔吧，我去换衣服。”我裹紧了披肩，向自己的房间跑去。

冲完澡，我正在擦干，这时候伊莎贝尔敲了敲镜子。

“嗯？”我应了一声，挂好毛巾，又拿起一把梳子。水雾模糊了镜子，我几乎分辨不出她的模样。“很激动吧？”我往镜子跟前凑了凑，“我要结婚啦！”

精灵公主摇了摇头，翡翠色的眼睛睁得大大的。

我替她梳了梳头发。“别担心，你长得已经很女性化了，完全不像男生了。你现在百分之九十都是女生了吧，没准儿百分之九十五都是呢。”

精灵公主埋头看了看下面，做了一个用剪刀剪的手势。

我退后一步，坚决地摇了摇头。没有人可以剪断我的小棍子，就算为了我丈夫也不许那么做。“不，伊莎贝尔，要是他不喜欢那百分之五的男生的部分，那就太糟糕了。我早就把自己雌雄同体的情况都告诉过他了。再说，那不过是个小棍子而已，我又不能用它来撒尿什么的。”

她眯缝起眼睛看着我，而我转过身去，继续梳我的头发。她太过于忧心忡忡了。肖恩是爱我本来的样子的，不是吗？

镜子上又传来一声轻敲，我转过身来。又有什么事？这一次，她一改愁容，神采奕奕。

噢！她是对的，我和莉萨之间没有秘密。我可以让莉萨给肖恩传话，告诉他我两腿之间的状况，以及我已经做完扩张的事实。“仅仅出于医疗目的嘛。”我悄声道，咯咯直笑。这样就不会出现新婚惊魂夜啦。

我梳好头发，镜子里的女孩前后摇晃着。要是杰米森知道有护发素这件神器的话，他是能够把他的头发保养得更好的。我摇了摇头，男生们在有些事情上就是朽木难雕啊。

天气已经足够闷热了，我不必再多花工夫来打扮自己，于是我穿上一条牛仔裤和一件舒服的上衣，走回客厅去看看肖恩和雷切尔相处得如何。

看来担心是大可不必的。我的小姑娘正骑在马先生的背上，肖恩呢，居然还摇头晃脑地学马叫。

“开饭啦！”传来莉萨的声音。只见马先生一声嘶鸣，就一路小跑着奔厨房去了。他驼着的小骑手尖叫着，声音刺耳，如同拿指甲刮黑板。唉，好吧，他会成为一个好爸爸的。

已经到午餐时间了吗？莉萨拿出剩菜剩饭——火鸡肉和土豆沙拉。我找来一些面包，配上蛋黄酱和芥末酱，做成三明治。亚历山大兄妹喝苏打水，我和雷切尔喝的是生牛奶。

我一边吃，一边觉察到周围满是不动声色的笑容。哦，当然了，雷切尔除外。只见她愁容满面地盯着自己的土豆沙拉，不停地用她那把小叉子戳来戳去。莉萨和爱子一副忍俊不禁的模样。至于肖恩，他完全是一头雾水。我尽量不去理睬她们的窃笑，同时也把戴了戒指的那只手藏在桌子下面，直到莉萨开口问我，哪天会是大喜的日子。

“我们还没取得我父母的同意呢，这可能会花点时间。”好吧，恐怕要等到地狱结冰之后的那一天吧。“我今天下午就给他们打电话。”

爱子放下刀叉摇了摇头。“我的老板说，你所有的证件都是基于一个名叫凯拉·莱文森的人作为你的法定监护人，至少在圣安德鲁斯岛上是如此。而一旦有了旅行证件，你就可以在任何别的地方也被当作一个成年人了。”

妈妈从前对我唱过的一首老歌浮现在我的脑海——今天我们给别人半磅茶，好把杰米送去别人家——凯拉从中得到什么好处了吗？孤独感让我从餐桌边上走开，我退到客厅里，独自坐在沙发上。我是否该把肖恩和雷切尔也牵扯进我个人的恩恩怨怨当中来呢？

电话突然响了，我皱了皱眉头，但还是拿起了听筒。“喂？”

“你还好吗？”

“嗨，妈妈。还好，只是今天有点提不起精神来。”

“你爸爸说他很欢迎你带雷切尔回来。他觉得医生们应该不会介意你照顾孩子的。这反正也是姑娘们常做的事儿。”

“好的……嗯，妈妈，肖恩向我求婚了。”

一阵沉默。不是好兆头。

“我答应了。”

“亲爱的，你得等一等。给你爸爸一些时间，他还没习惯把你当成闺女呢。好吗？还有，别跟他提肖恩的事儿，你爸爸不会让你嫁给一个你还是男生的时候就认识你的人。再说了，你反正也得先念完大学的。

所以先维持现状，好吗？”

“要是我不领养她的话，我就不能一直跟雷切尔在一起。”

“我去跟凯拉商量一下，我们会有办法的。”

肖恩把我从沙发上拉起来，搂在怀里。我咕哝道：“我得走了。”然后就挂上了电话。肖恩用一只手摩挲着我的身子。啊！他的双唇印在了我的唇上，仿佛是在告诉我，我并不孤单。

门上一阵急促的轻敲，这是肖恩礼貌的暗号，提醒我动作快点。我们决定去海滩玩一会儿，期间莉萨会帮我们看着雷切尔。马西森·汉默克公园离大学不过才五英里，但与迈阿密海滩相比，它更加近便也更加安静。泰勒和我曾经在它那白沙海岸漫步，把双脚浸在温暖的海水里，眺望着远方迈阿密的天际线。伊莎贝尔从浴室的镜子里朝我皱起了眉头，我却不想再由着她。“不，你这是在杞人忧天。”莉萨和我去了伯丁斯百货的夏末大甩卖，她帮我挑了一件泳衣。她本来是要我试一试她挑的一套比基尼的，说什么连体泳衣让我看起来就像个十二岁的孩子。换好衣服走出试衣间的那一刻，我真该拿一台摄像机把她的表情录下来。莉萨羞了个满脸通红。虽说我不是男孩，但比基尼泳衣简直让我的小棍子原形毕露了。

最后我选了一身儿海军蓝的两件套——吊带装搭配迷你裙，还系着一条低腰的白色带子。这得体的样式让我想起了艾玛·皮尔[1]曾经穿过的一套摩托车服。

我又瞥了一眼镜子。“没关系，伊莎贝尔，不会有人看见我的小棍子的。”人家又不会随便掀起你的裙子来看，对不对？我认识的其他女

---

1 Emma Peel，20 世纪 60 年代英剧《复仇者》（*The Avengers*）中的女间谍。——译注

孩都是会穿泳衣的，我何乐而不为呢？

肖恩的反应却差点要让我改变主意了。我打开门，拘谨地笑了笑。我还从来没让任何一个男生看过我穿泳衣的样子呢。好吧，连女生也没有。他站在门外，穿着T恤和泳裤，直勾勾地看着我，活像他一辈子都没见过女孩似的。接着他眨了眨眼睛说："穿上衣服我们就走。"

我白了他一眼，小声抗议道："姑娘们可都是直接穿着泳衣去海滩的。"

那双蓝眼睛里的浓情蜜意快要让我融化了。我呆呆地站着，任凭他把我揽进怀里。他吻得我喘不过气来，继续这么吻下去，我真不知道自己会干出什么事情。莉萨把我的情况告诉他了吗？我的身子在渴望中瑟瑟发抖。一瞬间他犹豫了，微笑着挠了挠我的头发。"那你是想让满大街的男生都来追你咯？"

哎呀！当然不是。我甚至都不想让别的男生多看我一眼。我穿上一件白色的棉布衬衫，卷了卷袖子。这就够了吧？我把大部分身体都包裹起来了。关门的时候，我瞥了一眼我和他交错在床上的影子。"快了。"我低声说。上帝啊，请让我等到结婚的那一刻吧。求求你，让那一刻早日到来！

迈阿密的夏日，清晨冲过凉之后我就再也擦不干身体。空调对潮湿的空气也束手无策。把头发扎起来倒是有所帮助的，我于是请莉萨帮我梳了个法式辫子。从得知我订婚的时候起，笑容就没有离开过莉萨的面庞。

雷切尔光滑的头发总是跟发夹调皮，我就给她找了个发箍，头发这才差不多服帖了。为了搭配她那小公主的游泳衣，发箍上还有塑料钻石呢。一条羽毛围巾，再加一根她可以用作权杖的棍子，脸颊上涂点胭脂，嘴唇上再抹点糖果口红，她就打扮妥当啦。"去给爸爸看看，好不好？"小姑娘于是欢呼着朝客厅跑去了。

孩子们和母亲们应该是穿着泳衣来的。对于我，雷切尔的生日派对倒是给了我一个借口，可以穿一些舒服而凉爽的衣服了——低腰牛仔裤和吊带背心之类的。在一个慵懒的八月下午，这不正是一位精灵公主该有的打扮吗？服用激素一年之后，我的身材已经有模有样了，何不偶尔秀一秀呢？我倒不是故意要在众人面前穿得这么暴露，只是派对上唯一的成年男子就是肖恩，而我毫不介意逗一逗我的未婚夫。求之不得嘛。

肖恩在后院里架起一座滑梯，旁边还放了一些洒水器。大人们坐在凉棚下面聊着天，孩子们则四下乱跑撒着欢儿。等大家都汗涔涔了，我端出了蛋筒冰淇淋。

客人们陆续离去了，莉萨和爱子看了彼此一眼，进屋去了，留下凯拉、我和肖恩坐在外面。我正要起身收拾冰淇淋的时候，肖恩也站了起来。“让我来吧，你歇一会儿。”

“雷切尔呢？”

“在沙发上睡觉呢。”

“谢谢。”下午的多数时间我都在忙里忙外，现在真是有点累了。我在凯拉身边坐下来问道：“吉莱斯比太太怎么样？”

表姐轻轻拍了拍我的手臂，“她时不时地还要用一下助行架，但牧师夫妇都准备好迎接你和雷切尔回去了。他们想要你下星期去跟他们告别。”

在迈阿密度过了大半个夏天，我已经习惯了和亚历山大姐妹同住。过去这一周，肖恩的归来更是让我快乐得无以复加。但是远离吉莱斯比夫妇、远离属于我的教会生活，这总让我觉得心头少了一点什么。要是我能和肖恩一起回去圣安德鲁斯岛该有多好啊，可是，决定已经有人替我做出了。想要结婚，我就必须先北上回家，完成一些愚蠢的性别疗程。“妈妈说我得先回家，完成一些性别疗程，再把大学念完。”

“这是你想要的吗？”温情与愤怒同时在表姐的眼里燃烧着。

我想要什么？只有凯拉在乎我的感受。难道我不应该服从我的父母吗？“妈妈说她会和你商量怎么办，好让我把雷切尔带回北卡罗来纳。她说我上课的时候可以让艾丽西亚帮忙看孩子。”

“那样对雷切尔比较好吗？还是对你比较有利？”

妈妈到底有没有和凯拉商量过呢？我讨厌为一个我并不支持的立场辩护。“他们是我的家人啊，凯拉。”

“现在还是吗？要是你已经下定决心回你父母那边了，我可以在那些必要的文书上签字，但我不能够让你带着雷切尔一起走。”

我的心冻住了。上帝啊，请别让她带走我的心肝！“但是我——”

“一个被领养的女孩有任何义务服从她的亲生父母吗？”

“没有，女士。”他们真的不要我了吗？上帝啊，求求你——我这是不是太自私了？——谢谢你，上帝，我会把雷切尔的需要放在第一位，然后再考虑我自己。我也相信你一定会帮我理清和家人的这团乱麻。一个母亲不就该这么行事吗？“我会带雷切尔回圣安德鲁斯岛的。”

“这就对啦。”凯拉握住我的手，眼里满是对我的关爱。“很久以前，我的小姑娘告诉我说，她是一位精灵公主。她那时候的梦想是什么呢？”

时光倒流，我们仿佛回到了奥斯威戈，一边做着过家家的游戏，一边遐想着我们的未来。我朝凯拉淡淡一笑，给她看了我的戒指，“我会成为一个妻子和母亲的。”

凯拉专注地看着我问道：“那你知道上帝对丈夫和妻子的要求吗？”

这要求可比我对自己的希望高多了，“是的，女士。”

“你确定上帝想要你嫁给那个男生吗？”

就算小公主也明白，婚姻是比过家家更郑重的，我却远远达不到人们对一个妻子的期待。“是的，女士。我只是不确定自己已经准备好了。”

“为什么不呢？”

我迷失在童年的道路上，想象的迷宫渺无尽头。“我永远不可能成为一个正常的女人，也许连一个成年人也算不上。”

“我爱的就是你本来的样子。”我转过头，发现肖恩站在门口。他走过来吻了我，然后在凯拉旁边坐下来。

表姐朝我一眨眼，然后转向肖恩道：“杰米下周就要回圣安德鲁斯岛了，跟她一起去吧，跟吉莱斯比牧师谈谈，他会帮你找到工作和住处的。”

凯拉又笑着对我说：“你已经是一个很好的母亲了，杰米，上帝会指给你接下来的道路。一旦你俩结了婚安定下来，吉莱斯比夫妇就会让你们领养雷切尔的。别让婚礼等太久，好吗？”

我瞥了肖恩一眼，他看起来并不介意去圣安德鲁斯岛。倒是他眼里那团被压低的火苗让我觉得，要是我不愿意去，那怒火就会熊熊燃烧起来似的。带着又惊又喜的神情，精灵公主朝凯拉点了点头。

“这就对啦。”她应道。

37

起床之前的片刻睡眠总是最让人留恋的。我把脑袋埋在枕头里，丝毫不理会屋顶吊扇的嗖嗖声。

“要尿尿，妈咪。”我的小天使态度坚决地催促道。

“好的，小南瓜。”我翻了个身，伸了伸懒腰。厨师套间里的床睡起来非常舒服，但却不如肖恩那张略显坚硬的日式床垫有益健康。我哈欠连天地醒过来，渴望着再多睡一会儿。

雷切尔洗了个澡，换好衣服，几乎没怎么要我帮忙。过去几周以来，她什么事情都想自己做，我就给了她一些自主空间。回来岛上之后，小姑娘一直乐呵呵的，但也会不时询问爱子、莉萨，还有她的小伙伴们去了哪儿了。好吧，吉莱斯比太太应该会认识一些当地小孩的。我们会帮我的小姑娘找到一些新朋友，亚历山大姐妹也会来参加婚礼。

我给雷切尔读了一个圣经故事，然后我们一起祷告。早上是我最思念肖恩的时刻。他住在二楼，但按照牧师家里的规定，我们现在还不能单独相处。我们同意遵守，作为肖恩可以在牧师住宅留宿的条件。

早餐已经成为煞有介事的大制作了。吉莱斯比牧师和太太只要吃麦片粥就好。肖恩更喜欢培根和煎蛋。雷切尔最近却爱上了烙饼配枫树糖浆。我则在储藏室里发现了一个华夫饼烤盘，只差山核桃就可以开工了。

我递给肖恩一盘满满的华夫饼、煎鸡蛋和培根，他隔着餐桌，对我眉目传情。这些天他都和吉莱斯比牧师一起，忙着牧师住宅的改造工程。牧师一直念叨着，不知为何来自芝加哥的一户有钱人家愿意捐出一大笔钱，来帮助这个加勒比小岛上的无名孤儿院。我一边听一边露出了笑容。

我正要坐下来吃饭，门铃响了起来，于是我又跑去开门。门外居然站着艾丽西亚，两眼无光，好像一宿没睡似的。她喇叭裤的一条裤腿上被什么东西弄脏了，衬衫也皱巴巴的。

我帮她把小衣箱拿进来，然后紧紧地抱住了她。“想死你了。”

我们先把她的行李放在以前希瑟住过的房间，然后我带她来到厨房，把她介绍给大家。艾丽西亚一声不吭地吃着东西，我在一旁看着，心想不知道发生了什么事。爸爸妈妈曾经不愿意让他们十六岁的儿子坐飞机去迈阿密。艾丽西亚也快满十六岁了，但是爸爸妈妈绝对不会允许她自己旅行的。她这是离家出走吗?

肖恩朝我使了个眼色，主动提出他来洗碗。于是我拉起艾丽西亚的手，带她回到了厨师的套间。“怎么啦，艾丽？”

“我能留下来和你住吗？”她垂下眼帘，昏昏欲睡。

“当然啦。你这是遇上多大麻烦了呀？”

“爸爸妈妈不想来参加你的婚礼，我和他们吵了一架，结果我气到不行，就一路搭便车跑来迈阿密。莉萨开车把我送到港口，还借给了我机票钱。”

我们再次拥抱了彼此，但是艾丽西亚一副快要晕倒的样子，于是我带她回到了希瑟以前的房间。她的衣箱是那种短途旅行用的，比一个女式提包大不了多少。“你带衣服来了吗？”

“有几件上衣，一条牛仔裤，还有一些内衣。”艾丽西亚打量着房间，似乎一阵风就能把她吹倒似的，“我没带任何裙子。”

“没人会在意这个的。洗个热水澡，然后好好睡一觉吧。衣橱里面有毛巾。把脏衣服丢在门外面，我来洗。”我亲了她的脸颊，把房门关上了。

回到客厅，我拨通了家里的电话，妈妈接听了。

“嗨，妈妈。”

“你好吗？”虽然不算冷冰冰，但她听起来也不怎么高兴。

我叹了口气，希望自己能够缓和局势。“艾丽西亚平安到我这里了。”

“什么？她不是还在睡觉吗？她很晚才回来，然后就径直回她自己的房间了。”

“好吧，妈妈。”我让听筒滑回支架上，然后朝厨房走去。我帮雷切尔擦洗干净，把她从婴儿凳上抱下来，这时候电话又响了。

“你好，妈妈。”

“我把替身打发走啦，那个笨蛋还在你妹妹的床上睡着呢。艾丽西亚是什么时候走的，昨天早上？”

“对不起，妈妈，这个你得问她了。”

“是你给她买的机票吗？”她的声音立刻充满了敌意。我不得不提醒自己，我是来争取和解的，现在撂挑子对谁都没好处。

“想搭便车，只要有一根拇指和一个漂亮脸蛋就行了。你就感激她现在这两样都还有吧。”几秒钟内，沉默蔓延，我祈祷着妈妈能够通情达理。

“你能把她送回迈阿密机场吗？我们会为她买好回程的机票。”

妹妹比我高出六英寸，也要强壮许多。要是她自个儿不乐意的话，别人是没办法强迫她去任何地方的。“我现在有点儿忙啊，忙着结婚什么的。”

“那或许凯拉可以去送她。”

活像表姐会逼着艾丽西亚回家似的。“妈妈，要是你和爸爸不来参加婚礼，我觉得艾丽西亚是不会再回家的。”

“你这是在威胁我吗？”

给她一耳光是我的第一个念头，但我立刻懊悔不已。为什么我和爸妈总是如此话不投机呢？上帝啊，请帮我向她解释这一切吧。“艾丽西亚和我一直是很贴心的。离开奥斯威戈的时候，你们生生地把凯拉和我们分开了，还逼我假装成另外一个人。现在你又想把艾丽西亚和我拆散。”

“胡说八道。我们想让你俩都回家来。你爸爸觉得结婚的事情你现在想都不该想。你订婚也没有经过我们同意，所以我们更不可能去参加你的婚礼。你需要回家来，做完治疗，上完学。将来上帝会给你一个丈夫的，但不是现在，也不可能是一个爱过杰米森的人。”

好吧，关于肖恩，爸妈已经对我摊牌了。他们不能接受肖恩曾经和杰米森做过朋友。但是他们并不了解肖恩，而我也不在意肖恩曾经喜欢过杰米森这一点。他爱的是我，我的全部。我无法把自己的过去一笔勾销，我也不确定自己真的想要那么做。“爸爸该和卡梅隆医生谈一谈，我不需要什么性别疗程。再说从什么时候起，爸爸开始要求他的女儿们上大学了？要是艾丽西亚已经和她的男朋友住在同一个屋檐下了，你们怕是忙不迭地要她结婚的吧？我只不过要求和她相同的待遇而已。”

“就这样吧。”妈妈听起来疲惫至极，仿佛是一台蒸汽用光的火车，“我再跟他说说，但他看起来已经拿定主意了。”

我们的家庭需要更好的沟通，一切事情，开诚布公，至少爸爸妈妈不能各自为战。“告诉他，我第一次是怎么去的圣安德鲁斯岛。”

“我不觉得说这个会有什么帮助。”

是啊，我也不觉得你会把事情和盘托出。

但她若也知道爸爸的秘密，那她就不会再这么讳莫如深了吧。“那你问问他，当初为什么要鞭打斯科特。”

“你爸爸从来没把他的皮带用在任何人身上过。就连你伊丽莎白姨妈教训斯科特也顶多两回。他从来都是很听话的。”

爸爸和哥哥争吵的时候，我就躲在一旁不远的地方。“斯科特参军前的那一天他们大吵了一架，问问爸爸都发生了什么事。”

“他工作太忙了，我觉得他现在抽不出时间来。”

我们离开奥斯威戈之后，爸爸开始在西部电气上班，做一些和政府相关的保密项目，收入水涨船高，但他出差也更频繁。既然他经常不在家，回家团聚对我们而言就成了一句空话。“别管他的工作了，妈妈，来这儿把事情处理好吧，不然你会失去艾丽西亚的。我们是一家人，记得吗？我们该开始像一家人那样行动了。”

天黑之后，一场夏末的雷雨隆隆而至。厨师套间的金属屋顶发出持续的轰鸣，黄蓝的闪电在墙上投射出乖戾的光影。我旁边的床上，雷切尔抱着索菲正在熟睡。在这电闪雷鸣的夜里，她想要我不离左右。再过一周，睡在我身边的就会是别的人了，环抱我的将是一双坚实的臂膀。

狂风当中，古老的牧师住宅禁不住呻吟咆哮。黑暗并不令我恐惧，但知道肖恩就在楼上，吉莱斯比牧师和太太就在大厅的另一头，总是让人感到安心。一阵窸窣声临近了，我不由得竖起了汗毛。

厨师套间的房门吱嘎一声开了，飘进来一个穿着白色睡袍的身影，穿过房间，径直朝床边而来。我正犹豫着要不要大声尖叫，就听到了艾丽西亚的声音：“你还醒着吗？”

我惊魂未定，一时语塞，只伸出手，把妹妹拉到了床上。

“我能和你一起睡吗？”妹妹的话把我带回了奥斯威戈。雷暴对于伊利诺伊的北部平原乃是家常便饭，打雷时艾丽西亚都会溜进我的被窝，这样她就不再孤单。我呢，虽然并不害怕，但也乐得有她在旁，一起入睡。

“当然啦。”小女孩们同床共枕有何不妥呢？虽说现在我们都长大了，但既然艾丽西亚需要有人拉拉手，我就不能拒绝她。

“你给爸爸妈妈打电话了，是吧？”

“打了。要是他们最后过来了，那你就要跟他们回家。现在一切都会好起来的。”

“结婚之前你应该和他们谈一谈。”

“我不会跟他们争的，艾丽，婚礼之后我们再仔细谈。肖恩和我要休假一周来度蜜月，等那之后再商量，好吗？”

“除非我们还是一家人，不然我不会回去的。”

“我懂。”

38

清晨的日光从百叶窗的缝隙里探进头来，在墙上留下耀眼的条纹。雷切尔！我翻身下床，这才记起凯拉在帮我们照顾小家伙。

肖恩翻了个身，给了我一个慵懒的微笑，“她好着呢。”

离开雷切尔不过才几个钟头，我却觉得时间仿佛过了好久。我在床边靠着丈夫坐下来，心里担忧着我们的女儿。“她可能都在哭了。”

“谁在哭呀？是雷切尔还是你表姐？”

噢！这两岁的孩子有时候淘气极了，但表姐肯定是把她当公主养的。肖恩坐起来把我拉回他怀里，他温柔地抚过我裸露的肌肤，现在我虽已习惯了这样的触碰，但身子里还是腾起一阵燥热来。

精灵公主从衣柜的镜子里朝我微笑。她的秀发和肌肤熠熠生辉，不过这也许只是光线的把戏而已。但是，她那樱桃红唇却真是笑得合不拢了，连她那翡翠色的大眼睛都被这笑意点燃了似的。发现我在看她，她垂下了眼帘。“瞧你啊，伊莎贝尔，”我在心里默念道，“就爱大惊小怪哟。”

肖恩又不是个妇科大夫，再说我是他唯一同床共枕过的姑娘。他把我从头到脚地探查了一遍，却也看不出我那小棍子有哪里不对劲。事实上，他觉得它那样子还挺可爱的呢。“怎么会有人想要把它切掉呢？”他说。

他搂着我的腰，双手滑向我的腹部，“要不再给我们添个小宝贝吧？”我转过头去，看到他炯炯有神的眼睛。

我丢给他一个揶揄的笑，“只要你努力，我就没意见呀。”

“现在也没意见吗？大概九个月之前你还管我要个孩子呢。他现在都该瓜熟蒂落了吧？你觉得男孩子叫布罗登好听吗？”

他绝对是在开玩笑。真要养了一群孩子，当母亲的就该有得忙了。“那个管你要孩子的蠢姑娘现在已经想清楚了，两个孩子忙不过来。”

“孩子是上帝的礼物，不是吗？”

话虽这么说。我看着肖恩，他眸子里满是欢欣和爱意。而且，他应该是认真的。我的心里一阵发紧，刚刚新婚就再添孩子的念头让我有些无措。我惶恐地摇了摇头，但是肖恩眼里的失望之情让我立刻就后悔了。

门上一声轻敲，是吉莱斯比太太已经为我们准备好了早餐。一周的蜜月有如白驹过隙。午夜的钟声已经敲响，我的马车就要变回原形了。精灵公主即将回归厨师和母亲的生活，晌午的时候凯拉就会把雷切尔送回来了。

早餐之后好好洗个澡该是很惬意的。我压了压酸痛的双腿，伸了个懒腰。镜子里的姑娘朝我身上的淤青瞪大了眼睛，我却对她笑了。“没错，伊莎贝尔，我只要一玩男孩的游戏就受伤。”他并没有真的伤害我，只是我们翻云覆雨，太忘乎所以了，我的胳膊还撞上了床柱。“我们会慢慢改进的。”开始的时候不太娴熟并不要紧。

牧师住宅坐落在小岛的高处，俯瞰着山下的村庄和远方的大海。就算在夏日里，早晚的清风也会让山头上凉爽下来。我穿上一条旧牛仔裤和T恤衫，外面又罩上一件肖恩的法兰绒衬衣。

向妈妈和吉莱斯比太太说声抱歉，但是，任何穿着裙子除草的人都是脑子进水了吧。他们大概是不曾在这片火蚁的王国里光着腿跪在地上过。好吧，吉莱斯比太太是不许蚂蚁出现在她的花园里的，可事实上……牛仔裤就是为了在泥土里摸爬滚打而发明的嘛，吉莱斯比太太的花园又等着除草。

凯拉牵着雷切尔抵达的时候，我刚好又冲了个澡，换上了一身裙装。小姑娘开始哭个不停，直到我给她拿来了冰淇淋，然后我坐在她身边，看她吃起来。接着我把她那小脸小手洗干净，又帮她找到了索菲。心满意足了，她蜷缩在我的床上，进入了梦乡。

凯拉吻了雷切尔的额头，又拥抱了我。“为我祈祷吧，我这就要去见你爸妈，是时候让大家重归于好了。”

爸爸妈妈是在婚礼的前一天才来的。艾丽西亚是伴娘，她在迎宾处见到了他们，不过我却没有看到。我也拥抱了表姐，“谢谢你。上帝会让一切好起来的，等着瞧吧。”

“这就对啦。”凯拉走前回应道。

肖恩、雷切尔和我吃了一点简单的午餐，我正在擦干碗盘，这时候吉莱斯比太太回来了。她怀里的新生儿让我的心莫名地悸动起来。她说孩子名叫布罗登，我听了不由得后退了一步，等我意识到肖恩是早就知道了这孩子的到来，我差点笑出了声。一定是吉莱斯比牧师向他透露了消息。

艾比盖尔微笑着把孩子递给我。“下午你能看着他吗？我要去办点事儿。”她给我看了他的尿布口袋在哪儿，就急着要走了。

我哪知道怎么对付新生儿呢？我追了上去，差点撞倒了雷切尔。

吉莱斯比太太在门前停下来对我说：“你能做好的。”

她一关上门，布罗登就开始挥舞双臂，哭闹不止。我找到吉莱斯比太太留在厨房里的一瓶热牛奶，抱着他在卧室的摇椅上坐下。

雷切尔把胳膊支在我的膝盖上，好奇地瞪大了眼睛，看着布罗登从瓶里啜饮牛奶。他喝完打了个嗝，闭上了眼睛。我端详着他那小小的脸蛋、小小的手，上帝让我的心柔软下来，充满对他的怜爱。我笑着问雷切尔：“你想要一个小弟弟吗？”

地板吱嘎作响，我转过身发现肖恩站在门口。一看他脸上的笑容，我就知道他已经听到我跟雷切尔的对话了。他看了布罗登好一会儿才开口：“他长得真俊呐，亲爱的。”

“随他爸爸呗。”精灵公主于是得到了一个深深的吻。

肖恩拨开我额前的一缕头发。“凯拉来电话了，他们正在过来的路上。”表姐还活着，看来这是个好兆头。

门铃响了，肖恩那钢蓝色的眸子和我的目光碰在一起。我点了下头，跟在他身后朝门边走去。雷切尔紧紧拽着我的裙摆，从我腰间伸出头来一探究竟。布罗登不安地扭动着身子，我于是又把奶瓶塞进了他的嘴里。我轻言细语地鼓励着他，心想儿女绕膝并不算是一件坏事。

“请进！请进！”肖恩把我的爸爸妈妈迎进了屋里。

我喂完布罗登，抬起头来，这才发现父母的目光齐刷刷地落在我身上。我虽然两手不空，却还是尽力笑着向他们行了屈膝礼。“爸，妈，这是肖恩。拉着我裙子的害羞宝宝是你们的外孙女，雷切尔，最小的这个叫布罗登。”我迅速地瞥了一眼肖恩，他的眼神如夏日晴空般澄澈。

他朝我一眨眼，笃定地说：“我们打算也领养他。”

爸爸和肖恩朝客厅走去，一路上客气地说着话。

艾丽西亚关上门，给了我一个飞快的拥抱。“我们要搬来圣安德鲁斯岛啦！”

“太好了！”奇迹还是会发生的。妈妈转身跟上爸爸和肖恩的脚步，她回头的时候，我笑着对她说：“谢谢你。”

我把布罗登递到妹妹手里，“你能抱他一会儿吗？我要去准备晚饭啦。”

“可我不知道怎么对付新生儿呀。”

我也不知道。“你能做好的。”再说了，妈妈在这儿呢。

图书在版编目（CIP）数据

圣安德鲁斯岛的阳光 / (美) 西蒙著 ; 廖爱晚译 . -- 北京 : 北京时代华文书局 , 2015.8
书名原文 : Confessions of A Teenage Hermaphrodite
ISBN 978-7-5699-0455-0

Ⅰ . ①圣… Ⅱ . ①西… ②廖… Ⅲ . ①长篇小说－美国－现代 Ⅳ . ① I712.45

中国版本图书馆 CIP 数据核字 (2015) 第 183402 号

北京市版权局著作权合同登记号 图字：01-2014-3141

圣 安 德 鲁 斯 岛 的 阳 光

著　　者 | 莉安·西蒙
译　　者 | 廖爱晚

出 版 人 | 杨红卫
选题策划 | 高　磊
责任编辑 | 杨迎会　张艳玲
装帧设计 | 迟　稳　王艾迪
责任印制 | 刘　银　訾　敬

出版发行 | 时代出版传媒股份有限公司 http://www.press-mart.com
北京时代华文书局 http://www.bjsdsj.com.cn
北京市东城区安定门外大街 136 号皇城国际大厦 A 座 8 楼
邮编：100011　电话：010－64267955　64267677
印　　刷 | 北京京都六环印刷厂　010－89591957
（如发现印装质量问题，请与印刷厂联系调换）
开　　本 | 880×1230mm　1/32
印　　张 | 8
字　　数 | 200 千字
版　　次 | 2015 年 9 月第 1 版　　2015 年 9 月第 1 次印刷
书　　号 | ISBN 978-7-5699-0455-0

定　　价 | 36. 00 元